U0120459

秩后归期

ZHI HOU GUI QI

李鸿飞 ◎ 著

每个人在不同的时刻，不同的地点扮演着不同的角色，但彼此的故事都相互交织着，却又将各自的秘密封锁。

远方出版社

图书在版编目（CIP）数据

秩后归期 / 李鸿飞著 . -- 呼和浩特：远方出版社，
2018.11（2022.8 重印）
ISBN 978-7-5555-1177-9

Ⅰ．①秩… Ⅱ．①李… Ⅲ．①长篇小说—中国—当代
Ⅳ．① I247.5

中国版本图书馆 CIP 数据核字 (2018) 第 234112 号

秩后归期
ZHIHOU GUIQI

著　　者	李鸿飞
责任编辑	云高娃　刘向武
封面设计	武园达　孙文婷
版式设计	王改英
出版发行	远方出版社
社　　址	呼和浩特市乌兰察布东路666号　邮编　010010
电　　话	（0471）2236473 总编室　2236460 发行部
经　　销	新华书店
印　　刷	呼和浩特市圣堂彩印有限责任公司
开　　本	880毫米×1230毫米　1/32
字　　数	183千
印　　张	9.625
版　　次	2018年11月第1版
印　　次	2022年8月第2次印刷
印　　数	1901—2700册
标准书号	ISBN 978-7-5555-1177-9
定　　价	51.80元

如发现印装质量问题，请与出版社联系调换

这些年，我终于明白，家人会离开，朋友会离开，爱人也会离开，而我又要去哪里？但是无论去哪里，我都会带着他们对我的爱，执着孤独地去寻找我想要的生活。

在这座别号西城的城市里，每天都重复上演着各种剧情，悲欢离合，婚丧嫁娶，生老病死，或平淡，或戏剧，或跌宕起伏，或宠辱不惊。每个人在不同的时刻，不同的地点扮演着不同的角色，但彼此的故事都相互交织着，却又将各自的秘密封锁。

这些年，我终于明白，家人会离开，朋友会离开，爱人也会离开，而我又要去哪里？但是无论去哪里，我都带着他们对我的爱，执着孤独地去寻找我想要的生活。

2015 年 8 月 19 日下午三时，故事的主人公初澜坐到了我的面前，在芭堤雅临海的一家客栈里，把她这些年的真实经历原原本本地告诉了我。

"我希望，能有人帮我释惑多年的心结。"我们坐在窗户边，看着外面灰暗的乌云，进入雨季的芭堤雅到处都是潮湿的味道，伴着腐烂的木质和海水的气息，让人更想在酒中沉醉。

而我也正在苦恼，上海总公司一直在催促我回国履职，也不知道我在离开之前还能不能找到宋海洋。半个多月前，轻装简行的我从中国西城来到芭堤雅，以为能很快找到他，可是却始终杳无音讯，但我能感觉到他应该还在泰国。我不知道还能坚持多久，甚至也在怀疑此生还能不能再见到他。

"说实话，我很羡慕你们的十年之约。"我把一支烟递给了她。

"你跟宋海洋也应该十年未见了吧。"初澜点燃了烟，仔细端详着我，好像在观察一尊雕像，"海洋的右眼下方两厘米处有一颗浅褐色泪痣，而你却没有。虽然你跟他长得很像，旁人很难分得出来，但你是你，他是他，你俩终归是不同的个体。"

"我情愿我是他，他是我。"

"他对你真的这么重要吗？"

"没有他，就没有今天的我。他的前半生从来没有为自己而活，我想尽快找到他，守护他，让他去过自己想要的生活。"

曾经我一度以为他死了，很多人也都说他死了。可我现在能感觉到他还活着，我也一定要找到他。他曾在狱中服刑的好友告诉我，他可能去了泰国，然而等我到了泰国后，所有的线索也都中断了，苦寻未果。或许是冥冥注定，让我在异国他乡遇到了线索人——初澜。

"我认识海洋时是在大一，他是美术学院的风云人物，可后来我才知道，他的数学也特别好，大学二学位修的专业是会计学，这是很出乎我意料的。不过知道了你是留学归来的金融硕士后，便也不足为奇了。"初澜晃着头笑着，优雅地坐着。岁月静好，她已是一位魅力不可挡的成熟女子，而我却迫不及待地想听她讲述关于海洋的故事。

故事的真正开端是在 2005 年。那一年夏天，是我在澳大利亚留学的第二年，如果我知道后来发生的一切，或许会选择去西城读书。当然，人生没有如果，只有错过。

1

2005 年夏。

砰，砰，砰……富有节奏的敲打声在静寂的房屋里回旋，像是手指在生命尽头最后的葬吟。初澜陡然睁眼，惊恐地扫视着房间，手指紧抓床单，房间被黑暗笼罩着，像是身处黑夜中的古墓一样，但她还是侧耳倾听到声音是从窗户那边传过来的。

可是她却住在四楼。

"初——澜——"缥缈沙哑的声音持续地从窗户方向传来。初澜把头蒙进被子里，但是敲打声和陌生女人的呼唤声依旧袭来。初澜憋着嗓子，肢体失去控制般不听使唤，像是被钉死在床板上动弹不得。

"初——澜——"声音变得越来越诡异和急迫。

几度奋力挣扎后，初澜在惊惶中碰倒了床边的台灯。她只好将被子踢开，穿着睡衣，赤脚走向窗户。房间里黑黢黢的，没有一丝光亮。她不时地被脚下的东西绊到，黑暗中的眼神显得更加惊恐，颤着声音说："谁？出来，我……我不怕你。"手里同时摸到了一个尖锐物体。

她咬着牙，闭着眼猛地将窗帘拉开，敲打声和呼唤声戛然而止。她吁了口气，慢慢睁眼，啊的一声惊恐，十指掩面。一个没有五官，只有脸型轮廓的人紧贴着窗户玻璃出现在她的眼前。她的身体像失去骨架支撑的泥人般瘫倒在地上。

幸好只是噩梦，初澜再次睁眼，使劲儿掐了掐自己的胳膊，终于有了痛觉。

窗外的雨淅沥地下着，初澜开着窗户，让清凉的冷风吹走屋内的闷热。已经很晚了，午夜中的城市显得万籁俱寂，没有白日的喧闹和尘嚣，像是一座在黑夜中熟睡的中世纪城堡，静谧得只剩下微弱的雨声。

对于刚才做的噩梦，初澜仍然心有余悸，真后悔傍晚和兰木一起看鬼片儿，让她想起了不久前附近发生的命案。不过，到现在都还没有公布那个高楼坠亡人的死亡真相，坊间的各种传闻流言甚嚣尘上，爱嚼口舌的人还荒谬地认为是有不干净的东西附身。初澜虽然觉得都是无稽之谈，但每天睡觉前也都忘不了合掌祷告。

斜对面的窗内依旧亮着灯，窗户同样开着，却被随风摇摆的窗帘半掩着。一个星期前，初澜租住到这里，每个夜晚，对面的窗户都是在亮光中度过的。每次起夜时，初澜都会驻足在窗边，盯着对面窗户发呆。有一次，她竟然察觉到了对面房间的主人，可是由于光线和视角的原因，她只看到了一张模糊的、英俊的男生的侧脸。

几次偷窥后，她大致判断出男生的年纪和她相仿，其他的便一无所知了。她不知道那个男生为什么会彻夜不眠，也许和自己一样怀揣心事，抑或是失眠睡不着，虽然不知道真正的原因，但她的好奇心始终被悬吊着。

连日来的高温闷热天气使初澜出现了半夜口渴的症状，她没有再去遐想对面的男生，拿着空杯起身去厨房，在走廊摸到开关，打开了客厅的落地灯，橘黄色的光在黑暗中铺展出弧形的光晕。手捂胸口的初澜差点喊叫出来，一个人影暴露在沙发周遭的光晕里，不知是人是鬼，她开始暗暗祈祷起来。

初澜大着胆子，腿部微颤地上前两步，睁大眼睛仔细打量，认出了她就是房东凌水，披散的黑发像深海的水藻一样遮住了她的半边脸，悬在半空的手指夹着已经燃烧殆尽的烟头。

十多天前，因为要提早筹备考研，同时由于高中一直以来的神经衰弱问题，在宿舍吵闹和不规律作息的环境中，初澜深受睡眠不足和失眠的困扰，只好趁机决定在学校外面租房备考。几经周折，她才找到了这里。

当对现有生活有了厌倦，没有什么希冀的时候，重新选择新的生活未尝不可，只是说服不了好友兰木相随。

她按着纸上抄写的地址，按图索骥，找到了这处距离学校五分钟车程的绝佳深处。上楼按下门铃后，一个身穿黑色缎质睡衣的女子给她开了门。她说明了缘由后，女子没有多说什么就直接让她进屋看房子。

初澜主动换上拖鞋，跟在女子身后，没有看清女人模样的她细细打量着女子的背影，纤瘦的身材，个头要稍稍高于自己，披散的头发盖过肩头，落在腰间位置。房间里的光线很暗，又因为阴天的缘故，房间里的一切都变成黑白影像，静谧的空气更是滋生了初澜内心的恐惧。她觉得自己像是走进了一个黑暗的洞穴，她眼前的女子就像是鬼魅一样的洞穴女主人，想到这里，不禁打了个寒战，心里开始后悔进来。

穿过客厅和走廊，女子推开了一间卧室的门，按下了灯的开关。她尾随在女子的身后，被突然的光亮惊到，不自觉地揉了揉眼，和女子一起走进卧室。

卧室显然很久没有人居住过的样子，但看起来还是比较整洁干净的。卧室的正中央立着一张檀木床头的双人床，上面铺着蓝黑相间的床单，床头柜上立着蘑菇造型的台灯，但最吸引她的还是书桌前的巨大落地窗，明显是房子装修时刻意而为之。

女子做了简单的介绍后，报出了低于市场价格的房租，"月租三百块，水电暖全包。"被价格惊诧到的初澜四处环绕了一圈，觉得符合自己的要求就答应入住了，彼此查验相关证件后，很快在纸质协议上签下名字。

"我不喜欢别人进我的卧室。"女子表情冷冷地看着她，带着警告的语气说，"但你可以去小书房看书学习。"

初澜马上点头，有被吓到的感觉，目光移到客厅的角落，看到了茶几边上的旅行箱，还有散落在沙发上的一些书籍。

"我一会儿就会离开，这是钥匙，你随时可以搬进来住。"女子把钥匙放到她的手里，同时将她交付的三个月房租揣进睡衣口袋里，转过身继续收拾行李。初澜看着女子弯腰的背影，庆幸自己早来一步租到了合心意的房子，只是有点心疼自己积攒多时的零花钱。

很快，女子就收拾好了一切，居然比初澜先离开。在女子踩着高跟鞋，拉着旅行箱准备下楼时，初澜无措地不知道该怎样称呼房东跟她道别。

"我喜欢别人喊我的名字，凌水。"她看到女子白皙的侧脸迅速消失在楼道拐角处。空荡荡的楼道灰暗冷清，一股冷风顺势钻进屋内，她倒吸一口冷气，迅速关好房门，打开客厅的吊灯。

2

初澜没想到凌水会这么快回来，只是两天而已。见她沉默不语，初澜低声地说："凌水，你回来了，我去给你倒水。"想来这是第二次和凌水对话了，竟然没有了生疏感。

"谢谢。"凌水把头抬起来，木然地看着初澜。

灯光下那张微醺的脸迅速惊到了初澜，她从来没有这么近距离地贴近凌水，五官如此精致，鼻子高挺，嘴角有着优美的弧线，皮肤白皙，表情却是冷冷的，尤其是瞳孔里的眼白明显比常人多，整个人也因此显得比较冷傲，使人很容易联想起王菲孤傲的神情，一副不食人间烟火的样子。

凌水把烟头扔进茶几上的琉璃烟灰缸里，微昂着头，样子高傲地望向厨房的窗户。初澜把水杯放到她的面前，注意到她的脖颈处有一处细长的疤痕，平时几乎看不到。

"你回去睡吧，我再待会儿。"凌水的声音很柔，却有让人不可抗拒的感觉。

初澜握着水杯返回卧室，门没有关严，露出了一条光缝。走到窗户边的她，看着对面依旧亮光的窗户。窗户敞开着，可是却看不到任何人。雨终于停歇了，外面的世界更加万籁俱寂，初澜看着手机屏幕上的照片发起呆来。

不知道过了多久，水杯里的水早已喝完，她转身准备关好门缝睡觉，走到门口时听到了卫生间门响的声音。她趴在门缝边偷偷地瞄到，凌水穿着黑色的蕾丝内衣从卫生间赤脚走出来，白净的身躯呈现出明显的曲线，黑白相间的身影增添了一份神秘的气息，握在手里的头发还没有完全干透的样子，然后揉搓几下把头发优雅地甩到肩后。

初澜低头看着自己还没有完全发育好的身体，有点失望地皱了皱眉，把门轻轻关好后，踢掉脚上的拖鞋，仰面朝天地弹到床上，望着天花板的轮廓，很快就睡着了。

清晨，初澜从睡梦中醒来，看到床头闹钟的时间后，急忙从床上跳起来，穿着柠檬色的吊带，跑到卫生间马上洗漱起来。看着发干的洗手池，初澜猜到凌水还没有起床，便关好卫生间的门，尽量压低洗漱的声音。回到卧室，她从衣橱里翻出好几件衣服，对着半米多高的立镜，一件件搭在胸前，终于挑到了一件蓝粉色的连衣裙，搭配白色的低跟凉鞋。离开卧室关窗户的时候，她看到斜对面的窗子早已关好，而且还被黑色的窗帘严实地遮挡住。

初澜匆匆下楼，骑着单车冲向学校。她前几日就已经与路伊鸣约好一起去西城孤儿院看望那些可爱的孩子，作为学校志愿服务社团的两位社长，这种事情是在所难免的。只是，路伊鸣因为种种原因已经离任，把社团交付给了初澜打理，而初澜加入这个社团的很大缘由就是因为这位卓尔不群的男生。

赶到学校东门的喷泉广场时，路伊鸣早已等候在那里。他背着鼓囊囊的行包，手上还提着文具。初澜一脸歉意地推着单车走到路伊鸣身边，车筐里放着给孩子们的礼物。

路伊鸣面容干净，穿着立领净色半袖棉衬，帅气干练的发型使他在人群中显得更加引人注目，路过的女孩子免不了偷偷议论一番。倒是初澜腼腆地看着脚下的路，心口感觉小鹿乱撞，没敢多去看路伊鸣棱角分明的侧脸。只有在球场，初澜才会大胆地仔细观察他迷人的外表和投球时帅气的起转身。

两人聊着天沿着长满梧桐树的街道走向孤儿院。最近通往孤儿院的公交线路出了问题，初澜开始懊悔自己骑单车来，这没有后座的单车害得两个人只能徒步走到三公里外的孤儿院。路伊鸣主动要帮她推车，被她婉言拒绝了。不过，很快她又开始庆幸这样的徒步旅途，可以有更多的时间去和路伊鸣聊天。应该有一个星期没有这样和路伊鸣单独走在一起了吧！路伊鸣是学院公认的院草，出身、样貌、功课什么的几乎都无可挑剔，所以围在他身边的女孩子自然很多，虽然和很多人传过绯闻，可是却一直没有固定的女友，至少初澜这么认为。

"初澜，你今天的这身打扮很漂亮哦。"路伊鸣扬起嘴角，笑着夺过初澜头顶的亚麻色遮阳帽，金黄色的阳光透过树叶的间隙投射在她白净的脸上。

"还我帽子。"初澜腾出一只手想去抢夺，但路伊鸣早就跑到了前面。私下里的路伊鸣很喜欢这样孩子般的行为和玩笑。

到了孤儿院后，初澜和路伊鸣把带来的礼物分给了大家，路伊鸣的眼神在围着的人群里仔细寻找一番，好像在找什么人。孤儿院里的男孩女孩们多是被父母狠心遗弃，有的先天残疾，有的离家流浪，有的父母双亡，还有就是被警方救下的被拐卖的孩童。院长叹息着说，这几年来这里的孩子越来越多，她很喜欢他们，可又不希望他们出现在这里。

初澜分完东西后，她和几个孩子做起了游戏。她转身时撞到了一个人，等她反应过来时，只看到一个身穿天蓝色条纹的男生背影，身材比例跟路伊鸣很像，但比他瘦一些。她还没来得及道歉，那个人影就消失了。

初澜走出房间去找路伊鸣，在后院的台阶上看见了他正和一个小女孩并肩坐在一起，彼此在交谈些什么。她没有走上前，而是靠在门口，看着他们做着游戏，像亲兄妹一样亲切。明亮的阳光落在路伊鸣宽广的肩膀上，贴身的白色衬衣拓出脊柱的轮廓，他宽大的手掌摩挲着女孩儿的额头，庭院里时不时地传来俩人开心的笑声。

两人离开孤儿院时，那个小女孩儿跑出人群，路伊鸣上前弯腰抱住了她。初澜站在路伊鸣的身后，看着小女孩儿的模样，精致清秀的小脸昭示着长大后一定是众星捧月的可人儿。可是那个小女孩似乎并不太喜欢初澜，没有对她笑过，与她总是刻意地保持着一定的距离。

在回来的路上，初澜好奇地询问路伊鸣，"那个小女孩儿是谁啊，你每次来都要单独去看她。"

"这是个不能说的秘密。"路伊鸣神秘一笑，却有些不自然地开始转移话题。

走过一段街巷，路伊鸣招呼初澜上车，让她侧坐在单车的横梁上，初澜犹像片刻还是拗不过路伊鸣，提起裙边，坐到了路伊鸣的前面。在一段下坡路的时候，路伊鸣并没有减速，倒是初澜紧张地喊他减速。

路伊鸣身体前倾，对初澜的话置若罔闻，反而来了个急速拐弯，初澜马上闭上眼，胳膊不自觉地揽在路伊鸣的腰间，心跳随着耳边的风速不断加快，还有树叶轻擦过她白皙的脸颊。

"原来小说电影里的场景，在现实中真的可以出现。"初澜在心里自话自说。这样的美好就留存在了炎热明亮的夏日里，在似火似骄阳的温度中，像一阵微凉的风吹进了心里。

3

下午两人一起去了图书馆，晚饭后一直聊了好久，初澜才不舍地告别。

路伊鸣执意送她到了楼下，他的热心周到，初澜早有耳闻和体会。兰木也曾不安地说过，路伊鸣对谁都挺好的，可是她怎么感觉这样一点都不好呢。

"我到啦，今天很开心，你早点回去休息吧，我，要上楼了。"思虑再三，初澜并没有请他上来，她深谙凌水是不喜欢她这么晚带人回家的，更何况是男生。路伊鸣一直目送她上楼后才离开。

拿钥匙开门后，初澜闻到一股很浓烈的酒味，打开客厅吊灯后，被眼前的场景吓到，凌水穿着黑色睡衣坐在地毯上，背靠茶几，赤着脚，头发凌乱地披散着，眼神空洞无光地看着她，脚边堆放着几个空酒瓶。

"凌水，你没事吧？"初澜小心翼翼地走到她跟前，蹲下身子想要扶她起来。

"我没事。"凌水把视线从她身上移开，去找剩余的酒。初澜木讷地看着她，不知道该说什么，只好起身去泡蜂蜜水，她看得出凌水微醺脸上的醉意。

"初澜，你能陪我待一会儿吗？"凌水突然拉住她的胳膊。

"好。"初澜直接坐在她的旁边，爱怜地看着她，细长的五指轻轻梳理着她散乱的头发。她隐约地感觉到，凌水似乎受伤了。可是坐了很久，凌水没有说任何的话，只是彼此沉默地看着家具在地板上垂落的阴影。

"初澜，你有没有深爱过一个人？"凌水侧脸望向她。

"深爱？我，还没有吧。"初澜支吾地不知道该怎么回答，从小到大，她喜欢过几个男孩子，只是止于好感，一起上下学，简单地交往，然后就无疾而终了。被凌水这么一问，初澜也发现自己根本还没有好好地谈过恋爱。

凌水又接连向她发问，可是她都无法招架，只是觉得凌水喝醉了，所以说了一些让她搞不懂的莫名其妙的话，让她不知所措，难以回答。

直到凌水喝光了地上的所有酒才肯罢休，没有等初澜扶她，她就直接站起身走向卫生间。初澜看着她的背影，似乎并没有喝醉的样子，不觉暗自佩服她的酒量。

初澜按照凌水的意思，没有继续去照看她而是回到自己的卧室休息。准备拉窗帘的时候，初澜还是好奇地望向了斜对面，乳白的光晕像一层没有褶皱的薄膜轻轻地包裹住对面的窗子，窗帘的裙边被风吹出窗外，在窗棂的临界摇摆，两个人相拥的侧影在窗帘上拓出模糊的轮廓。这突然的画面成为以后多年斜对面主人身上难以解开的谜题。

但眼前的场景还是让初澜想到了路伊鸣。搬来之前，每个寂寞的睡不着的夜晚，她都会站在宿舍阳台上静静发呆。回想着两年来和路伊鸣的点点滴滴，印象最深刻的就是开学那天，狠狠奴役了路伊鸣半天的事，至今清晰依然。

两年前，初澜说服了父母坚持一个人去学校报到。从火车站出来的她，提着一个厚重的皮箱，背着让她难以挺直腰身的巨大行囊，艰难地在拥挤的人区里寻找学校的接站牌，碰巧遇到路伊鸣和学长学姐一起迎接新生。看到步履维艰的初澜向接站牌走来，路伊鸣主动跑上前接过厚重的皮箱和背包。

校车到了学校后，路伊鸣又帮着她去找女生宿舍，一路走来，路伊鸣已是汗涔涔的模样，被汗水浸湿的衣服紧贴着后背和胸口。没想到，初澜慌乱间看错了楼号数字，两个人又从宿舍区的最东面折回西面。把东西安置好后，路伊鸣又跑到学校体育馆帮初澜抱来了被褥。

衣服被汗水完全浸过的路伊鸣，额迹的发丝散乱地淌着汗，一脸长跑过后的狼狈模样惹人心疼，初澜递来矿泉水说：“谢谢学长，晚上请你吃饭。”

“我……我不是学长，我也是新生，这是我应该做的，不用这么客气。”

初澜马上露出困窘的表情，不好意思地低下头。其实这样年轻的面容早该猜到了，初来学校就能遇到这样好心肠的同龄人，初澜对未来的大学生活一下子多了不少期待。

想起往事，初澜不禁傻笑起来，看着墙上的挂钟，已经凌晨一点。初澜仰望着沾附着灰尘的天花板，脑海里始终漂浮着路伊鸣的样子，在众人面前，他的脸上永远挂着灿烂的笑容，但她发现路伊鸣与她以前喜欢过的男孩子有很大差异，虽然与他亲近，却无法洞察他的心事，看不清他的悲喜。

夜深了，凌水一个人在浴室里，打开花洒，冰凉的水顺着她的前额，流过突兀的锁骨，从头顶滑落到脚趾。不知道从什么时候起，她每次喝完酒，都喜欢待在冷水下放空一切，只关注身体温度的变化，无论是夏天还是冬季亦然，她不想让自己醉得那么彻底。

早晨醒来的时候，初澜去卫生间洗漱，发现凌水已经起床换好了衣服，正倚靠在沙发上翻阅杂志。看见初澜从卧室出来，凌水主动和她打了招呼，初澜受宠若惊地望向她。

"我一会儿要出去工作，你一个人的房租是养活不了我的。"凌水粲然一笑。

初澜洗漱完后，匆匆吃过前一晚备下的早点，快步下楼，骑着单车赶往学校。她今天还有几门课程要上，穿过闹市街巷，已经习惯这样恬然有序的新生活。

啊的一声，脑海里浮想联翩的初澜在拐弯处撞到了另一辆单车，自己也和车子一起应声倒下。

她努力站起身，活动着摔疼的手腕，抬眼注意到和她相撞的是一个身穿白色T恤的男生，瘦高的体型，眉目清秀，有点孩子气的样子，似曾相识，他的眼神淡漠，显得整个人反而有些孤傲。

"对不起，刚才是我没太注意。"初澜红着脸扶起单车，还好两个人都没有受伤，只是男生背着画板，画纸和画笔散落一地。

男生并没有回应初澜，而是弯着腰忙着捡拾自己的东西。初澜也马上弯腰帮他捡，捡拾途中，却无意间开始欣赏那一幅幅画作，虽然不懂品鉴，但画作的构图和线条，还是让她情不自禁地暗自赞叹。

周围人的好奇目光逐渐散去，男生很快整理好了自己的东西，从初澜手里接过画纸时没有说任何话。倒是初澜一脸歉意再次向他道歉，男生依旧没有回应，表情漠然，仿佛视初澜为透明的空气，只是专注地在检查有没有东西遗失或损坏，确认无误后，重新跨骑上单车。

"你这个人好奇怪，我都跟你道歉啦，你也不用这么记仇吧。"初澜被他的冷漠态度激怒，但还是压着声音赔着笑容，可对方不但没有回应，反而对自己不理不睬。

"撞到你，算我倒霉。"看着男生远去的背影，初澜看着弄脏的裤腿咬牙切齿，"下回别让我再碰到你。"不过还没骑行多远，初澜又开始懊悔自己的急性子，万一对方是有什么着急的事抑或是聋哑人呢。

赶到教室门口时，老师已经在里面开始点名了，初澜低着头，硬着头皮打算推门而入，突然有人在身后轻拍她的肩膀。初澜扭过头发现竟然是路伊鸣，他也迟到了。这堂选修课由于老师出了名的严厉，一般很少有人会迟到。

"初澜，我们一起进去吧。"路伊鸣露出干净的笑容，丝毫没有紧张之意。倒是初澜支吾着说："好。"路伊鸣轻轻推开门，两个人并肩而入，正在点名的老师把目光移向他俩，教室里的其他同学也开始窃窃私语，老师咳嗽一声，仿佛什么也没看见，继续点名。

初澜红着脸躲到了教室的最后排，全然没有看到兰木向她招手，没想到路伊鸣也坐到了她的身边。如果单独和路伊鸣一起，初澜或许无所谓，可是她并不习惯和他一起出现在大家面前，尤其是在这么多女生面前。一节课下来，初澜始终低着头，隐约感觉周边不断有目光飘向自己，浑身不自在。

老师开始讲课，此时的初澜脑海里却一片混乱，摊开的书本一直停留在扉页，心不在焉地在纸上乱画一通。倒是路伊鸣，与平时无异，手里提着笔，表情认真地在听老师讲课。

初澜左手托腮，眼角的余光却偷偷瞥向路伊鸣，隐约闻到有香皂的清新气味从他的肌肤散发出来，他的肩膀很宽，红格子棉衬里面穿着白色T恤，胸肌紧贴着衣服。就像在图书馆一样，她坐在路伊鸣的斜对面，然后偷偷地用余光来观察他，像极了一个演技高超的特务。

路伊鸣喜欢阅读，而且涉猎广泛，哲学、文学、历史、经济等类别的书籍都会去看。他每次都是取了书出了阅览室，坐在三楼靠窗的自习桌前。那里的视野极好，可以看到教学楼、湖水、垂柳，还有远处的西山。初澜每次都会根据他的习惯，算好时间，在他斜对面的长桌旁坐下看书。

今天俩人的距离在初澜看来有点逾越，自己的胸口很快就感觉到了一阵闷热，难以适从，只好尽量不去偷看身边的路伊鸣。下课后，路伊鸣和她告别后，便和几个哥们儿一起有说有笑地走出教室，倒是初澜借来好姐妹兰木的笔记趴在桌上做起摘抄。

"老实交代，你们怎么会在一起？"兰木在一旁怪笑。

"什么在一起，只是碰巧遇到啦。"初澜没好气地回答，继续加快速度抄笔记。

"不会是你们昨晚在一起了吧。我就知道，你大一开始就喜欢他，他的每个生日你都会费尽心思地送各种礼物。就因为他，拉我跟你一起选修这门沉闷的哲学课，害得我上课只能睡觉。为了他，你拒绝那么多男生，他的每场球赛你什么时候落过，看到他和别的女生在一起，你就生闷气。还有……"

"够啦兰木，你今天的话有点多。"初澜起身用手捂住兰木的嘴，把笔记塞进她的怀里，像是被人偷看洗澡一样狼狈地抱起书包抢先跑出教室。

初澜在学校餐厅和兰木吃过晚饭后，独自骑着单车返回住处。她打开防盗门，感觉有些异样，换好鞋，走到客厅后，突然发现一名男子正坐在沙发上翻阅杂志。

客厅的光线很暗，初澜和他简单对视几秒后，紧张地问道："你是谁，怎么进来的？"说话间，初澜的右手绕到背后摸到了一个青瓷花瓶。

"我是凌水的朋友，你是她的租客吧。"男子的语气如同长相一般温文儒雅，声音像是电台男主播一样充满磁性。

初澜慢慢松了口气，但右手仍旧没有放开玻璃瓶，冲着卧室门喊了声："凌水。"

"她还没有回来，我在这儿等了她两个小时。"男子态度平和，但是初澜还在疑惑他怎么会有房门钥匙。

男子看着木讷的初澜，露出一丝微笑，看出了她的疑虑，解释说："我和凌水在一起已经五年了。"

初澜这才恍然大悟，刚搬到这里的时候，她还在惊奇凌水一个人住，卫生间怎么会准备两个人的洗漱用品，而且还有男士用的手动剃须刀。想来，眼前这个穿着灰色棉质短衬的男子应该就是凌水的男友了。只是没想到凌水的男友竟然如此文雅，声音富有磁性，性格平静如水。他的五官精致立体，颧骨微凸，鼻梁挺翘，炯炯目光里流露出含蓄内敛，是很多女孩子倾慕的成熟男性类型。当初澜和男子目光交汇的瞬间，初澜感到一丝紧张，转身朝卧室走去。

"谁让你进来的，这是我的家，请你出去！"初澜转过身，没想到凌水竟然回来了，她态度坚决地对着眼前的男子下了逐客令。

"凌水，不要这样，有什么话我们好好说，我和她不是你想的那样。"男子起身走到凌水面前，"我这次专门请假跑过来解释，就是不想让你误会。"

"我告诉你思远，我们已经分手了，已经没有任何关系了，请你马上离开这里！"凌水的态度依旧坚决，"这里庙小，你还是回去找你的前程吧。"她的声音突然降下了声调，转过身背对着思远。初澜似乎嗅到了浓烈的火药味，心急的她却又无法干涉，只好趴在卧室门后静观其变。

客厅里的两个人简单交涉几句后，初澜便听不到什么对话了，几分钟后，听到了防盗门关门的声音。听着没有什么动静，初澜也没再继续好奇，而是趴在书桌前翻出了日记本。

等初澜摸着发酸的脖颈合上日记本时，窗外已经是万家灯火，远处的星星点点的亮光像是无数的萤火虫不断地聚散离合。初澜站在落地窗前，目光习惯性地飘向斜对面的窗户，意外地漆黑一片。

　　　　　　　　　　↲

　　去厨房倒水的初澜顺势坐在了客厅的沙发上，翻看起茶几上的过期杂志。瓷杯里冲了凌水送给她的卡布奇诺，淡淡的奶香扑鼻而来，她已经喜欢上了这种味道，以前为了提神，她一般喝的是口味苦涩的黑咖啡。

无意间，她翻到了署名为凌水的文章，一口气读完了它，虽然已经是两年前的作品，但现在读来丝毫没有时间的障碍。只是她的文字高傲冷艳，忧郁倾颓，就像她给别人的印象一样。这样的凌水让人难以靠近和捉摸，她身上有太多的神秘让人难以猜透。

看着墙上的挂表，还不是很晚，初澜换好衣服打算出去转转。夏日夜晚，她喜欢骑着单车离开闹市，飞驰在寂静的街道上，将所有的寂寞孤单都远远地甩在身后。

穿过夜市，熙熙攘攘的人群在各种叫卖声中穿梭，很多人为了生计摆着地摊，时刻警惕着城管，却又认真地和看客讲着价。穿着睡衣的老板娘和食客说着荤笑话，红光满面的酒友们在霓虹灯下的露天啤酒桌上推杯换盏，觥筹交错。

初澜全都置之不理，径自驶向护城河的高架桥边。新建的高架桥横贯护城河两侧，也许是人们习惯走附近石拱桥的缘故，被钢铁悬挂起来的桥身，除了来往行驶的车辆外，几乎没有什么人在上面逗留。每当她内心落寞的时候，她就会一个人骑着单车远离繁华，远离灯火，远离人群，飞向这宁静的河边。

初澜停好单车后，就趴在被银漆覆盖的栏杆上，望着远处的夜景，偶尔会听到呢喃的虫鸣鸟叫声，夜风习习，被夏日高温折磨的身体尽情地触碰着凉爽的气流，被汗水堵塞的毛孔也舒展开来，她惬意地闭上眼，享受这片刻的舒适。

张望之余，初澜无意间看到了距离自己不远处有一个人影在晃动。那个人就站在路灯的正下方，手里像是托着什么东西。生性好奇的初澜慢慢地靠近人影，距离几步远，初澜一眼认出他就是白天和她相撞的那个男生。他正把头埋在画板上，丝毫没有注意到初澜。

初澜没想到有人竟然会来这里画夜景。看着他认真的表情，初澜压低脚步，绕到他的身后，伸着脖子欣赏着他的画。

十多分钟后，男生合上画板，准备离开。

"同学，你是哪个学校的？"初澜忍不住问他。

男生似乎早就察觉到身后有人，却不急着询问来者何人，只是淡淡地说："拒绝回答这么无聊的问题。"

"我们见过面的，你不记得了吗？"初澜被他的画作深深折服，露出崇拜的神情，白天的不愉快早就抛之脑后。

"抱歉，我不记得了。"男生已经走出几步远，却始终没有回头看初澜一眼。

"你这个人怎么这样？"初澜气得鼓腮吹气，不甘心地追上前去。

"我一向都这样，你跟着我，难道是想和我一起回家吗？"

男生一丝冷笑。

"你真的莫名其妙，白天又不是故意撞你的，更何况我还道歉了，真没见过你这样小心眼的男生。"初澜一生气起来，口无遮拦。

"那我对你说抱歉好吗？不要再缠着我了，我要回家了。"男生似乎有点不耐烦。

"谁要缠着你，真是自作多情的家伙。"初澜用力把脚边的小石头踢得老远，飞到了路中央。没想到男生快步跑到路中央捡起石头，扔进了河里。

"你不知道在马路上乱踢石头是不讲公德的行为吗？"男生带着教训的口吻说。

初澜自知理亏，说不出话来，但对眼前的男生实在气不过。兰木曾说，只要男生长得足够帅，做什么说什么她都可以原谅。但初澜心想，自己才不会这样没原则。

初澜骑上单车向住处折返，许是两人住处相近，男生几乎是在凌水家附近才和她分开。一路上，两辆单车始终保持着一定的距离，两个人也都沉默不语。

初澜上楼打开防盗门后，看见凌水正在收拾茶几，准备上卫生间时却被凌水拦住，原来里面有人，初澜猜到了是思远。

"他会在这儿住几天，不会打扰你的生活。"凌水恳切地说。

"没事的。"对于两人的重归于好，初澜自然求之不得。

她坐到沙发上翻看着那本过期的杂志，翻到了凌水写的那篇文章，捧到凌水面前说："这应该就是你写的吧，文采太棒啦！"

"都是过去的事了，我已经很久不写东西了。"凌水的表情淡然，不以为意，转身去收拾其他东西。没一会儿，思远裹着浴巾从卫生间走出来，头发依旧湿漉漉的。初澜眼角的余光瞟到了赤着上身的思远，他有着宽阔的肩膀和明显的胸肌，全然与儒雅的长相极不相称。他额前的头发还在滴水，看到初澜坐在客厅，有些不好意思地躲进了凌水的房间，初澜也不自然地低下头，朝卧室走去。

初澜回到卧室后，一个人抱腿屈膝坐在落地窗前，望着斜对面窗户的亮光，收音机里放着慢节奏的纯音乐，把头埋进了怀里。她喜欢路伊鸣，可是却从来没有向他表露过，给他的始终是好朋友的感觉。还有两年就毕业了，也许毕业那天表白会是一个很好的时机，如果他拒绝的话，反正两人都要各奔东西，不至于太尴尬。想到这里，她又开始嘲笑自己的懦弱，即使那天表白成功，两个人可能还是要分开，走各自的人生之路。

就像在没有出口的迷宫里跌跌撞撞，初澜在胡思乱想中乐此不疲。忽然听到外面有东西坠落破碎的声音，借着昏暗的路灯，初澜看着像是一盆绿色植物跌落在斜对面窗户的正下方，斜对面的窗户大开着，黑色窗帘一角飞出窗外，在夜色中摇摆。几年之后，初澜才了解到斜对面的主人跟她一样，也爱在这样的夜里胡思乱想，寝食难安。

等候半天，始终未见斜对面窗户再有任何动静，初澜正欲关门睡觉，凌水正好头上裹着毛巾从浴室出来，"初澜，我明天早上会多做一份早餐，你大概起床后就可以吃到。"初澜自搬进来就没有见过凌水做过饭，厨房的厨具也都蒙着灰尘。她搬进来的当天晚上就把厨房、客厅、卫生间、卧室整个清洗了遍。

"凌水，谢谢你，我自己做就好。"

"不用这么生分，我做饭不费事的。"凌水一手拿着吹风机，一手揉搓着黑色长发，心情明显好多了。慢慢地相处下来，初澜感觉凌水还是很平易近人的，或许当初的孤冷只是她对待陌生人的习惯性态度。

第二天早晨，初澜醒来洗漱好后，坐在饭桌上的思远喊她过来吃早餐，初澜有些拘谨地坐到了他的对面，两人彼此沉默着。

"怎么没见凌水？"初澜为了摆脱尴尬随口问道。

"她去上班了，在新城区一家文化公司做什么杂志主编，也不知道能做多久。"思远似乎并不太支持凌水的工作。

"你好像对凌水没有信心。"初澜皱着眉说。

"也没有，她很有才华，可是她不适合职场，说好以后我养她，可是她的性子太过于执拗。"思远叹气说道，露出很无奈的表情。

听到思远的解释，初澜在心里暗暗羡慕起凌水来。吃过早饭，初澜抢着洗好了餐具，回卧室收拾好书本，打算去学校温习功课。已经临近期末考，一向成绩排名靠前的她仍然不敢有丝毫懈怠。

客厅里的思远也在收拾旅行包，他解释说，他要赶回他的城市，刚找到的工作不能丢掉，因为凌水和他闹分手，他才请假坐了将近十个小时的火车过来找她。

5

初澜骑着单车赶到学校图书馆的时候，发现里面已经座无虚席，只好准备折返到教学楼去寻找空位置。

"这个大懒虫，肯定又在睡懒觉。"明明提前约好让住在学校的兰木帮忙占座，可是打电话给她的时候，她还在问现在几点。初澜喃喃自语："就不该相信那条懒虫的话，昨晚肯定一直在教室偷看'超级女声'来着。"

"初澜。"路伊鸣抱着书从图书馆出来，隔着老远就喊着初澜的名字。原来路伊鸣和她一样来晚了，偌大的图书馆却找不到落脚的地方。

"我带你去一个地方，跟我走。"路伊鸣扬着神秘的笑容，初澜没有拒绝。一路上，骑着单车的路伊鸣会对着路上的很多女孩子打招呼，反而是和他并行的初澜显得有些落寞。

"路伊鸣，我们这是去哪里呀？"

　　路伊鸣笑而不语，把她带进了学校南面的一条幽深胡同里，道路上铺着看不出年代痕迹的青石板，路基泛着潮湿的青苔，墙头和墙尾长满了不知名的花草，头顶是遮天蔽日的绿叶，重重叠叠地交织在一起，细细碎碎的阳光钻过枝叶的缝隙投射在脚下，胡同的拐角处，几个老人扇着扇子围在一起下棋。

　　没想到幽静的胡同深处会有一家咖啡店，店的名字叫作"有一间"，装潢古朴，像是有很多故事在延续。路伊鸣领着初澜走进去，吧台的服务生和路伊鸣热情地打招呼，像是老朋友。两个人找到了一个靠窗的位置，点了咖啡和甜点。没想到窗外的院子里会是假山瀑布，绿树成荫。

　　"这是店主的后花园，也是我的秘密基地，我经常坐在这里观赏里面的花草。"

　　"确实很美。"初澜惊叹地睁大眼睛，露出长长的睫毛。

　　"这里的咖啡味道很好，甜点也很好吃。"路伊鸣把甜点轻轻地挪到初澜的面前。

　　"你是不是经常和你女朋友来这里？"初澜装作漫不经心的样子，试探地问他。

　　"我……我没有女朋友的。"路伊鸣否定地回答，出乎意料地平静。

　　初澜尽管对此半信半疑，但还是转移了话题，把书本摊放在有着纹理的木桌上，整个上午都在这样舒适的地方待着。其间，兰木打过来电话告诉她，图书馆爆满，没有占到座位。

"初澜，你在哪呢，我去找你吧。"兰木急切地询问着。

"那个，那个不用了，我在家里复习呢。"初澜拧着眉毛，左手握着手机，右手遮口，小声对兰木解释着。

等初澜挂掉电话，才发现路伊鸣一直都在盯着她，样子似笑非笑，"初澜都学会说谎啦，不会是男朋友吧。"

"当然不是啦，是……是兰木。"初澜有些羞赧，拿出手机让他看，他笑着摆摆手。

等两个人从咖啡店出来后，初澜的单车却莫名其妙地消失了。路伊鸣安慰她说，还好人没有丢掉。寻找半天未果，初澜只好认栽。两个人一起吃了午饭后，又回到咖啡店继续复习。晚上，路伊鸣骑着单车，向她招手，她只好坐到路伊鸣的单车后座上，按照路伊鸣的要求把胳膊揽在了他的腰间。路伊鸣照旧把初澜送到了楼下，目送着她消失在楼梯拐角处才离开。初澜依旧沉浸在痛失爱车的情绪中，走到三楼才发现，装钥匙的钱包落在了路伊鸣的车筐里，正准备折返下楼，却听到急促的脚步声逼近自己。

"你这个冒失鬼。"路伊鸣笑着把钱包递给她，右手不自觉地抬起轻放在她的前额上。初澜被他的突然举动搞得心跳加速。看着路伊鸣额头上细密的汗珠，初澜忍不住邀请他进门喝水休息。

凌水正端坐在沙发上敷着面膜，看到初澜领男生进来，马上把头扭向一边。两个人没有料想到客厅会有人，看到敷着黑色面膜的凌水后差点被吓到。初澜和凌水打过招呼后，领着路伊鸣径自回到了自己卧室。

"原来女孩子的房间都是这么整齐干净。"路伊鸣忍不住夸赞。

"马马虎虎吧。"初澜有些羞赧。

两人交谈了一会儿，初澜去厨房倒水，从冰箱取了小冰块，回来时看到路伊鸣插兜站在落地窗前凝思发呆。

"初澜，你看，这里可以看到远处的山脉的轮廓，还可以看到天空上的星星呢。"

"咦，我以前怎么没注意到。"初澜移到窗户边，顺着路伊鸣手指的方向，像是发现了新大陆，以前她的眼里只有斜对面的窗户，哪里会注意到这些一直都存在的风景。

想起在学校，很多个傍晚时分，初澜都会看到路伊鸣一个人掏着口袋走到学校北门附近的钟楼，一直上到顶层，趴在栏杆上，眺望着西边的落日余晖，成片的火烧云，还有飞机滑翔出来的白色痕迹。而她就悄悄守在钟楼下，抬头望着他的身影，猜测着他的心事，多少次都想冲上去陪他，哪怕一句话都不说，就只站在他的旁边，静静地看着他。可是，她没有那样的勇气，每次都是等他离开后才肯上去，站在他待过的地方，眺望着他看过的风景。

"初澜，你看那些亮着的星星，有种传说，说那些对你很重要的人死后都会化作亮星，在星星的尾端会系一根透明的丝线，连着地面上思念他的人。"路伊鸣望着天空，目光像是在寻找什么。

"我也听过这样的传说。"初澜站在他的旁边，诧异路伊鸣的话。许是话题过于沉重，两个人开始了很长时间的静默。

路伊鸣离开后，初澜一个人呆坐在窗边，望着天空，无数的星星闪闪烁烁，缀满了宁静的夜空。她知道路伊鸣的内心深处一定有放不下的人和事，阳光幽默只是他的外表而已，她想走进他的心里，可是始终找不到入口。

初澜从卧室出来找水喝，发现凌水还没有睡觉，被好奇心驱使的她突然想知道她和思远的故事。凌水始终没问她和路伊鸣的事情，她看得出，凌水很少去关注和在意别人的生活。

"凌水，你就告诉我，当初你们是怎么在一起的。"初澜带着撒娇的口吻，像是一个小女孩向姐姐要求讲睡前故事一样。凌水今天的兴致很高，点头答应了。

"我现在都后悔和他在一起啦。"凌水憋着嗓子，想到过去的事情，她的表情马上变得复杂起来。

"那个时候，大概是 1998 年，我还在读高二，会在一些杂志发表一些文章，没想到会有很多人写信给我，要和我交笔友。不过，我在翻看那些信中看到了一个文笔不错的男生，就很认真地回信给他。几次信件交流后，他要了我的所有联系方式。半年后的一个傍晚，他突然打长途对我说，他喜欢上了我，当时我就后悔给他手机号码了。"

"为什么后悔啊，我看思远哥一表人才，而且很爱你的样子。"初澜不可思议地侧歪着脑袋。

"你自己都说了，是很爱的样子，他是最会做样子的，也不知道这几年他是不是一直都在做样子给我看。"凌水的语气很认真，不像是开玩笑。

"我……我不是这个意思。"初澜完全没想到凌水会顺着她的话茬儿说下去。

"那时的我刚上高三，已经被功课弄得焦头烂额，哪有心情谈恋爱，最重要的是当时我的心里已经有喜欢的人了。"

"原来思远哥还是你的备胎。"初澜饶有兴致地望着凌水白皙的侧脸，一双给人无限遐想的眼睛总是蒙着一层薄纱，使人顿生扑朔迷离之感。

"只是暗恋而已。我从来都没想过要答应他，可是他似乎已经纠缠上了我，每天都会打电话过来。他每次打电话过来都像是算好了时间，像是知道我每时每刻都在做什么。刚开始的一个星期，我一直都没接，最可恨的是七夕那天，被他轮番轰炸之后我差点都要把手机摔掉，让他再也没法打通，可是最后还是没忍心，就是这没忍心，让我后来什么事情都得忍受他。"

初澜去帮凌水冲了咖啡，重新坐到她的旁边，拉着她白皙的手，那是一双长着修长手指的手，指甲磨得很平，整齐，没有涂任何指甲油，形状质感给人很舒服的感觉，让人禁不住去摩挲。

"一个星期后，我忍不住接了他的电话，电话对面的他显得很兴奋，说话语无伦次，听了很久，都不知道他说话的主题。但是不可否认，他的声音很好听，很有磁性，而且很懂得安慰人。慢慢地，我开始习惯他打电话给我，听他的声音会让我很放松，尤其是刚从教室出来，焦头烂额地算完各种方程式的时候。

"渐渐地，每天接他的电话成为我的习惯，如果哪一天他没有打来，我竟然会开始胡思乱想，担心他是不是不喜欢我了，更担心他会出事。说实话，我总是把事情往坏处想。没想到，就这样，他竟然和我通了整整一个学期的电话，这就是他追求女孩子的方法，死缠烂打……"

初澜又缠着凌水讲后来的进展，但看看墙上的挂钟已经接近午夜，想到明天凌水还要上班，初澜不好意思地挠头，让她早点休息，以后有时间再讲给她听。回到卧室的初澜思绪万千，开始暗暗敬佩起思远来，觉得他当初是那么的执着，奋不顾身，好在现在终于苦尽甘来。

"爱情是需要勇气的。"睡觉前，凌水和她说了最后一句话。初澜反复琢磨着，脑海里像是围着一圈的镜子，凌水的话像一道奇异的光在镜子间不停地折射，反反复复。

拉窗帘时，她的眼神习惯性地瞟向斜对面亮着的窗户，不过，她隐约感觉到那扇窗户后面似乎也有人在偷偷地看她，吓得她赶紧拉好窗帘，爬到床上睡觉。她实在太困了，刚闭上眼，脑海里居然会浮现出凌水和思远刚开始交往的场景画面。

坐在火车上的思远靠在硬座靠垫上，望着窗外，近十个小时的路程，穿过一个又一个的城市，也许在他看来，路途并不遥远，地图上的距离不过几厘米。当列车渐渐驶入凌水的城市时，他兴奋地拨通了她的电话，"凌水，我马上就到你的城市了，很快就可以见到你。"

"不会吧。"凌水接到思远电话，以为是玩笑话，尽管思远之前和她提过，可是，她仍然不肯相信这是真的。

"各位旅客，前方到站……"听到电话里传来的报站声，原本半信半疑的凌水瞬间从床上跳起来，打开衣柜翻找合适的衣服。

当凌水赶到火车站的时候，思远已经站在凛冽的寒风中近半个小时。他面容发红，身体直哆嗦。已经傍晚时分，气温骤降，天空飘起了雪花，落满了他的肩头，穿着单薄的他害怕凌水找不到自己，就一直死守在车站外面的出口标识下。

"你……你就是凌水吧，我是思远。"思远紧张地不知道该说什么好。两个人之前虽然交换过照片，可是当真人站在面前的时候，思远还是羞涩地难以启齿。

"没想到你真的来了。"凌水眉带笑意，有些诧异。思远穿着土气，但是很干净利落。他的面容清秀，有一双炯炯有神会说话的眼睛，背着有点稚嫩的双肩背包。凌水望着他真诚的眼神，伸手帮他掸掉肩上的落雪，"先去我家吧，外面太冷。"

凌水解下自己的围脖，抬手围在他的脖颈上，额头靠近他的下颌时，听到了他粗重的呼吸。拘谨的他没有过多的动作，只是傻傻地看着她说："凌水，你真的很漂亮。"凌水只是微笑，暖暖地看着他，像是许久未见的老朋友，和他并行而走，在车站坐车回到她的家中。

自从母亲去世以后，凌水都是一个人生活，整日地关着门窗，拉住所有的窗帘，呼吸着稀薄的空气。她喜欢身体飘荡在黑暗里，把自己封闭起来，这样才会觉得很安全。没想到，思远走进卧室的第一个动作就是拉开窗帘，外面的灯火瞬间倾泻进来，凌水的眼睛顷刻间被光亮包裹。

凌水跑到厨房做了最拿手的饭菜给他吃。晚饭后，她把隔壁的卧室收拾妥当供他休息。他没有马上睡觉，而是在客厅里拉着凌水聊天，讲他的家庭、学校、朋友。凌水是一个很好的倾听者，双手托腮，眨着明亮的眼睛，静静地聆听。

"凌水，我喜欢你，我们在一起吧。"思远直白恳切地看着她。

"现在我还不能答应你，等你考上大学再说吧，现在我们只是好朋友。"凌水委婉地拒绝了他，她不想他现在因为自己影响学业，她知道他对未来人生的憧憬，虽然她自己已经决定放弃大学。

"那好，凌水，半年后我会带着录取通知书来找你。"凌水看着他坚毅的眼神，虽然表面没有太大回应，但是她的心里开始暗暗期待起来，自从母亲去世后，她已经很久没有期待过什么了。

"或许，当初就不该有期待，期待是痛苦的开始，没有希望也就不会有失望。而失望不会铺天盖地，只会积少成多变成放弃。"凌水站在窗户边喃喃自语，她不知道为什么会对过去这么久的事情依旧记忆犹新。

6

"天哪，路伊鸣，你疯了吧。"初澜双手掩唇，一脸的不可思议。

面前的单车和初澜丢掉的一模一样，这是路伊鸣昨天跑了大半座城市才买到的。看着一脸微笑的路伊鸣，初澜的内心一阵激动，眼睛里感觉有东西要涌出，但还是极力克制住了。

"前天都怪我害你丢掉单车，就当是我提前送你的生日礼物，必须要收下哦。"

凌水从楼道出来，看到眼前的一幕，眯起眼睛，微微一笑，没有停留转身离开，倒是初澜红着脸把脸扭向一边。

初澜和路伊鸣骑车赶到学校图书馆门口时，兰木远远地就向他们招手。

"想唱就唱，唱得响亮。"兰木像是着了魔似的疯狂迷恋着"超级女声"，"初澜，你知道吗，我觉得成都唱区的那个张靓颖逆天了，简直就是天籁之音，我现在超喜欢她。"

"你不是一直都喜欢周笔畅吗，什么时候又变成张靓颖了？"初澜挑着眉毛反驳道。倒是路伊鸣在一旁解围："她们两个唱得都挺好的。"兰木用眼神向路伊鸣感谢，"你看，还是路伊鸣了解我，初澜，你就不能不和我抬杠吗？"

兰木接着郑重地向身边两个人宣布："今晚的校园十佳歌手决赛，你们作为我的特邀表演嘉宾和亲友团，一定要好好拉选票帮我哦，尤其是你路伊鸣——学生会副主席。"

"那肯定的，去年就见证过你的实力啦。"路伊鸣马上答应，还做了加油的手势，然后和两个人告别，"我要去布置比赛场地了，晚上在那里等你们。"

"嗯，拜拜。"初澜知道，成为歌星一直都是兰木的梦想，有唱歌天赋的她嗓音极好，歌声很有感染力，在学校里早已是众所周知的歌星了，很多人都很仰慕崇拜她，学校周边的许多酒吧也在极力邀请她去驻唱，早就胜过了电视里那些所谓的空有长相依赖电音的偶像歌星们。

"哇，那不是美术学院的宋海洋吗？"一向眼尖的兰木拽了拽初澜的胳膊，眼神里满是期待，两个人随即停下脚步。

"花痴。"初澜顺着兰木眼神方向望去，看到一个瘦高的男生背着画板向她们走来，惊诧地抱怨道，"怎么又是这个家伙？"

"你认识他？"兰木一脸狐疑地把目光转向初澜，"赶快告诉我，你们是怎么认识的？"

"我们……"初澜苦想半天也不知道该从何说起，两次的不欢而散，两个人对彼此的印象都糟糕透顶。

这时，宋海洋已经走到了她们身边，眼神瞟过她们又迅速地朝前看去，初澜看出了他眼神里的诡异和嘴角的嘲弄。初澜欲言又止，男生从容地从她们身旁走过。兰木忍不住长吸一口气，沉浸在空气里那股淡淡的男士香水味道中。

"好拽的样子，就知道扮酷。花痴，别看了！"初澜瞪着视线依旧落在远处男生背影的兰木，把她从幻觉中强拉回来。

"我再多看几眼嘛。不过，有传言说他既喜欢女生又喜欢男生，也不知道真假，但愿都是谣言吧。"兰木还不时地回头望去，"你还没告诉我呢，不过他好像没认出你。"

"无所谓，本来就是一个很讨厌的人。晚上就要比赛了，还不赶快去练歌。"初澜懒得和她争辩，把从路伊鸣那里拿来的比赛秩序册放到她的手里。

"好的，我的女王陛下，小的遵命。"兰木迅速翻看了几页，确认了自己的比赛号码。倒是初澜一脸的困惑，她明明看得出来，宋海洋刚才已经认出了她。"真是个怪人。"初澜喃喃自语。

"初澜、兰木，你们站在这里做什么？"初澜侧过身子看到了体育学院的云恺。

"哇，不是做梦吧，没一会儿就碰到了三个院草级人物。"兰木瞪大眼睛，一副难以置信的表情，嘴唇凑向初澜的耳边，有点失落地说，"不过，怎么感觉每次我都是多余的呢。"

"这个，不用你管。我想兰木已经把伞还给你了。"初澜拉着兰木想要马上离开，但是兰木的双脚像是钉在了地板上，任凭初澜怎么拉都动弹不得。

"哦，云恺，又来找我们家初澜啊？"兰木俨然成了初澜的经纪人，"不过，你还欠我一个人情哦。"兰木朝他神秘地眨了眨眼，没有继续说下去，倒是初澜拧着眉毛，一头雾水地看着他们。

"当然，这个周末我请你吃饭。"云恺笑着说，把头转向初澜，声音顿时柔和了许多，"你和兰木一起来，好吗？"

眼前的云恺似乎刚打完球，额头上淌着细密的汗珠，被汗水浸湿的白色运动背心紧贴着结实的胸膛。在学校很多女孩子的眼里，长相酷似陆毅的云恺走到哪里都是一道风景线，身形高大的他天生一副英俊的面孔，时常在校园里骑着一辆黑色摩托跑车。

"我要复习功课，恐怕没有时间。你和兰木一起吃就好了。"初澜翻箱倒柜，终于找到了合适的理由拒绝。

"好吧，以后有时间再聚。"云恺的声音里有些失望，"不过，复习不要过度劳累，注意休息。"不善言谈的他总是挑不起令女孩子欣喜的话题。

"我今晚有比赛，有时间来看哦，初澜可是我的钢琴伴奏。"兰木到哪里都忘不了找熟人捧场，说完和初澜朝排练房走去。

"你俩什么时候又搅和在一起了？"初澜不满地瞪着兰木。兰木露出鬼脸，"这是个不能说的秘密。"

彩排完后已是傍晚，兰木和初澜换上了精致的演出服，这些都是兰木跑遍大半座城市用很高的价钱租来的。兰木选了紫色的裙子，很好地显出了她的优美身形，就像深海里的美人鱼一样冷艳。初澜也被兰木逼迫着换上了一件露左肩的白裙，裙子的下摆拖曳在地上，散开的海藻般的头发披在肩头，头上盘起的一络头发被水晶冠束着。

　　等待化妆的她们小心翼翼地呵护着衣服。突然，云恺手提有着精美外盒的水果沙拉和进口零食出现在了化妆间，里面顿时沸腾了，很多女生都把目光落在了这个意外之客上，彼此小声地议论着。

　　初澜背对着云恺，看到周边的异常正欲转身，没想到新换的高跟鞋子不好驾驭，转身的一瞬脚底一滑，整个身体像是失去重力似的前倾，就要摔倒的时候，初澜的腰部突然被云恺的双手托住。周围的人都瞪大眼睛，房间霎时变得静寂，大家都还没有反应过来时，穿着黑色修身西服的路伊鸣拿着比赛秩序册推门而入。如果地上出现一个大裂缝的话，初澜会毫不犹豫地第一个跳下去，她不想让路伊鸣误会自己和云恺的关系。

　　等到一切恢复平静的时候，初澜始终低着头，手指不知所措地摆弄着裙角。云恺把食物放到桌子上就离开了化妆间。他坐到观众席后，伸出双手，静静地发呆，然后两只手像是模拟刚才的画面一样握在一起。

　　路伊鸣拿着比赛秩序册核对着比赛人员的名单，面容淡定，好像并没有受到刚才尴尬场景的影响。兰木站在一旁唏嘘不已，忍俊不禁，心里却又在各种羡慕嫉妒恨。

　　化妆完毕后，两个人就站在候场席等待主持人喊自己的名字。比赛在七点准时开始，兰木躲在红色的幕布后，掀开小小的一角朝外望去，偌大的礼堂黑压压的一片，无数的脑袋在追光灯下晃动。她没看几眼就双手抻着裙子回到了初澜的身边，幕布外掌声雷动，"初澜，我有点紧张，刚才那个选手表现太棒了，我怕……"

"没事，我的兰木是最棒的。"初澜握着她的手，柔声地安慰她。

"下面有请十八号选手兰木和特邀嘉宾初澜为大家带来今夏最流行的歌曲《想唱就唱》，大家掌声欢迎。"

初澜和兰木手牵着手缓缓走到舞台中央，向大家低头致意问好。炫目的镁光灯打在两个人的身上，初澜只是感觉很刺眼，眼前变成白茫茫的一片，但是哗哗的掌声涌来，证明了台下人声鼎沸。那一刻，她瞥到了兰木脸上的兴奋。

初澜坐到舞台左侧的钢琴前，指尖落在黑白键盘上，一个个悦耳的音符仿佛叮咚的泉水落在清澈的湖水中，泛起一圈圈的涟漪。

"想唱就唱，要唱得响亮。就算这舞台多空旷，总有一天能看到，挥舞的荧光棒，啦……"兰木把这首歌的曲调做了改变，加入了高音，比原唱多了几分独特，也更加动人心弦。初澜看着沉浸在音乐中的兰木头上闪着光，正在朝她的梦想一步步攀行，那座藏在云雾里的城堡，正在等待她。

"兰木！兰木！"当音乐戛然而止，台下的观众开始高呼兰木的名字，突然有人喊了声，"初澜！"大家又纷纷把这个名字加了进去，"兰木！初澜！"不过，初澜听出了是云恺先喊的她的名字。

初澜走到舞台中央，牵着兰木的手，向台下鞠躬谢幕，朝后台走去。兰木的眼眶蓄满了眼泪却没有落下，走到帷幕后，两个人紧紧地抱在了一起，"谢谢你，初澜。"

"你们的演出真的太棒了！"不知道什么时候路伊鸣已经站到了她们的身后，衣着正式的他语气里透露着成熟和沉稳，完全不像平日里那个稚气未脱的大男孩。初澜微笑着说："主要是兰木唱得好。"想起刚才比赛时，坐在舞台左侧的她无意间瞥到了站在礼堂侧门的路伊鸣，当时他正注视着舞台上的表演，当两个人目光交汇的一瞬，她马上低下头，视线转移到琴键上，感觉有一股暖流像穿梭的电流一样在身体的血液中跳跃流动。

两个人很快换下了演出服，没有卸妆的她们急切地跑到观众席，不想错过其他人的动人歌喉。初澜只顾着和兰木交谈，在狭窄的过道里撞到了往来匆忙的其他比赛选手，"对不起。"初澜抬起头看着眼前被撞到的人，略微停顿了一下，真的是冤家路窄。对方依旧没有什么反应，从她的身边潇洒地走过，还是那样桀骜的神情，没有什么变化，只是画板换成了吉他。

"原来你叫初澜啊。"走出不远的宋海洋突然转过头。初澜竟然诧异地看到他回头冲自己露出了笑容，那笑容真实温暖，看不出任何恶意，倒有几分赞赏之意。但对于初澜而言，却是铁树开花般的奇迹。

"这反应真够迟钝的，是不是真的脑子有病。"初澜喃喃自语道，但还是诧异男生能喊出自己的名字。

"是呢，她是初澜，我是兰木，很高兴认识你，美术学院的风云人物。"没想到兰木像是着了魔似的，视线始终落在他的身上，还没等初澜说话，她已经抢先一步回答。男生没有再说什么，只是微笑着晃晃头，然后转身离开。

"初澜，你看，已经有那么多人喜欢你了，这个就让给我好了。"兰木撒娇似的扯着初澜的胳膊，"我们可是多年的好姐妹，你可不能重色轻友啊。"

听到这话，初澜又好气又好笑，自己怎么会喜欢这样的怪家伙，"说什么呢，我又不花痴。我喜欢谁，你不是门儿清吗？"

"我就知道，还是你对我最好啦，一会儿请你吃宵夜。"兰木放心地露出灿烂的笑容。

说话间，兰木拉着初澜走到了观众席，云恺起身让两个人坐到了提前占好的位置上，初澜坐到了云恺的旁边，确切的是，兰木故意隔了位置坐下。

"兰木，今晚的冠军肯定是你的！"云恺冲着兰木肯定地说道，然后把头摆向初澜，"初澜，你弹得真好听，还有，还有就是，你今晚真漂亮。"

初澜的脸唰地红了，幸好光线暗淡遮掩了一些事实。兰木偷瞄着两个人，暗自发笑，把目光转向舞台。"我先去一趟洗手间。"初澜起身离开座位朝卫生间走去。但她能感觉到，云恺的视线并没有从她身上移开。

"在欣赏完一首古色古香，韵味十足的歌曲后，让我们换一种口味，下面有请美术学院的宋海洋为大家带来原创作品《七月的海洋》。"

听到主持人报幕后，初澜骤停脚步，望向舞台，宋海洋端坐在舞台中央，怀抱着木色吉他，台下轰然的掌声在一个音符跃出丝弦后变得沉寂下来，十指修长的他开始弹奏着他的故事。

初澜目不转睛地注视着他，被动人的旋律和直抵心灵的歌词深深感染，那些守候在阳台上的夜晚，不停地思念，不停地失落，不停地期望。可是有的时候，路伊鸣的面容在脑海里却变得非常模糊，就像从未相遇的陌路人。她不知道自己到底喜欢路伊鸣什么地方，只是很享受暗恋一个人的感觉，等待那个人慢慢占据自己日渐空虚寂寞的心房，成为自己灵魂的一部分。

"无数个夜晚，望着天上的星，仰叹着自己的寂寞和无声的叹息。我在等待你，俯瞰森林的高山之巅，已经很久没有你的身影。我不知道在陌生的地方，你是否也会像我一样想起你我的曾经……"

她也曾喜欢过几个男孩子，只是大多都在她的默默暗恋中无疾而终。她也曾被许多男孩子追求过，可是却没有一个能住进她的心里。但是没想到，这次会暗恋一个人这么长的时间，不知不觉中，路伊鸣已经住进了自己的心里，只是不知道，他的心里住着谁。

舞台上的灯光时而绚烂，时而暗淡，初澜低头无意间瞥见了很多女生在找纸巾擦泪。有太多的人爱过和被爱过，在驶往未知终点的旅车上，我们被驱使着站在变幻着的不同车厢里茫然地望着窗外的风景，却不知道，这些短暂停留的地方哪里才可以永久地居留下去。

在潮水般的掌声中，宋海洋消失在大家的视线中。初澜晃过神，在过道的地方撞到了四处巡视的路伊鸣，只是他的眼睛微红。

7

夜风习习，兰木挽着初澜的胳膊走在树花飘落的校园里。夜色很美，无数的星星像是晶莹的水晶镶嵌在黑色的魔法袍上。盛夏的校园，被大片浓郁的、层层叠叠的绿色紧紧包裹，里面散发出各种鲜花的馨香，就像神秘的伊甸园一样，无数的亚当和夏娃在葱郁的果树下踩着还留有清香的花瓣，追逐打闹。

"初澜，怎么办，我……我现在满脑子都是宋海洋。"

"你老毛病又犯了，过几天症状自然见好。不过他，确实很有魅力。"

"我早跟你说过，他可是美术学院男神级别的人物，刚入学好像就获得了省级美术一等奖。最近还听说他报名了经济学院的会计学二学位，八竿子打不着的专业，估计也只有他能驾驭。不过我偷偷打听过，他大一没课就去经济学院蹭课，经济学院里的老师都以为他就是本学院的学生。哎，只是没想到他还会唱歌玩乐器，完了，这样的人肯定追不上的。我现在就企盼能跟他当个好朋友。"兰木嘟着嘴，目露失望地望着一池平静的湖水，顺脚踢掉脚边的一块碎石。

"兰木，你……"初澜看到被踢进湖水中的石头，突然想说"你不知道这样乱踢石头是很危险的吗"，马上欲言又止，思绪瞬间被拉回到现实，想起这里不是马路，"没，没什么，我们现在是不是应该庆贺你获得亚军的好成绩呢？"初澜岔开话题。

"好啊，那现在去哪呢？"兰木的注意力也被拉了回来，"不过，可惜不是冠军。"兰木舞动的眉毛又垂落下来。

"只是评委们的标准不一样而已，在我的心里，你就是冠军。"初澜紧紧拉住她的手，目光澄澈地看着她。

"没想到会在这里碰到你们，初澜、兰木。"一个熟悉的声音从面前飘来，兰木似乎马上有了精神，脸上的懈倦一扫而光。

"祝贺你哦，冠军。"兰木语气诚然地说，诧异宋海洋的突然出现。

"谢谢。"宋海洋没有任何的推辞和谦虚，却惹得初澜小声嘀咕，真是个高傲的家伙。兰木却毫不在意，"什么时候还能听到这样好听的歌曲呢？"

"我也不知道。"宋海洋那副认真的表情却使得两人忍俊不禁。突然，一阵轰轰的声音朝几个人驶来。

一辆黑色摩托跑车在大家身边停下，云恺解下银色的头盔，托在右手上，"原来你们都在这儿啊，刚才你们在舞台上合影，我就去了趟洗手间。回来一转眼，人就没影儿了。"他把头盔递给初澜，"初澜，上来，我送你回家。"

"谢谢，真的不用，我的单车就在图书馆前。"初澜并没有去接云恺递过来的头盔，反而后退半步。

"现在已经很晚了，改天再请你吃宵夜。今天帮了我这么大的忙，我怎么放心你一个人回去呢？正好有人送，我也放心点。"兰木向初澜眨了眨眼，眼角的余光瞥向宋海洋。

"兰木已经把你住的地方告诉我了，我认得路。"云恺诚恳地说，头盔再次递过来。初澜看出了兰木的心思，狠狠瞪了她一眼，不情愿地戴上了头盔。"抱住我。"前面的云恺握着摩托把手却不忘指挥着初澜的坐姿。

初澜的双臂环在他精瘦的腰间，隔着黑色的棉 T 恤，感受着他紧致的腹部，微凸的肌肉轮廓，似乎潜藏着强大的力量。黑色的摩托跑车很快绕到图书馆前面，云恺尽管把速度压到最低，但是轰轰的声音还是引起了不少路人的注意，戴着头盔的初澜慌忙压低脑袋，害怕被人认出。转弯的时候，初澜无意间看到了迎面走来的路伊鸣，可是云恺并没有停车，似乎加速骑过，初澜把头扭向一边，尽量不去看路伊鸣，更害怕被他看到。

云恺的突然加速让思绪蹁跹的初澜毫无准备，她的身体骤然前倾，戴着头盔的脑袋轻砸在他的后背上。

"初澜，坐稳抱紧我。"云恺用命令的口吻侧着脑袋对她说，夜风把他黑亮的头发吹得凌乱，但使他的帅气变得更加真实和自然。

摩托车驶出校门，穿过大街小巷，初澜屏住呼吸，有一瞬间，她紧紧地抱住了他的腰，看到他侧脸的微笑，在光影流离中变得时而模糊，时而清晰，"初澜，抱紧我。"路伊鸣的声音拂过耳畔，吹散了周边嘈杂的音乐和吵闹，轻轻叩响她的耳膜。

突然摩托跑车停在了路边，没有任何思想准备的初澜再次碰到他的后背，摩托车投射出一束刺眼的白光照亮了前方距离很近的一辆黑色奥迪。

"凌水？！"初澜揉揉眼，才慢慢看清眼前的场景，凌水正趴在一辆黑色车头上，像是喝醉的样子，旁边一个中年模样的男子一只手落在她的腰间，另一只手扶着她的肩膀。

两个人像是被刺眼的光束惊到，抬起头望向云恺他们。

"爸——"两个人下了摩托，云恺快步走到那个中年男子身边，"这就是您所谓的加班？"他的声音瞬间陡高，增加了几十个分贝，倒是吓到了正在摘头盔的初澜。

凌水捂着胸口，抬起头，看着初澜他们，一言不发，表情难受地挣脱开中年男子，身子微晃地朝楼道走去，初澜晃过神，迅速跑过去扶住凌水。

云恺怒不可遏地把手中的头盔重重地摔在地上，和中年男子目光发狠地对峙着。

"云恺，听爸给你解释，事情不是你想的那样。"中年男子慌忙向他解释。

"没什么好解释的。今天的事，我暂时不会告诉我妈，您好自为之吧。"云恺迅速打断了中年男子的话，转身决绝地骑上摩托跑车，扭头冲着初澜语带歉意地说，"抱歉，明天见。"然后是摩托跑车启动的轰轰声，云恺的背影很快消失在茫茫夜色中。

初澜没有再去理会呆站在高档奔驰车前的中年男子，把凌水扶回家后，冲了蜂蜜水给斜靠在沙发上的凌水喝下。

"初澜，你去休息吧，我很好。"过了一会儿，凌水似乎恢复了清醒，独自起身去了卫生间，关上了门。嗡嗡……凌水遗落在沙发上的手机震动不停，初澜看到来电显示的名字是思远，犹豫着没有接。

凌水穿着白色浴袍从浴室出来，头发湿漉漉的，像是从海底捞出不久的海藻一样，赤着双脚踩在木质地板上，发出轻微的声响。

"刚才思远哥打来电话，我没接。"初澜的语气带着谨慎。

"嗯，我知道了，今天谢谢你，你早点休息吧。"凌水从茶几的抽屉里摸出香烟，抽出一支点燃，放在红润的嘴边轻吮一口，然后双唇微张，送出一团絮状的气体，在她苍白的面容前弥漫消散。

初澜回到房间换上米色睡衣，躺在柔软的床上呆呆地望着天花板，这一天状况百出令她应接不暇，无数的巧合就像是一个连着一个的梦魇，她拧下胳膊，疼痛感证明这一切正在真实地发生着。

翻来覆去睡不着的她，习惯性地挪到窗户边，看着窗外的夜景。起伏的山脉在夜色中安静地熟睡，只是一个颜色的单调，暗沉的天空并没有星星。望向家乡的方向，初澜眼睛微湿，已经两天没有给家里打过电话了。每次打电话回去，总能听到老妈的唠叨，埋怨她在外疯成了野丫头，连家都忘了。

房门外的客厅传来小声的争执，更像是一个灵魂愤怒的独白。凌水的声音一高再高，然后又瞬间变小，声音从客厅移动到了隔壁的卧室，最后，短暂的平静后，一声砰的响声再度传来，初澜分辨出那是手机碰撞地面的声音。

　　还在猜测状况的初澜像是一个陷入沉思的侦探家。突然，一道闪电划过窗户，白色的亮光在玻璃上反射出初澜模糊的表情，等到雷声响起，初澜才后退一步，表现出被惊吓到的样子。不知道为什么，近来她的反应总是过于迟缓。

　　哗哗的雨水顺着玻璃流下，外面的世界变得更加模糊和朦胧。初澜还是注意到了斜对面的窗户，已经午夜时分，却还是灯火通明，只是被雨水遮掩的亮光像是漂浮在茫茫大海中一艘渔船里的油灯，朦胧地照亮着一片狭小角落。

　　初澜醒来时才想起单车还停放在图书馆前。

　　"昨天明明就停放在这里的。"初澜猫着腰在一排单车前仔细寻找着。

　　"是不是在找你的单车？"初澜被突然的声音吓得身体一颤，路伊鸣从图书馆前的值班室里推出了她的单车。原来，路伊鸣昨晚路过图书馆前，碰巧开始下雨，初澜的单车就停放在他的右侧，他已然知道她坐着云恺的摩托跑车回家，然后就把她的单车暂时寄放在值班室里了。

　　"看来我保留的一把钥匙还是有用途的。"路伊鸣得意地在她的面前展示着车钥匙。

　　"谢谢。"初澜无话可说，心里暗想路伊鸣肯定知道是云恺送她回的家，该怎么向他解释，才不会被误会呢。

"不过，看来这把钥匙要交给另一个主人保管喽。初澜，什么时候交到的男朋友，都不告诉我。"没想到，路伊鸣会毫不避讳地谈到云恺，语气会这么淡然。

"你，我……我没有男朋友的，云恺，我跟他不熟的。"初澜支吾地解释。

路伊鸣似乎并不在意她的辩解，把钥匙放在她的掌心，笑着向她摆手，"我先去上课了，记得有事联系。"

"那没事就不用联系了呗。"初澜望着他的背影喃喃道，把钥匙塞进书包里，表情失落，有气无力地走进了图书馆。

8

云恺望着落地窗外的街道，灯火璀璨，五光十色的霓虹灯缠绕着大小各异的广告牌。街道上的行人形态各异，有的站在橱窗前驻足观望里面的时装模特，有的拎着大包小包在店铺里进出，有的谨慎地匆匆穿过人群。

马路对面挂在高楼上的巨大电子显示屏正在循环播放着各种广告宣传片，屏幕下方赫然写着"顾氏文化有限公司"。

云恺低头看了下表，他比约定的时间早到十分钟。服务员再次走到他的面前，他摆摆手，服务员习惯性地微笑，样子极为尊敬地擎着咖啡单离开。这里的西式咖啡厅装潢华美，深色的灯光像是给华丽铺就了一层神秘的外衣，静谧的大厅仿佛是沉睡中的贵族城堡。而这家连锁咖啡厅背后的最大股东就是顾氏文化有限公司的顾总。

"路上堵车，我可能晚到几分钟，抱歉。"收到信息的云恺长吁一口气，在约定的时间里她没有准时出现，确实使他感到了不安。

窗外弥漫的灯火充斥着夜色，来往的车辆像是漂浮的纸船，缓缓地驶过十字路口。云恺凝神沉思，揣测着她的想法，自己一会儿又该如何应对。无意间，他透过玻璃瞥见了她从一辆出租车下来，身着黑色的及膝连衣裙，横束在腰间的腰带使她纤细的腰部很好地显露出来。她挎着银白色的包，踩着米色高跟鞋，无疑是一个充满魅力的神秘女子。

没有四处张望的她径自朝咖啡店走来，却在一个蜷缩在墙角的乞讨老妪面前停下，从挎包里取出零钱，弯下腰放在老人的面前。

云恺马上整了整衣衫，时常一身运动装扮的他，今日特意换上了白色修身短衬和九分黑色西裤，脚踩雨果博斯的黑色时尚皮鞋。

"抱歉，我来晚了。"凌水把包放在旁边，落座到云恺的面前。

"哦，没什么，"云恺对凌水能够迅速找到他感到惊讶，"吃点什么？”

　　服务员已经站到了两个人的旁边，微微弯腰，向两位客人致意，"顾少，凌小姐，两位需要点什么？"凌水没有翻看咖啡单，直接说："老样子，一杯卡布奇诺，一块起司蛋糕。"服务员很快记下，云恺只要了一杯原味咖啡，用眼神示意服务员可以离开了，其实早该知道凌水会是这里的常客。

　　"今天约你出来，是想和你好好谈一谈。"云恺说出了早已准备好的开场白。

　　"我知道你想谈什么，"凌水很干脆地回答，"不过，我只会说我想说的。"

　　云恺点点头，"可以。"他暗暗深呼吸，把双手平铺在腿上，打算直接切入主题，"我觉得，你可以离开我爸。如果你需要钱，我可以想办法给你。你应该去找一个更好的男人，而不是……"

　　服务员端着雕着花纹的托盘走来，从餐桌的右边把咖啡轻放在云恺的面前，接着把另一杯咖啡和蛋糕轻放在凌水面前转身离开。凌水缓缓说道："你的想象力实在太丰富了，不过你放心，我是不会去做伤害你们家庭的事情。"凌水的声音很温和，却透露着不可名状的坚定和严肃。

　　"还记得两年前的公司酒会吗？"云恺没有继续质问。

　　两年前的顾氏公司酒会上，那是凌水和云恺第一次见面。凌水作为公司的嘉宾出席了年会。当时的云恺刚上大学，顾父觉得这时的他应该试着去接触社会，所以第一次带他参加了公司的活动。

"当然记得，那时的你对什么都好奇。"凌水的表情放松了许多，淡然一笑继续说，"没想到，两年的时间，你都长成大人了。"

在公司的酒会上，云恺捏着高脚杯端坐在座位上，放在膝盖上的右手揉搓着黑色的修身西裤，红着脸望着穿着艳丽的女人和西装革履的男人暧昧地碰杯交谈。很多穿着蝴蝶般晚礼服的女人走到他的面前，试着去邀请他，但都被他摇头拒绝。

当时，凌水一身素黑的晚礼服，只是在胸口的开襟处镶嵌着一排闪亮的水晶钻，碰巧坐在他的旁边。一脸拘谨的他无意间瞥见了面色从容的凌水，带着隔岸观火的眼神打量着周遭的一切，同样拒绝着邀请她的男士。云恺感到不可思议，然后就不停地用余光偷偷观察着她的一举一动。

没想到，顾父会突然走过来，笑着轻拍云恺的肩膀，说了几句玩笑话，然后让他起身主动去邀请女孩子跳舞。云恺依旧红着脸，极不情愿地起身走到餐桌边，往高脚杯里倒入白兰地。

他的余光注意到父亲坐到自己刚才的位置上，和凌水愉快地交谈着。那时的凌水是公司着力包装的签约作者，也是一个畅销书作家，其中的一本都市小说正在和一家影视公司洽谈改编。但更重要的是她只比自己大三岁，公司的很多人都很佩服她的才华，极力邀请她参加公司的内部聚会。

"是的，两年的时间足够一个人成长。"云恺肯定地点了下头，"可是，你一直没有变，还是和两年前一样，一样的漂亮，一样的让人放心不下。"

"谢谢。"凌水端起咖啡，啜饮一口继续说道，"不管你信不信，我和你爸真的没有什么。"

"如果我说相信你的话，这话才不值得信。"云恺的脑海里突然浮现出父亲和凌水亲近的举动，但还是极力克制住了自己的情绪，"我只想听实话，知道事实。"

"实话和事实就是你误会了，其他的我不想多说什么。"

"可是，我去公司偷看过财务支出，两年前我爸从公司取过二十万的现款。我也从秘书那里打听到，那笔钱是给你了，并不是什么版税稿酬，而单单是我爸的私人挪用。"

"那你肯定觉得我被你爸包养了，你跟你妈想的真是一模一样。"凌水很惊讶他做事细密，臻于完美，滴水不漏，但还是淡定地开着玩笑。

"我知道，我妈曾经做过一些过激的事情，但那也是迫不得已，我替她向你道歉。"云恺恳切道。

"我只是觉得你妈有些疯狂，可是并不觉得她有错。没有人傻到恐吓别人还要亲自出面。"凌水淡然地说，却无不透露着揶揄，脑海里迅速回想起那个夜晚。

并不久远的事情，以至于她可以清晰地回想起每一个细节。那天在西餐厅和朋友聚会完后，她婉拒了朋友相送，独自一人走到车站等车回家。天色灰蒙地飘洒着细雨，路上已经一片泥泞，迟迟未等到车的她转身准备步行回家。没想到，在一个僻静的街道里突然窜出来两个黑色的身影，抓住她的胳膊，捂住她的嘴，把她扭送进一辆黑色轿车的后座上。她极力地挣扎，却无济于事，一个男子撕下黑色的胶带粘在她的嘴上，用绳子将她的双臂反捆。她没有再反抗，而是安静地看着窗外夜色。

"我们是拿钱办事，你最好不要为难我们，"男子看着过于平静的她，反而有些惊讶，"只要你答应我们一件事，我们马上放人。"

见凌水没有反应，男子继续说道："看你也是正经女孩子，找什么男人不好，非要找已经结了婚的，都快当你爸了。这次只是警告，如果你继续执迷不悟的话，那下回你碰到谁我们可就说不好了。"

很快，凌水被解开绳子放下车。她看着车影消失在街道的拐角处，撕下封口胶带，没有报警，也没有告知任何人，而是若无其事地继续生活。

没想到，事情会接二连三地再次发生，收到恐吓信，在自己门口发现恐怖盒子——里面装着蛇跟蝎子，好在她胆大反应灵敏，没有受伤。终于同样的一幕再次上演，只不过这次是两个面相狰狞的男子，把她带到了一个废弃的工厂厂房里。

被胶带封口的她躺在地上，男子穷凶极恶地瞪着她。少顷，一个打扮贵气的中年女人从两个男子的身后步出，用轻蔑的表情瞪着被绳子捆绑的凌水，语气揶揄地说："是你想做婊子，没人逼你，现在的下场完全是你咎由自取。"

凌水嘴边的胶带被男子粗鲁地撕开，眼前的中年女人是云恺的母亲马洪芳，其实她早已猜到。清者自清的她没有过多的争辩，只是平静地说："我喊您一声伯母，希望您以后做事情考虑后果，这次我还可以原谅您，不报警，但是没有下次了。"

顾母原以为她会求饶，但听到这样的辩解，她立刻怒气中烧，眉毛紧缩成一团，身体颤抖着，咬着牙齿说："好一个伶牙俐齿，就凭你这个小妮子也敢来威胁我。你们两个还愣着做什么，好好替我教训她。"顾母朝身边的人使了眼色，一个男子走到凌水面前，一巴掌重重地甩在她的脸上，她的嘴角很快沁出鲜血。

看到凌水受伤，顾母的怒气稍稍消了些，示意男子停手，"我也不想太为难你，更不想弄坏我的名声，"顾母从口袋里掏出一张银行卡，扔到她的面前继续说，"反正每年都是要做慈善的，这钱是给你从良赎身用的。"

"那我收下，感谢您的好意。"凌水并没有拒绝。顾母见她识相，便让人解开了她身上的绳子。正在这个时候，得到消息的顾父驱车而来，看到眼前的场景和嘴角受伤的凌水，快步走到顾母面前，重重的一巴掌甩在了顾母的脸上，在场的所有人都为之惊诧。

"马上去给凌水道歉。"顾父义正词严，厉声疾言。顾母先是呆愣片刻，继而大声哭喊，用拳头捶打着顾父的肩头，"你这个负心汉，竟然还要帮这个狐狸精，烂婊子。"

顾父没有搭理顾母，而是转身扶起凌水，带着她驱车离开。

"不要误会你爸，你可以不相信我，但是你一定要相信他，因为你是他唯一的儿子，你要体谅他。"凌水放下手中的咖啡，眼神诚恳地看着云恺，"那天，我只是偶然碰到你爸，感谢他为我安排了工作，然后在一起吃了饭，至于喝醉，那是我的原因。"

云恺知道顾父在子公司为凌水安排了工作，她和顾父碰面的机会并不多，自己也可以时常去巡视，"好，我相信你说的话，但是我不希望以后看到不该看到的。"

"至于你说的那笔钱，我只能说，我会偿还的。"凌水微微一笑，拿起旁边的挎包，起身说，"今天就谈到这儿，我来这儿，只是不希望你误解你爸，至于你怎么想我，随意。"

望着凌水的背影，想起刚才她弯腰帮助乞讨老人，越发觉得她是一个不可捉摸的神秘女子，她的背后似乎潜藏着太多的秘密和故事。云恺端起咖啡，一口气全部喝完，然后用纸巾擦掉了额发下细密的汗珠。

9

"初澜，求你了，你是我的好姐妹，你不帮我谁帮我？"兰木亲昵地搂着初澜的脖子，近乎撒娇地说。

"哎，真是拿你没辙，你都和我磨叽一中午了，"初澜没好气地拿开兰木的胳膊，"我答应你，不过没有下次了。"初澜无可奈何地叹着气，然后被一脸得意的兰木拽着胳膊朝美术学院的教学楼走去。

"这才几天没见路伊鸣，你都魂不守舍成这个样子了。"兰木用爱怜的眼神打量着一脸心事的初澜，紧紧握住她的手，"其实，你应该主动去找他，就像我现在主动去找宋海洋一样。"

"或许，你说得对，"初澜缓缓开口，"但是，我还是再好好想想吧。"她的眼皮始终没有抬起，目光一直注视着脚下，她不知道怎么才可以不让路伊鸣误会她和云恺。可是，令她更加头疼的竟然是今早云恺居然找人送花到凌水家中，说什么校园情人节，让初澜签收。

午后的阳光浓烈地绽放着热能，两个人尽量挑拣着阴凉地儿走，上课的时间快要到了，很多人拥挤在狭窄的林荫道里，一只长久流浪在校园里的白色绒毛犬躺在裸露的树根上，伸着舌头大口地喘着粗气。不一会儿，很多蘑菇一样的遮阳伞簇拥在一起，像是多路蘑菇大军浩浩荡荡地朝教学楼进发，撑伞的男生旁边是笑靥如花的女生，大家似乎全然忘记了炎热，沉浸在幸福之中。

"就让我来为娘子撑伞吧。"兰木抬起胳膊，用双手替初澜遮住阳光。初澜被她的举动逗得直乐，便学着白娘子的口吻说："谢谢官人啦。"

两个人正在玩闹中，"啊"的一声，初澜在拐角处被人狠狠地撞了下胳膊，差点摔倒，幸好被兰木及时拉住身体。

"老是想着被男生搀扶，哼，都不会走路了！"夏青口气揶揄地说，和她一起的女生也用嘲弄的眼神打量着初澜，几个人冷嘲热讽地一句接一句，"扮柔弱，不是每个人都有同情心的。""就是，看起来也不是什么好货色吧。"

初澜迅速想起比赛那天晚上在化妆间发生的事情，自己快要摔倒时被云恺及时扶住。

"夏青，你倒是想让人扶，"兰木怒气冲冲地上前一步，"你们嘴里给我放干净点，撞了人还这么多话！"

"哎哟喂，这不是大名鼎鼎的校园女歌星兰木吗，没有被潜规则吧？"和夏青一起的一个女生捂着嘴笑起来。"被谁潜

规则了？"旁边的人迅速搭讪。几个人被这样的对话惹得个个
蔑笑不止。

她们是旅游学院空乘专业的女生，穿着蓝色修身的制服，
身材高挑，踩着黑色的高跟鞋，身边散发着各种香气，走到哪
里都是一道亮丽的风景线，学校的很多男生都把能和她们搭讪
当作引以为傲的事情。不过，初澜面前的几个人生性高傲，对
自己本班同学尚且毫不留情面，何况是面对早就想要收拾的初
澜。

"据我所知，在场的某位女同学晚上坐着宿舍楼前的豪车
不知道去了哪里，"兰木尽量压住怒火，声音平静地说，"听
说开车的人年轻有为，看起来也就五十岁吧。"

"你！"一个女生站出来指着兰木，"姐妹们，别拦我，
我要好好给她们点颜色瞧瞧。"夏青拉住了她，"别冲动，以
后再说。"

"我们很熟吗？请你们不要太过分。"初澜终于忍不住愤
怒，字字掷地有声，"尤其是在这大庭广众之下，穿着打扮这
么有品位，怎么说话做事这么让人一言难尽呢？你们不要面子
的吗？"

初澜语出惊人，面前的女生个个咬牙切齿，握着拳头，却
又无法发作。

"就知道你不简单，不然，云恺是不会费脑筋追你的。"

相对镇静的夏青上前一步，在初澜的耳朵边轻言几句，初澜的面颊迅速泛红，一直蔓延到耳根，"你放心，有我夏青在，你跟他不会有任何事发生的。"

面前的夏青是几个人中长相最出众的女生，同样有着高挑纤细的身材和迷人的容貌，更重要的是，她是云恺的前女友。

摆脱掉几个人的纠缠后，兰木看了下腕表，连声喊道要迟到了，拽着初澜的胳膊朝美术学院奔去，嘴边还不忘盘问初澜夏青对她说了些什么。初澜支吾着说："也没什么，就是让我离云恺远点。"

"凭什么！这么霸道、胡搅蛮缠的女生，走路跟螃蟹似的，哪个男生会喜欢，更何况云恺现在喜欢的人是你又不是她，真会自作多情。"

"兰木，不要乱说，"初澜皱着眉，"我和云恺，真的没什么。"

"我知道，可是，这么长时间来，路伊鸣压根就没感觉，作为你的好姐妹，我可不想你每天因为一个不喜欢你的人闷闷不乐，倒是云恺确实是真的喜欢你。"

"兰木，我知道啦。我们先找到宋海洋再说。"初澜只好转移话题，和兰木在幽深的走廊里仔细寻找着教室。突然，兰木在一间教室的门前停下，门上贴着通告"人体绘画课，请勿打扰"。好奇的兰木不顾初澜的劝告，踮起脚尖，趴在门框上透过一条窄小的缝隙朝里望去，瞄到了一个赤裸的男生正摆着思想者的姿势，被一圈画板包围着。兰木耸了耸肩膀，歪着脑袋，重新换了角度去打量教室里的模特，由于角度和光线问题，只能看到他的侧脸和阿波罗一样强健的身躯。

"咳，咳！"宋海洋从走廊的一头走来，初澜马上拽了拽兰木的胳膊，看得正出神的兰木放下脚尖，缩着脖子，脸颊泛红，对着初澜使眼色，咬着牙轻言道："他什么时候来的？"

初澜还没有回答，宋海洋抢先一步，淡淡地说："谢谢你们来帮我的忙，跟我来吧。"说完，他转过身朝走廊的尽头走去。兰木趴在初澜的耳边把刚才看到的画面绘声绘色地讲给她，突然，初澜停下脚步，"兰木，我只是答应来帮忙的，至于……我是肯定不会答应的。"她表情严肃地向兰木抗议。

"哈哈，大丈夫一言既出，驷马难追，谁让你答应我的。"兰木俏皮地眨着眼睛。

"我可不是大丈夫，我是小女子。"初澜鼓起腮帮，转身就要走。兰木见状只好认输，认真地说："我向上帝发誓，只是画胸像而已，不脱衣服的。"听到这话，初澜才继续跟着她一起穿过幽暗的走廊，在走廊拐弯后最里面的画室门前停下。

宋海洋从画室里探出半个身子，"你们进来吧。"初澜和兰木拘谨地走进画室，里面除了宋海洋还有几个同学正在摆放画板，显然还在准备。兰木拉着初澜小心地绕过脚下摆放的笔筒、画夹之类，伸着脑袋参观画室。墙上贴挂着许多素描、水粉画、油画，有希腊诸神的美丽躯体，色彩对比强烈的抽象描绘……两个人都被这里的艺术气息和神秘深深震撼。

初澜屏住呼吸，望着一幅油画出神，那里面装着一个漆黑的夜晚，黑的夜空，黑的寒风，黑的街道。阒静的街道上一个黑色的身影趴在墙边，望着不远处的另一个黑色的背影，看不清模样的两个主人公只能从模糊的身影轮廓里大致判断出都是男生。画的下方署名是"海洋"。

宋海洋把两把椅子放在几个围着的画架的中央，让初澜和兰木背靠背地坐在那里，然后大家看着她们两个人的侧影开始在画板上描画。

兰木艰难地端坐着，不一会儿就如坐针毡，生性好动的她从未像过雕塑一样静坐几个小时的。可是当初看到宋海洋贴在校园里的模特广告时，她还是毫不犹豫地给宋海洋打了电话。

中间休息片刻，也未能缓解两个人身体的酸困。即便这样，兰木眼角的余光还是不停地瞥向正在认真作画的宋海洋，偶尔还能瞄到他伸着修长白皙的手指在空气中比画着什么。初澜维持着勉强的笑容，望着窗外枝叶繁茂的梧桐树，心里暗自叫苦，就不应该答应兰木这样高难度的请求。无意间，初澜瞥到了宋海洋的侧脸，一种莫名其妙的熟悉感，却又想不起来，也许是和以前的哪个同学长得相似罢了。

一切都结束时，无精打采的兰木立即来了精神，起身快步闪到宋海洋的身边，细细观赏他的画作。初澜晃了晃僵硬的脖子，捶打僵直的后背，迈着慵懒的脚步去看其他人的画板。

准备离开画室时，初澜看了下表，神色大惊，没想到已经下午五点多。六点钟社团要开学期总结会，只是不知道作为前任社长的路伊鸣会不会出现。按照惯例，他应该会来，而且还要和大家一起狂欢。想到这里，初澜的内心开始纠结，却又开始莫名期盼。

兰木指着素描里初澜的表情大加评论，初澜的手里也捧着宋海洋刚刚画完的素描，只是惊诧在别人只画一幅的情况下，宋海洋却送给她们每人一幅。兰木在一旁不停地夸赞，而宋海洋只是淡然一笑，沉默不语。

作为酬谢，宋海洋主动提出要请两个女生吃饭，兰木的表情更加兴奋，倒是初澜低声地说：“你们两个去吧，我一会儿还有重要的事情。”兰木看着初澜魂不守舍的样子，猜到了八九分，“你去吧，不过，我说的话还是希望你能好好考虑明白。”

初澜走出美术楼，头顶上的湛蓝天空没有一丝云彩，像是平铺在画板上的油画，纯粹，没有杂质，均匀地看不出色差。

初澜长舒口气，嘴里默念着“路伊鸣”的名字，她已经无法忍受暗恋煎熬的痛苦，现在真的是应该像凌水说的“爱需要勇气”那样去付诸行动的时候了，或许今天的聚会应该是一个很好的表白机会。大拇指搓着掌心，她径自朝图书馆一楼的小报告厅走去。

10

"云恺，看球。"

云恺闪电般地转身接过球，弓着身子左右摆动，很快突破了面前的防守，身手敏捷地拍着球在围守过来的几个人之间回旋，假意投篮，趁对方不备突然身体前倾，举着球，一跃而起的身体尽力伸展，像瞬间拉开的弓弦，双手用力向前一拨，篮球在半空画出一道优美的弧线，精确地从篮筐中心穿过，落在地上。

"漂亮！"队友跑过来朝他肩头一拳，"看来，你从失恋的阴影中走出来了，哥们儿替你高兴。"从球场上下来，云恺迅速脱掉身上被汗水浸透的黑色T恤，露出紧贴着胸膛的背心，用T恤擦掉额头上汗腺分泌的液体，朝摩托跑车走去。

"你怎么会在这儿？"云恺惊诧地看着站在他车边的夏青，转而平静地说，"你走吧，我们已经没有任何关系了。"

"云恺，别这样，我知道都是我不好，都过去快一个月了，最后原谅我一次，好吗？"夏青眼神慌张地看着云恺，把手上的矿泉水伸到他的面前，"以前，你每次打完球，我都会拿着水在这里等你。求你了，我们还像以前那样……"夏青的瞳孔里浸满了哀伤，手里的水瓶轻微地颤动着。

"夏青，我们不可能了。"云恺打断了她的回忆，没有去接拧开瓶盖的矿泉水，"我已经有喜欢的人了，祝你幸福，我们以后就不要联系了。"说完把T恤搭在肩上，扶着把手跨骑上摩托跑车。

"是不是初澜那个贱人？"夏青目光发狠地瞪着地面，手上的水瓶被捏得变了形，然后抬起眉毛，声音高了几分贝，愤然地质问道，"她有什么好？就知道装无辜，扮纯洁！"

"拜拜。"云恺表情麻木地看着远处的晚霞，语气生硬地说，"这不关你的事，好自为之吧。"然后骑着摩托跑车离开了。

云恺身后的水瓶像失去重心的石头一样窜过空气，砸落在地面上，瓶里的透明液体从瓶口喷涌而出，"初澜，我们没完，从小到大，还没有人敢跟我抢东西，敢跟我这么作对，我会让你付出代价的！"夏青嘴角露出一丝冷笑，攥紧拳头，走到平躺在地面上的矿泉水瓶边，迈起右脚用力踩下去，"我失去的，谁也甭想得到！"受到挤压的液体喷溅到她的鞋沿和鞋面上，更加恼火的她右脚后挪，用力朝前踢去，矿泉水瓶再次离开地面，腾空而起。

云恺骑着摩托跑车离开校园，从路口拐到一条新开通的公路上。路面上几乎鲜有车辆，云恺戴着新换的黑色头盔，握紧左手下的离合器，仪表盘上的指针急速地偏向越来越大的数字，耳边的声音只剩下摩托跑车的轰轰声，周边的景物像是进入时光隧道一样变得只剩下模糊的颜色，失去了轮廓。

行驶到靠近城市西南郊的龙华别墅区大门时，云恺放缓了车速，穿过安检区，站岗的保安对他微笑致意。摩托跑车绕过一排高档别墅，爬过一段三十度左右的坡路，在半山腰独立的一幢乳白色的别墅前停下摩托跑车，熄火，上锁，拔下钥匙握在手里，推开半人高的雕刻着欧式风格的木栅栏门，走进绿树成荫、繁花次第绽放的院落。

"胡嫂，我妈呢？"云恺脱掉白色的篮球鞋，换上棉麻拖鞋。

"太太在房间搓麻将，隔壁的李太太、王太太也来了。"胡嫂端着一盘切好的水果走向环形楼梯拐角的套间。

云恺趿着拖鞋，快步上楼，在二楼走廊的地方习惯性地一跃而起，用手指去触摸头顶的吊灯，双脚满意地落在编织着华美图案的地毯上，然后推开自己房间的门，踢掉拖鞋，光着脚踩在浅棕色木地板上。

他的卧室位于别墅后半身，朝向别墅后面的山林公园。进屋后，走到仿古唱片机前，把唱针头放在了唱片最外圈的细纹上，熟悉的英文旋律回荡在偌大的房间里，他弹跳着走进卧室西南角落的卫生间去洗澡。

很快冲完澡的他裹着白色的浴巾出了盥洗室。他信步走到阳台，看到窗台上散放着一本书，迟疑地捡起翻开，里面夹着一张纸条，上面写着"我爱你"，落款是夏青。他将书丢进书柜深处。

咚咚的声响传来，云恺扭过头冲着门口说："进来。"

"这是太太给你新买的衣服，说是从国贸拿的法国货。"胡嫂推开门，捧着挂着吊牌的衣服走到他的身边。

"放在靠墙的那个衣橱里就行。"云恺看了一眼便扭过头继续换歌曲，"谢谢胡嫂。"

胡嫂拉开衣橱的推拉门，那里面挂满了还没有剪掉吊牌的衣服。胡嫂用木衣架撑好展开的衣服，然后挂了上去，关上衣橱，走到沙发边，拿起放在上面的脏衣服准备离开。

"我爸呢，怎么没见他？"云恺看着挂在墙上的电子钟显示的时刻，突然想到了什么。

"先生刚刚来过电话，说今晚还有会议要开，晚点才能回来。"

"哦——"云恺拖着声音说，脑海里突然回想起父亲送凌水回家的画面，眼珠转动着说，"胡嫂，我今晚约了朋友，就不在家吃饭了。"

等胡嫂离开卧室后，云恺站在镜子面前甩掉浴巾，镜子中的他，紧致的皮肤包裹着强健的身躯，腹部的六块腹肌越来越紧实，两条人鱼线显露无遗，修长的双腿绷着肌腱。每日清晨醒来，他都会在跑步机上跑步，练握力，举哑铃，每晚睡觉前也都会做俯卧撑。

没有多想，云恺从衣橱里面拿出胡嫂刚刚放进去的浅灰色衬衣，下身穿上黑色休闲裤，揣好钱包手机，急忙奔下楼，走到摩托跑车边，打起边撑，左脚撑地，右脚踩下刹车，插入钥匙，左手握紧离合器，在一阵轰鸣声后，摩托车很快离开了别墅区，奔向新城区。

到达新城区文化公司的时候，夜的颜色已经完全变成晚礼服的黑色，但还是有无数的光亮在黑暗中撕破一道道口子，用各种颜色的颜料填充着裂口，这时的夜像一袭缀满五色宝石的晚礼服从茫茫宇宙里滑落在大街小巷。

云恺从摩托跑车上一跃而下，信步走进旋转玻璃门，径直去了父亲在这所公司的办公室，发现门窗紧锁。无所事事的他开始在公司里闲逛，很多人礼貌性地向他问好，他都报以微笑回敬，不会再像当初刚进公司那会儿露出青涩困窘的表情了。早已过了下班的时间，不少人还在加班工作，闲逛的他意外地看到了坐在靠近走廊隔间的凌水正在对着电脑码字。

"是来监视我的工作吧，对工作不放心还是对我不放心？"凌水语气平淡地说。她依旧在码字，但还是发现了悄然站在她背后的云恺。

"怎么会，只是碰巧路过。"云恺不好意思地挠着后脑勺，

"这么晚，还不回家吗？"尽管想起了凌水和父亲的关系，却始终对她厌恶不起来，或许就从来没有恨过她。

"我最近刚刚接手这本概念文艺杂志，责任重大，不能有任何闪失。"凌水说着敲击键盘打开界面，杂志的创意封面瞬时映入眼帘，主色调像蓝天大海，抽象却不乏意境的设计版面着实令他唏嘘不已。版面的画作是一个名叫"海洋"的人提供的，他还是这本杂志的老员工，一直担任着美术责编的工作。

"应该不是学校那个宋海洋吧。"云恺坐到了她旁边的椅子上，没有对美术责编继续深究，"上次约你确实有点冒昧，今天正好请你吃饭，算作我道歉，还有，还有就是，吃饭的时候再聊吧。"云恺羞报地低下头，上一次碰面，云恺似乎对凌水消除了敌意，不过，她和父亲之间的事情总还是横亘在云恺的心里，牵绊着他。

"是初澜吧。"凌水按下关机键，屏幕变黑，转而收拾桌上的东西，漫不经心地说，"这才是你请我吃饭的真正原因吧。"云恺一眼被人看穿心事，显得有些困窘。

两个人并肩走出公司，看到摩托跑车，云恺犯难地挠着头，早知道这样，应该开车过来的。

"走吧，难道是想让我载你吗？"凌水笑着走到摩托跑车前，围着它转了一圈，从把手上揭下头盔，甩了甩飘逸的长发，用发夹盘起头发继而戴上头盔说，"我已经很久没骑过摩托车了，不如这样，这次我载你。"凌水转过头，认真地看着云恺。

云恺惊奇地说不出话，目光发愣地呆站在原地，不知道凌水还有多少令人惊诧的瞬间在等着他。

"上车！"转眼间，凌水已经启动摩托跑车，骑到了云恺的面前，"应该会很安全的。"

"哦。"云恺回过神，跨坐在摩托跑车的后座上，迟疑几秒，双手顺势抓在后面的金属横梁上。凌水转动离合器，速度加快，云恺俯在她的耳边告诉她要去的地方，凌水下颌微点，再次握紧了离合器。

不一会儿，由于发夹没扎紧，凌水的头发从头盔的后面像一道瀑布一样倾泻而下，披散在后背上。一个急速拐弯，云恺的身子没有立稳，轻靠在她的后背上。

"抱住我。"凌水命令道。

云恺的胳膊缓缓前移，双手落在凌水的腰间，只是轻轻地触摸。凌水的长发在急速的气流中时而紧贴后背，时而四处飘散。偶然间，几缕头发轻轻地擦过他的耳廓，触摸着他白净的脸颊。空气里弥漫着一股清新的薰衣草味道，云恺慢慢地闭上了眼，像是处于奇幻的梦境中。

"下车。"一个急刹车惊醒了有些发懵的他。

凌水摘下头盔，甩甩穗丝般的头发，发现发夹不知道丢在了什么地方。云恺接过钥匙，眼神崇拜看着她，"没想到你还会骑摩托跑车，而且，而且车技蛮好的。"

"过奖。"凌水把头盔扔给他，重新拢了拢头发。

两个人走进了一家法式餐馆，找了僻静的角落坐下，桌子中央的橘黄色灯光泛出微微的光晕。云恺点好东西后，着急地发问："初澜有没有跟你提起过我？"

凌水支着胳膊，双手交叉托着下颌，"其实，我并不了解初澜的感情，她什么都没有对我说过。"

云恺沉默片刻，有点失望，低声地说："说实话，我对她有足够的好感，可是并没有把握她会喜欢上我，我感觉，她似乎在刻意躲避我。"

"感情的事情本来就是这样，很少会出现彼此都喜欢对方的。"凌水伸手去摸花瓶里的玉兰花瓣，"任何事情只有尝试过，付出过，才不会后悔。"

服务员端上了西冷牛排和法式考布雷，不一会儿又端来了一些甜点和红酒。两个人吃得很慢，谈论的话题也转换到了饮食、旅游种种。

正在擦嘴的云恺拿起了桌子上震动的手机放在耳边，"云恺，我是兰木，你在哪……"

放下手机，云恺神色慌张地看着凌水，"初澜她喝多了，我得马上过去送她回家。"

"我是她的房东，我也有责任照顾好她。"凌水提出要和云恺一同赶往市中心的暮光娱乐城。云恺骑着摩托跑车，凌水坐在他的身后。喝过红酒的她，脸颊泛着红晕，还好意识清醒，双手紧抱着他。云恺回头看了她一眼，稍稍放慢了车速。

赶到那里的时候，整间包房里只剩下满桌的果盘和散落在各个角落的酒瓶，屏幕上的点歌曲目早已播放殆尽，兰木正陪着初澜在卫生间。趴在马桶边上呕吐的初澜眼里泛着泪光，兰木拍着她的后背，"早知道这样，我就该陪你一起来的，对不起。"

离开餐厅前，云恺就给家里的司机打了电话。初澜被大家安全地送回到了住处，凌水和兰木帮初澜换下衣服，盖好凉被后走出卧室。在客厅来回踱步的云恺马上拉住兰木询问初澜的情况，得知初澜睡着后，云恺又继续追问事情的缘由。

"等以后我再给你细说吧。"兰木一脸无奈地叹息，"我也是接到她的电话才赶过去的，等我到那儿的时候，她已经喝醉了。"然后转身去厨房烧热水，准备煮点粥给初澜吃。

凌水把云恺换下的灰色衬衣拿进了卫生间，云恺追在后面说："我自己回家洗吧。"刚刚扶着初澜上楼的时候，踉跄的初澜突然上半身前倾，捂着胸口，脸色难看地吐了云恺一身。

"怎么？觉得我没有你家保姆洗得干净？"凌水还是用水浸湿了衣服，开玩笑戏说。

"不，不是的，只是不好意思。"云恺挠着头，语气结巴地从卫生间出来，"不过，你给我的衣服刚刚好。"他抻了抻刚刚换上的格子衬衣，"这是你男朋友的衣服吗？"

"啊，"凌水被水溅湿了胳膊，没有抬头，淡然地说，"算是吧。"

11

接下去的半个多月，初澜都没有再去学校复习功课，兰木几次要求过来陪她，都被她拒绝了。一直到了期末考的时候，她才去学校参加了考试。

初澜整日地把自己关在狭小的卧室里，看着窗外的日落日出，光风霁月，从来没有的难过和绝望，像海水一样潮涨潮落，一次次没过胸口，漫过鼻腔，窒息，窒息，不能呼吸。从来没有过的痛苦，无以言表。她几乎断绝了与外面世界的联系，正如认识路伊鸣前的生活，没有他的生活，单调乏味，简单满足着，遗憾孤单着。难过太久就会变得淡忘，变得习惯，总是希望能够重新开始生活，重新振作起来。

她抱着抱枕站在窗户边，望着斜对面的窗户，和她这里一样，午夜时分灯火通明。她期待那个窗户会出现熟悉的面容，然后冲她招手，冲她微笑。可是，那里住着的人儿，她却始终没有见过，无论身在明暗。滴落的眼泪附在冰凉的抱枕上，她突然神经质地冲着斜对面的窗户喊话："你到底是谁？为什么会像路伊鸣一样，永远看不清！"

　　没想到，真的有人影出现，只是出现的人还没有等初澜看清，就迅疾地关好窗户，拉上了窗帘，熄灭灯火，消失在一片黑暗中。

　　初澜哑口无言，转身几步，身体砸落在偌大的床上，望着头顶的天花板，早就没有电的手机静静地躺在地毯上。兰木嚷着要去找路伊鸣，都被她拦下了，毕竟，他没有什么错。

　　痛苦的日子，同样令云恺寝食难安。

　　"你回去吧，我很好。"初澜背靠着门说。

　　"好吧，照顾好自己。"云恺木讷地站在门外，欲言又止，没有理会头发滴落的雨水。

　　"云恺，我真的不喜欢你，不用在我身上浪费时间。"

　　"我知道，可我就是控制不住自己，请原谅。"

　　可是任凭初澜怎么拒绝，云恺每天都会送花过来，只是她不会答应和他见面。看着束束鲜花，无奈的她只好找了许多空瓶子，往里面盛满水，把剪掉根须的花束插进去，摆满了小小的卧室。闲来时，她就会摆弄那些花瓶，细心地照料它们，不时地把枯萎掉的花枝扔掉，然后再换上新的花枝。

　　夜晚，她会突然从睡梦中醒来，眼角的泪水滑过脸颊，拼命地不去回想聚会那天的场景。墙上挂钟显示的是凌晨一点，她穿着睡衣从床上无力地爬起来，黑暗中不小心碰掉了床头的水杯，清脆的声响掷地有声。她没有去理会，打开暖色的床灯，赶走了房间里的清冷。

期末考结束后，终于迎来了漫长的暑假。初澜去车站买好了回家的车票，没想到会在车站碰到路伊鸣，他要买票去上海看他爸妈。

"初澜，什么时候回家？我们好像好久都没见面了。"路伊鸣还是一如既往地热情，世事依旧。倒是初澜脑海里立刻闪出那天晚上聚会时的画面：路伊鸣拉着身边一个学妹的手，满脸灿烂的笑容，郑重地向大家宣布："她是我的女朋友。"他们幸福地十指紧扣被众人簇拥着，然后俩人就消失在众人歆羡的目光中。

"她是我的女朋友，她是女朋友，她是……"初澜感到闷雷在耳边轰响，脑袋顿时嗡嗡作响，什么都听不到了，除了这句话。她看得出，路伊鸣这次是认真的。

今日，路伊鸣的突然出现，令她不知所措，她强勉地微笑说："过……过几天回家吧。"

"挺好的，什么时候有时间聚聚。"路伊鸣还是像以前一样。

"嗯。"初澜没有多言，向他挥手告别，朝公交车站牌走去，没有多想他会是一个人出现。很久，她已经没有再骑过那辆单车了，从那天聚会完后就一直锁在凌水的地下室中。

回到家中，没想到云恺和兰木会一起来，他们看见初澜进门，欣喜地说明了来意。兰木挽着她的胳膊，撒娇地说："我的好姐姐，假期那么漫长，我会很想你的。就答应我吧，我们放开所有的不快乐，好好地玩一次。"

初澜永远经不住她的糖衣炮弹，每次面对她古灵精怪的想法和请求，都得毫无条件地缴械投降，最近的沉闷情绪也迫使她出去晒晒发霉的心情。不过，她对云恺提出了要求，以后不要再送花过来了。云恺面露难色，但还是答应了，毕竟后天就可以和初澜一起去潜龙潭游玩了，想到这里，还真有点迫不及待。

"最近公司的事情比较多，我也没有什么情绪出去，你们去玩就好啦，我需要忙完手头的工作。"凌水婉拒了大家的邀请。

12

"吃早点啦！"云恺从楼下提着早点上来，"我买了街口老阿婆的馄饨。"

初澜开了门接过早点对他说了声谢谢。兰木趿着拖鞋从卧室出来，睡醒惺忪地挠着头，看到云恺的一瞬，尖叫一声吓得躲进了卫生间，"初澜，人家还没有洗漱，你就放他进来，居心何在！"

看到兰木过激的反应，云恺和初澜笑而不语。

"为了游玩方便，她昨晚就留在这儿了，一直聊到很晚，害我没睡好，她倒是睡得香。"

"一会儿在车上休息吧，我开车很稳的。"云恺保证道。

出发后没一会儿，聒噪的兰木就靠着初澜的肩膀睡着了，初澜似有倦意，但还是强支着上身望着窗外一闪而过的景色。驾驶座上的云恺放着舒缓的钢琴 CD，而不是风靡的流行乐《江南》《暗香》之类，兰木喜欢的"超级女声"还有两个月就会进入决赛，此时睡着的她或许不会料想到，她此后的命运将会和音乐绑缚在一起，被音乐改写。

初澜望着车窗外，心绪飘零，沉默不语。鳞次栉比的高楼变成屋舍、田地、缓山、空地，路况也越来越不好，柏油路、沙子路，但是距离潜龙潭不远了。这样的情景总是令人触景生情，浮想联翩，而想的又常常是不如意的悲欢。颠簸的路途使兰木从睡梦中醒来，揉了揉眼，问了几句，重新阖了上眼……

云恺抬眼看着前视镜里的初澜，表情凝重，手握方向盘，尽量保持匀速，脑海里却回想起了与初澜第一次相遇的场景。

一个多月前，因为知晓夏青跟前任还在暗地来往的事情，他在酒吧里跟夏青的前任大打出手，最后还当场跟夏青分了手。当他和朋友从酒吧出来后，执意要一个人步行回家。

临近午夜的大街小巷鲜见人影，魅影重重。豆大的雨滴浸湿了他的衣服，手上还残留着血迹，皮鞋上满是泥泞，浑身湿透的他像是穿着衣服刚从游泳池里出来。

距离他百米远的街道，一个身影从十四层的高楼坠下，嘭地闷响，像是雷雨天的一记闷雷。地面上随即开出了朵朵红色莲花，花瓣在地上的雨水中急剧膨胀，向四周蔓延开来。远远望去，像是一片裸露的地心正源源不断地向外喷涌着岩浆。那个女人的脸部紧贴着地面，看不清任何表情。几年后云恺才知道，自杀的女人与自己的父亲有着千丝万缕的联系。

此时的云恺只是被声音一惊，回头张望几秒，并没有在夜色中找寻到任何异常，拐过一个路口，继续踉跄着前行。一个身影从他身边闪过，他还没来得及看清楚就消失不见了。

几分钟后，体力不支的他被台阶绊了一下，直接坐在了马路牙子上。脚边是一个碟状的水坑，波澜的坑面上反射着明亮的光辉，而他的侧脸在昏暗的路灯下显得模棱两可。

"对不起，对不起，雨太大了，我没有看到你。"后退几步的初澜歪举着伞，一脸的惊慌，突然相撞让两个人虚惊一场。

"哦，没事，你走吧。"云恺垂下眼皮，声音低沉，却没有去看她一眼。

"这么……这么晚了还不回家吗？"初澜平复心情后壮着胆子挤出一句话。

"不用管我，我想一个人待会儿。"

"哦——"初澜拖着长音，雨伞却不自觉地倾斜到他的头顶上，几秒后，初澜把伞柄塞到他的手里说，"我马上就到家了，伞先借给你用。"

"不用……"云恺还没有说完，就看到初澜用书包遮着头跑进了雨帘中，只留下一个奔跑的背影，很快被黑夜和雨声吞没。一只浑身湿透的花猫蹿到马路牙子上，躲在了云恺身边。

"你还没有告诉我你的名字呢！"云恺站起身冲着远处喊道，当意识到无济于事时，喃喃自语，"我只是想还给你的伞而已。"

他撑着伞重新坐到马路牙子上。几辆警车尾随着一辆救护车从他的面前疾驰而过，伞面几次被车胎溅起的水花砸到，急促响亮的鸣笛声消失在了拐角路口处。

大雨停歇后的早晨，不仅只有日出，还有绚烂的彩虹。水洗过的石板纹路清晰，被雨打落的枝叶紧贴着路面，不少行人车辆避让着积水的大小水坑。云恺把伞收好，在清晨的凉意中打着寒战，在街头的早餐摊位上要了热气腾腾的馄饨和包子，看着手机里拍下的彩虹照片，欣喜不已。一夜的时间，足可以让人想明白很多东西。

抬眼的一瞬，看到了一个熟悉的身影骑着单车从身边经过，招手向摊位老板问好。云恺瞪大眼睛看着斜前方，一定是她，是昨晚那个熟悉的声音。

"你的伞！"云恺顾不上擦嘴，站起来冲着女生的背影喊道。

可是他的声音很快淹没在嘈杂的早市里，只引来周围一瞬的关注，而那辆单车早已远去。令他懊恼的是，这次同样没有看清女生的样貌。

接下去的几天，他一直在学校里寻找送伞的女生，几经无果，他居然想出了张贴广告的办法。很快学校大大小小的通告栏里都贴出了他亲手写的寻人启事，由于他个人的知名度，迅速引起了众多人的围观，并成为校园热点和大家茶余饭后的谈资。

他坐在长椅上，目不转睛地盯着手机，眼前就是全校最大的通告栏。手机突然震动起来，他身体一激灵，手机一下子摔倒在地。他低头弯腰伸手正要捡拾，一个身影已经抢先把手机捡了起来，云恺抬头看着站在他面前的女生，惊讶得说不出话来。

"还你手机，"女生木着表情说，"还有就是，你把所有的寻人启事都撕了吧，我就是你要找的人。"

"哦，一会儿，不，马上就撕掉。"云恺起身跑到通告栏前，胡乱地撕掉寻人启事，视线却一直没有从女生身上移开过。

"其他的我一会儿就去撕掉。"云恺像做错事的孩子一样微低着头，全然没有了那晚的气势，放在腹前的双手握在一起揉搓着纸团，"我还不知道你的名字，所以，那个纸上描写的就……"

"早知道这样，就不借伞给你了，"女生显得很无奈，但看到他的样子却又忍俊不禁，"好啦，我要上课去了。"

"你的名字是？你还要把伞还给我，不对不对，是我要还给你。"云恺发现自己的语言没有了逻辑。

"初澜。"女生显得不太情愿，"你把伞放到女生五号楼宿管大爷那里就好了。"但临走时还是留下一个微笑，使他无尽遐想。

已经行驶了两个多小时，快到目的地的时候，云恺将车停到了路边的公路服务区，初澜摇醒了兰木，两个人挽着胳膊去上厕所。

连日来的大雨使这里的一切都蒙上了濡湿的沉重，幸好今日的天气只是阴沉，地上的水坑里还晃动着不少的浮游生物，远离城市的静寂，空气里弥漫着清新的湿气，让人感到丝丝凉意，全然没了市区的那种炙烤和燥热，远处的群山在白色的云雾中蜿蜒，勾勒出模糊的轮廓，葱郁的绿色层层叠叠地交错着，清脆空灵的鸟鸣在山谷间回荡。

云恺穿着米色的 T 恤，颀长的身材立在发软的地面和头顶垂落的枝叶之间，枝叶间盛开的白色小花儿簇拥成球状，散发的香气使得他不自觉地摘了下来。正好初澜她们走了过来，云恺将花儿递过去，兰木见初澜呆立着没有反应，只好自己接过来。

上车出发后不久，穿过了一个幽长的隧道，初澜却一直想着隧道口的一个奇怪的石雕，全然忘了去看隧道里的各种涂鸦和奇形怪状的文字。穿过隧道后，看到的却是梦幻般世外的景色，放眼的葱郁，成片的白桦林，起伏的灌木丛，还有数不清的松柏和白杨树，重山叠嶂的错觉，很少能看到人造建筑。

与世隔绝的样子使得兰木狂呼不已，紧紧抱住初澜的脖子，"好美啊，不如我们多待几天吧！"

"停车，快停车！"兰木的目光无意间瞟到了车窗外的行人，向前探头摇着云恺的胳膊，一个紧急刹车，几个人的身体不由得向前倾倒，驾驶座的云恺幸好系好了安全带，倒霉的初澜额头直接磕在前座的靠垫上，兰木顾不上说什么，径自打开车门跑下车。

云恺转过身，满脸的歉意，连问初澜有没有碰到哪里，初澜揉着额头，但还是勉强地说："没事儿，都是兰木这个冒失鬼，不知道在搞什么，你没事吧？"

"我……我没事儿。"云恺不好意思地笑了笑，挠着头说，"我下车看看她去哪儿了？"

"我回来了！"兰木说话间已经站到了车门边，神秘一笑，"你们看，这是谁？"

"宋海洋！"云恺和初澜几乎异口同声地说道。

原来宋海洋也要去潜龙潭，一直从车站的终点站走到了这里。看到他背着的巨大行囊，几个人很是热情地邀请他一起前行。说了感谢的话后，宋海洋把行囊放进后备厢，坐到了副驾驶的位置。

行驶到景区进口时，云恺将车停到了荒凉的停车区，偌大的地方鲜有人迹，这是一个荒废的景区。不远处就是他们要爬的山，山的上空云层深厚，雾气缭绕，颇有几分仙山的味道。几个人背着大小的背包沿着陡峭的石阶开始爬山，这时，兰木才惊奇地发现，原来宋海洋还背着睡袋。

"如果今天运气好的话，我们下午就可以到达深山里居住的几户人家那里。"宋海洋驾轻就熟地介绍着，"在那里过夜的话，明天早晨还可以去看山顶日出。"而云恺也只是很小的时候来过，刚才一路上全凭着导航仪，所以他在一旁保持着沉默。

几个人一字竖排，云恺走在最后面，道路湿滑，初澜和兰木拉着手，踩到青苔的兰木差点滑倒连累初澜，幸好云恺在身后支撑住了她们的身体。两个多小时后，几个人顺利地绕到山的背面，放眼望去，四周依旧群山连绵。这里的温度极其凉宜，似乎可以嗅到秋天的味道。兰木喘着粗气喊着要休息，初澜的额头也渗出了汗珠。在山腰的平台处极目四望，仿佛是另外的天地，群山掩映在云雾缭绕中，林木葱郁，眼尖的兰木还看到了流淌在山涧的瀑布和消失在灌木丛里的松鼠和野兔的身影。

可是他们也注意到了低沉的乌云向他们袭来，绿色的帷幕很快被暗沉的色调所笼罩，在浓墨的渲染中变得黯淡下来，树叶也开始沙沙作响，于是他们加快了脚步。

　　一道闪电突然袭来，吓坏了兰木，连忙抱住了初澜，接踵而至的是闷闷的雷声，初澜也捂上了耳朵。树木的枝叶在风中颤动着，云恺的目光一直没有从初澜的身上移开过，宋海洋旁若无人地继续在前面带路，只有他还穿着短袖。雨点落在枝叶上，不舍地从叶子的中心滑落下来，越来越多的雨滴开始同时俯身向地面冲落下来。

　　大家在湿滑的石板上艰难前进，忘记了疲惫和劳累，天色昏暗，像极了世界末日的来临，狂风呼啸，大雨从四面八方涌来，偌大的雨伞都无济于事，云恺用身体尽量挡住向初澜她们袭来的风雨。而宋海洋却对这一切视若无睹，他只是在赶路。

　　山路转角，他们模糊的视线看到了一处建筑矗立在靠近山顶的平地上，快步走近才发现是一处破败的庙宇，几个人躲在庙门的屋檐下，三面环山的庙宇躲藏在葱郁的世界里，庙门朝向广袤的天地。

　　"我以前经常来这里写生的，这里还住着几位老师傅。"宋海洋说话间伸手叩门，不一会儿，庙门伴着吱呀声缓缓打开，一位年长的师傅邀请大家进去避雨休憩，宋海洋亲切地唤他师傅，来人报以微笑，看来两个人熟识已久。

　　几个人谢过师傅后来到了寺庙的一处砖房里，里面虽然简陋但是十分洁净，物品摆置落落大方，宋海洋站在门口拜谢离开的师傅，"每次都来叨扰，看来真是有缘。"

云恺和宋海洋站在门外看着院子里的花草，雨水浸过后更显神采，很快初澜她们换好衣服从屋里出来，喊他们也进去换衣服。

雨停了，天色渐明，乌云散去，闲云野鹤般的古刹从湿雾中一点点探出容貌，石碑、青塔矗立不动，院子里大小的水坑镶嵌在地面上，偶尔会看到蜻蜓从水面掠过，兰木对这座庙宇有了兴趣，可是提议后却没有人响应，她其实还是害怕一个人在这样的荒郊野外闲逛。最后，她把目光落在了云恺身上，云恺来不及看初澜，就被她拉去参观寺庙。屋檐下只剩下初澜和宋海洋。

"但愿这次出行，能让你想开一些事。"宋海洋在屋檐下摆好了画板，坐在石阶上描绘着前方的大殿。大殿虽然古旧，油漆脱落，但是门窗的雕饰和屋檐的木雕还是蛮有意境的，"什么都是顺其自然的事情，该放下的就得试着放下，该接受的也不必抗拒。"

"你在说什么？"初澜的手指抚摸着门柱的朱漆，"我一句没听懂。"心里却开始打鼓，像是被人抓住把柄似的。

"可是，你最近的心情我可是了如指掌，整夜失眠。"宋海洋不慌不忙地描绘着线条，"老邻居。"

"我们不是邻居吧，"初澜张大嘴巴，神色开始慌张，"你到底胡言乱语些什么。"

"你不是每晚都喜欢站在窗户边偷窥我的生活吗？"宋海洋眼角微笑。

"原来是你！"初澜捂住嘴，惊诧地看着斜对面窗户的主人，"我……我才没偷看你呢，我……只是看风景而已。"初澜强作镇定，"就算我偷看你，你也不能偷窥女孩子的心事！"初澜似乎找到了反击的理由。

"你的心事都昭然若揭了，"宋海洋很快画到了大殿前的石栏，"想太多，自然梦魇不断，既然不属于你，何必老是攥着不放。什么都不用想，自然不会失眠的。"

"你……"初澜没想到自己时常做噩梦和失眠的事情也被他知晓了，更是羞愤不已，"早知道你不是什么好人。"宋海洋只顾着作画，没有回答她，其实他从来没有认为自己是个好人，小的时候和别人打架，会打到对方喊救命而不是求饶。

"救命！"兰木的喊叫声从大殿的后院传来，初澜和宋海洋赶到那里，看到云恺蹲在地面上，表情痛苦，双手按着右腿的小腿肌肉部分。周围荒草杂生，有的可以没过腰身，坍塌的围墙长时间没有人修葺，脱落的壁画早已面目全非，围墙外是一片茂密的树林，时不时传来的鸟鸣，在远离城市烟火的幽静山谷里回响。

"有……有蛇。"受到惊吓的兰木捂着嘴瘫坐在地上，初澜上前扶住她，看到云恺小腿上有明显的几个血牙印，渗着鲜血。

宋海洋二话没说，把云恺的胳膊搭在肩上，扶着他往前殿走去，初澜拉着兰木紧随其后。

几个人进了老师傅的厢房，师傅取来了药酒，给云恺的伤口消炎。师傅安慰道："幸好没毒，这估计是纪凡养的那条赤链蛇，纪凡走后，那条蛇也就不见了，看来它今天误以为是主人回来了。"

云恺谢过师傅，没有去怪那条蛇，他记得是他无意踩到蛇身才招致的后果。

已经傍晚时分，继续赶路已成泡影，况且几个人的体力已经消耗殆尽，兰木的双脚也磨出了水泡，而云恺完全被爬山线路弄懵了。宋海洋招呼大家就在庙宇暂过一宿，他和云恺住一起，初澜和兰木住在他们的隔壁房间。

"这里是师傅的清净修行之地，还有两位师傅下山云游化缘去了，"宋海洋似乎对这里非常了解，"晚上你们就早点休息，最好不要出来走动。"宋海洋接着告诫道，初澜和兰木点点头。

晚餐时，师傅准备了清淡可口的斋饭。兰木回到房间后，又从背包里翻出零食吃，初澜无奈地摇头，一个人走出屋子到院子欣赏夜景。她呆坐在回廊的木椅上，出神地望着周遭，宋海洋他们房间里早已经熄灯了，除了大殿上的长明灯外，这里也没有什么光亮的地方，四周的一切都在黑暗中沉睡着，全然没有城市的喧闹和灯火璀璨。

突然，她看到一个身影从大殿旁闪过，消失在没有月色的大殿过道里。虽然她清楚地看到了是一个陌生男子，但还是没有看清他的五官，仔细回想白天，庙宇里除了师傅和她们几个，她并没有看到过任何人。想到这里，初澜心跳不由得加快，身体开始颤抖，想要大声喊人，却看到宋海洋从房间出来，他四处张望后，朝大殿旁的过道走去。初澜心生疑惑，深吸口气，壮着胆子，一个人悄悄地尾随在宋海洋的身后，谨慎地穿过过道和后院，借助大殿顶楼发出的微弱光芒，初澜看到了后院西北角的古亭。

宋海洋和那个陌生男子背对她而站，初澜弯着腰竖起耳朵，躲在半米高的草丛后。

"白天看到赤链蛇就知道你回来了，"宋海洋手掏裤兜，"你何必要躲着师傅呢？"

"我只是想看看他老人家而已，毕竟我们缘分已尽，"陌生男子的身形轮廓瘦高颀长，声音也纯正干净，"老板不放心，又派我过来。没什么事情的话我连夜就下山，不过我还想告诉你近来有关他的事情。"

宋海洋没有接话，陌生男子接着说："他和里面的人打了架，关了几天禁闭，不过现在情况还好，我已经通过关系拜托狱方照顾他。"

"啊！"初澜无意间看到了脚边的蛇，正冲她吐着蛇信子。

宋海洋和陌生男子扭过身发现了她。

宋海洋和初澜坐在古亭的靠椅上，初澜的情绪已经平复，幸好她的喊叫声不大，并没有招来其他人，陌生男子已经消失在茫茫夜色中。

"这次咱俩扯平了，你也偷窥了我的事情。"宋海洋警告说，"今晚的事情还是不要告诉任何人，有时间给你解释，你还是先回去睡觉吧。"说完两人各自回了房间。

清晨的初阳照耀着万物，柔和温暖的光线透过窗棂落在初澜的胳膊上，初澜睁开慵懒的双眼，伸手去触摸阳光里的微小颗粒，兰木在一旁酣睡着。起床走出屋门，她看见宋海洋沐浴在初光的身影，似梦似幻。得知云恺也在睡梦中后，初澜伸伸懒腰，跟随宋海洋踏出庙门去欣赏外面的世界。

"昨晚那个男生呢？"好奇心极强的初澜还是不甘心被隐瞒。

"当然是下山离开，去他该去的地方喽。"宋海洋的回答无懈可击，"我会找时间告诉你的，请你务必守口如瓶。"

临近十点，大家才告别师傅重新上路，树林间鸟鸣婉转，郁郁葱葱的枝叶遮挡着阳光，山路小径清凉幽深，不远处的溪水潺潺流淌，地上的落叶拼成了奇异的图案。中午时分终于赶到了潜龙潭的核心区，飞流的短小瀑布遮挡着山石上刻着的朱红字体"潜龙潭"。

潭池的面积不大，清澈见底，可以看到很多种颜色，游动的鱼虾若隐若现，旁边立着的石碑上留下不知道哪朝哪代的文人墨客的笔迹。几个人脱掉鞋，挽起裤脚，赤足踩在河流中的石头上玩水。

云恺坐在石头上，盯着漂浮在水面上的落叶，叶尖处倒映着初澜明眸皓齿的模样，看到这里，他的心底不由泛起丝丝涟漪，倒说不上她是有多么惊艳、靓丽、脱俗，自然也并非什么校花、院花，但自有一种魅力在其身上，闪现在她的举手投足之间，是言语所不能描绘的。

兰木在一旁向众人拨弄着水花，初澜不时地配合反击，反而使两个男生败下阵来，他们的发丝紧贴着脸颊，浑身湿透的狼狈模样。初澜看到宋海洋一脸狼狈，回想起第一次的相遇，喃喃自语，其实，他也没有想象中那样讨厌。

几个小时后，大家决定启程返城，遗憾的是没有去找那几户山里人家，宋海洋也没再提起过。

13

凌水坐在吧台上，抽着固定牌子的香烟，微红的脸颊更显迷人，一个西装革履的男子走到了她的旁边。

"一个人？"男子坐到旁边，示意服务员点酒。

　　"我不喜欢话多的人。"凌水掐掉烟头，没有拒绝男子点酒。昏暗的灯火照在她的身上，波浪卷的长发挡住了她的脸颊，男子看不清她的模样和表情，不由得将自己的身体向前左倾，屏息换气，嗅到了凌水头发的花香味道。

　　"你的头发很好闻，让我想起了我的初恋女友，不过那都是十多年前的事情了。"男子捏着高脚杯，像是沉浸在回忆中。

　　"我可不是你的初恋女友。"凌水冷冷地回应。

　　男子很识趣地不再多讲，和她喝着一杯又一杯的酒，没有料到瘦弱的凌水酒量竟然会这么好。

　　舞台右侧的DJ调换了一首充满着狂野气息的舞曲，很多穿着暴露的女郎在舞台上对着客人飞吻，搔首弄姿地招呼大家上前舞蹈，头顶的五彩灯球如同开屏的孔雀般投射出炫目的彩光，穿梭在与外界隔绝的小世界。几个神情诡异的男子在人群中搜索着敏感的视线触角，准备兜售他们口袋里的违禁药品。

　　酒到酣处的男子邀凌水去舞池跳舞，却被她拒绝了，理由是她的高跟鞋不方便。

　　"做我女朋友吧，"男子手里握着路虎车钥匙，"我会认真对你的。"

　　"不好意思，我只喜欢一夜情。"凌水笑着说，可是没有人注意到她眼角的湿润。

　　"那无所谓，"男子并没有失望，反而情绪愈加高涨，"其实，我也不喜欢长久，什么东西放久了都会过期发霉，当然也包括感情。我在城北有座别墅，我们可以到那里继续喝点。"

"不必了，我一会儿还有约会。"凌水推开酒杯，重新点燃了指间的细烟。男子心有不甘地继续介绍着自己的家业和公司，凌水充耳不闻，最后男子愤疾离开。服务员趁没有人的时候拿来单子，凌水在上面签了字。

短短几个小时，已经有四五个男子过来搭讪喝酒，一直持续到凌晨两点。凌水从吧台起身，走进经理室，满脸横肉的经理抚摸着肚腩，坐在办公椅上核对着几张消费单，然后从抽屉里面拿出一个信封，推到了凌水面前，里面放着她的回扣。

"谢谢。"凌水的语气没有任何感情，只是摸了摸信封的厚度，然后放进挎包里准备转身离开。

"看你的酒量这么好，不如到我家尝尝我藏的好酒，"经理笑起来时脸上的肉也跟着颤动，"当然，回扣也是少不了的。"

凌水停住脚听到经理的话后，没有多言，冷笑着径自离开，路过吧台时，被长相清秀的服务生喊住："凌……凌水。"

凌水扭头看着羞赧的服务生。

"这是我自己调的蜂蜜水，"服务生端着茶杯奉送到凌水的面前，"刚才见你喝那么多酒，又是一个人……"

凌水看着他的眼睛，眼神清澈，不掺杂任何的杂质，于是昂起头一口气喝完了整杯蜂蜜水，接过他手中的纸巾擦嘴，"谢谢。"

之后的几天，凌水偶尔还会去临近的酒吧，可当她每次再来到这个酒吧时，总会看到那个清秀的服务生，每次看到自己都会露出微笑，走的时候，也总能喝到他调的蜂蜜水。

"等等，"服务生这次喊住她说，"今天你喝得太多了，我正好要下班，送你回家。"

凌水看着他真诚的眼神，点头答应了。服务生换好衣服从柜台出来，和凌水相伴离开了酒吧。还没等凌水开口，他便自我介绍起来："我是英诚，别人都喊我小诚，利用假期出来做点兼职。"

凌水看他只有高中生模样，头发整齐，面容干净，虽然个头很高，但笑起来还像个没有长大的孩子，"你还在读高中？"

"哪有，"英诚皱着眉说，"开学就要上大三啦，也在交往女朋友，不是小孩子了。"英诚似乎不满人们把他当孩子。

凌水看他生气的模样，赔礼说："好好，是我看错啦，不过你女朋友会放心你来酒吧做兼职？"

"她不知道的，我没有告诉她，"英诚低下头说，"其实我也不喜欢来这种地方做兼职，可是我没钱，又能有什么办法。"

"你要钱做什么？"凌水不知道为什么突然很喜欢和身边的这个大男孩聊天，"挣钱养家也是毕业之后的事情。"

"还有几天就是我女朋友的生日了，可是我没钱给她买礼物，上个月逛街的时候，她看到一套裙子非常喜欢，可是要三千多块呢，"英诚的语气明显加重，"都快赶上抢钱了，可是我当时还是承诺她了，等她生日的时候买来送给她。"

"你的女朋友很幸福，"凌水笑着说，"她会感动的。"

"但愿吧，她长得很漂亮，好多男生都暗恋她，可是她最后还是选择跟我在一起，"英诚一脸的自豪，"她是非常善良的女孩子。"

凌晨两点的街道冷冷清清，许多商店早已关门，只有通电的广告牌不曾打烊。稀少的车辆在宽阔的马路上畅行无阻，不像白日那样缓慢移动，偶尔会看到一家二十四小时营业的便利店，路过自助银行柜台机的时候，英诚跑进去把领到的薪水存到卡里。

凌水看着英诚清瘦的背影，想着他刚才的样子，总觉得像极了几年前的思远，说话时带着天真，永远像长不大的大男孩。可是，几年后，思远长大了，有能力去填补以前的缺憾，却忘记了他当年的承诺。

凌水回忆起自己十八岁生日时，正是万物生长的时节，也是思远备战高考的关键时期。可是没想到自己生日那天他会意外出现，手里拿着她最喜欢的作家的签名书。凌水知道，那个作家当时是在北京西单图书大厦做的新书签售会。折返千里路程，没有向家里拿钱的思远利用平时省下的伙食费坐着硬座，只是为了她的生日礼物，"我知道你一直都喜欢这个作家。"

她摩挲着思远凌乱的头发，看着他发肿的眼睛，心里一阵酸涩，眼泪簌簌地落了下来。自从妈妈去世后，已经没有人能陪她过生日了。思远在她的耳边轻声呢喃："我在，永远都在你的身边。"说不出话来的她，上前紧紧地抱住了他。那一刻，沉浸在幸福中的她像所有女孩子一样，希望这样的幸福会是永远。

很快，英诚手舞足蹈地回到了凌水身边，告诉她，再有两天就攒够钱可以辞职了。走过马路，穿过小巷，英诚一路哼唱着，他开心地像个过年收到好多压岁钱的孩子，谁都有过把云朵当作棉花糖的年纪，只是她的蒲公英早已吹落一地不见踪影。有些幸福就像瓶中的花朵，开得再艳，也是枉然，怎么也逃脱不了凋零的宿命。

"凌水，你说，她收到礼物时会是什么样的表情呢？"英诚双手合十，歪着脑袋，做遐想状。

"现在好多人会把对方的名字刻在身上，我同学里就有人把女朋友名字刻在大腿上的，我才不要那样哩。"英诚不屑地说，"那样如果被我妈发现的话，我会被打死的。其实，我主要还是怕疼。"比凌水高一头的英诚不时俏皮，惹得凌水笑个不停。

他们不觉间走进了一条小巷，路口的橘色灯光温煦地在地上汇聚成蘑菇的形状，漂浮在黑暗中，静谧的世界仿佛只剩下他们两个人。

"英诚，我想跳舞。"凌水借着醉意，索性脱下了高跟鞋，拎在手里，在灯下迈起翩翩的舞步。

英诚痴痴地看着说："凌水，你好美，我的女朋友也会跳舞，可惜我四肢笨拙，什么都学不会，只能眼睁睁地看着她去做别人的舞伴。"

"我没有学过，只是跳着玩而已。"凌水停下舞步，把鞋扔在地上，左手后背，伸出右手邀请几步外的英诚。英诚挠着头，羞赧着，犹豫了几秒，终于抖抖肩，昂首挺胸地从黑暗处迈进光圈，拉住了凌水的手。

凌水耐心地引导着他的左右脚迈进，笨拙的英诚连着几次都踩到了凌水的脚趾。凌水全然没有知觉，微红的脸颊笑靥如花。有一瞬间，她仿佛看到思远牵着她的手在街上奔跑，思远扭过头笑着对她说，一定要抓紧，不要放手。

第二天醒来的时候，凌水头痛得厉害，从床上爬起来去卫生间冲了冷水澡。初澜已经放假回家了，家里只有她一个人。她去厨房翻箱倒柜地找到些食材，随便煮了点面吃，勉强填饱了肚子。在九点之前，她赶到了文化公司打卡上班。

再见到英诚已经是一周后的事情了。她坐在吧台上，惊诧地看到依旧是服务生的英诚，只是英诚并没有像以前那样熟稔地过来找她聊天。凌晨两点的时候，英诚换好衣服准备回家，这次换作凌水在酒吧门口等他。

英诚一如既往地走在凌水的左面，路过的车辆从他身边呼啸而过。

"凌水，我女朋友说我是个小孩子，她和我在一起没有安全感。"英诚憋着嗓子，声音明显沙哑，"等我筹够钱去买那条裙子的时候，它已经被人买走了。"

"明晚就不要来酒吧上班了，这里不适合你，你应该换份兼职做。"凌水没有直接去问什么。

"我拼命地把自己弄成熟，可是找兼职的时候还是被人骗，被人说成孩子。"英诚停下脚步，"我每天醒来的第一件事情，就是告诉自己已经长大成人了，要学着去承担责任，不能再像以前那样随随便便向家里要钱了。可是，我现在还没有文凭，也没有什么技能，出来做兼职才发现，原来生存是件很困难的事情。"

他继续说道，他知道那些夜店舞女，其中就有租住在他家楼下的，好几个人挤在一起，过着昼伏夜出的生活。每天衣着光鲜的她们很少下馆子，时常泡方便面吃。可是，他每次看到她们都是一脸的微笑，没有丝毫被生活碾压后的痛苦。

"你现在能懂得这些已经足够了，"凌水肯定地看着他，"只是你需要懂的东西还很多，不要着急，一切都会经历，一切也都会好起来的。"

她清楚记得，大学四年，思远除了第一年的学费是从家里拿的，其他三年，都是他在外做兼职挣来的，不是家教，就是服务生，还当过午夜电台的DJ……很少会有停歇的周末。每次看到他那么拼命，她都会很心疼地抱着他，年少的他对未来充满了憧憬，"凌水，等我毕业，我会挣钱买一座大房子，然后给你戴上钻戒，娶你回家。"

"你每天都喝那么多的酒，还有几次看你喝到吐，我都很难过，却什么也帮不上。"英诚从口袋里掏出银行卡，递给她，"我不知道你缺多少钱，这是我自己攒的钱，我知道不多，或许只是杯水车薪，但也希望你能够收下，暂解燃眉之急。"

"我的窟窿太大了，况且你这么辛苦地筹钱是要为你女朋友买生日礼物的。"凌水面露尴尬，拒绝接受。

"她的生日早过了，我没有买到那条裙子，可是这并不妨碍她生日那天去穿它，有的人总是比我快一步。"英诚手里的银行卡被捏紧又被松开，"我们分手了。现在，她和我的一个好哥们儿在一起。"

"其实，一开始我就知道自己赢不了，只是拼命努力想要输得慢一些。"英诚绷住表情，然后哈哈大笑起来，"这样也挺好的，实现不了的承诺就留着以后吧。"

不知不觉间两个人走到了街道的拐角处，他们相继停下脚步面对面而站，阒静的街道穿过流浪的猫狗，皎洁的月光轻柔地落满肩头，身后是相反方向的幽深小巷，星星点点的灯火在不远处的黑暗里摇曳生辉。

"我就要到家了，晚安。"凌水看着眼前这个目光炯炯的大男孩，像极了当年稚嫩的思远，嘴角不由地弯出优美的弧度。凌水清楚地记得第一次和英诚对话，就是他的那双澄澈如水的大眼睛使她毫不犹豫地喝下了那杯蜂蜜水。

"凌水，我听你的，明天就不去夜店做兼职了，晚安。"英诚还是招牌式的灿烂笑容，天真无邪。凌水正欲转身离开，英诚突然迈前一步，张开胳膊，抱住了她。

没有任何思想准备的凌水先是惊诧，却没有推开他，而后身体前倾和他紧紧地抱在一起，英诚低下头嗅着她头发的味道说，"真好闻，像是阳光下青草的味道，又像是花蕾的味道。"凌水没有说话，慢慢闭上眼。

"凌水，你是我第一个抱过的女孩子。"英诚难为情地说，"虽然你比我大几岁，可是我从来没有把你当姐姐。"

告别英诚后，凌水一个人回到家，不知道眼泪什么时候流了出来。换衣服时，她无意间摸到了口袋里的银行卡，卡上面贴着密码，她没想到，英诚在抱住她的同时悄悄地把银行卡塞进了她的口袋。

她坐在窗台边一夜未眠，想了很多，脸上的妆容早已哭花，手边的烟头排列组合着，清冷的晨风吹拂着她的长发，几根发丝被泪水粘连在脸颊上，一个人呆望着远处的黎明破晓。她没有告诉英诚，最近她遭遇的苦难。思远发来短信说，他要订婚了，可自己并不是订婚对象。

午后，睡醒的凌水去了楼下不远处的自动取款机，才发现里面并不是一笔小数目，整整五万块钱。之后她找了英诚好几天都未能找到，他好像人间蒸发了一样，再也没了消息。

半月前，一年未见的父亲突然登门索要房产证。头发凌乱的父亲朝她伸出没有尾指的右手，面目纠结地说："爸这次真的是走投无路了，赌债不能再拖了。凌水，房产证先借给我，随后一定还你。"

"没有，我丢了。"凌水漫不经心地说。

"凌水，我的乖女儿，妮妮，爸只是拿来抵押而已，要不了多久就会还给你的。"父亲近乎哀求的口吻，"你答应过你妈……"

"不要提我妈，你没有资格！"凌水的声调陡高，双手抓着头发，指间穿过发根，"你走吧。"

几年前，母亲弥留之际，并没有几位亲人出现，她只看到过母亲小叔父的儿子匆匆来过，但是也没有待多长时间，和母亲唠了唠家常，留下点钱，赶在天黑前就叹息着离开了。

二十多年前的那桩婚姻，母亲并没有得到太多人的祝福，从她十八岁离开家后就已经落得了众叛亲离的下场。凌水只知道母亲娘家在江浙沿海一带，家族显赫，人丁兴旺。但是她从来没有见过外公和外婆，每次问到母亲，只是被告知，他们住在很远很远的地方，等她长大了就能坐火车去找他们。

医院的急救设施早已撤掉，空荡的病房里只剩母女二人，父亲已经好几天没有露面了。

"妮妮，照顾好你爸，"面色苍白的母亲艰难地吐出每个字，"告诉他，这辈子，是我对不起他，我，不后悔嫁给他。"虽然母亲声音微弱，但字字掷地有声。凌水只是哭，她不明白母亲弥留之时最放不下的人竟然是整日赌博酗酒不归家的父亲。

看着姗姗来迟的父亲，母亲没有丝毫的责怪，虽然脸上挂着眼泪，却还在努力展出浅浅的笑容，枯瘦的胳膊缓缓地伸向父亲。韶华易逝，母亲的皮肤早已松弛，眼角的鱼尾纹和面部的暗斑越发明显，被病痛折磨的身体早已没有了让人怦然心动的身形。

"卫……国，我……还有好多话想对你说，现在看来，来……来不及了。"母亲的泪珠滚落下来，"这辈子，我欠你……"

母亲没有说完最后的话，她看着那个叫作卫国的邋遢男人，带着遗憾，流下了一生最后的眼泪，缓缓地闭上了眼睛。

"我不明白，这几年都是我一个人在陪着您，您生病，难过，无助的时候，他又在哪里！"凌水在心里责问着，却没有说出口。她抱着母亲的身体痛哭，却又在埋怨母亲最后一眼没有看她。

"妮妮，我知道你一直恨着爸。可是，我也想让你们过上好的生活，怪只怪我没有什么能力。"父亲似乎比以前苍老许多，声音也跟着老去了，可是凌水还是从心底厌弃他，一个生活的懦夫！

"你走吧，这是五万块钱，密码在背后，剩下的钱我会想办法尽快筹齐，不要再打房产证的主意了。"这套房子是母亲多年艰辛换来的，凌水要一直守着它。

这几年，她一直未曾忘怀母亲遗志，用自己的稿费和工资无数次地帮还父亲的赌债，这次迫不得已的她只能去夜店当酒托，与那些借酒发挥的男人们周旋，看他们醉酒后的荒唐表演。

14

2005 年 7 月 16 日下午两点四十一分。

思远打来电话说："凌水，我……我过几天订婚。不过，这……并不代表我不爱你了。"电话里的声音变得暗哑，"你在我心中的位置，任何人都取代不了。"

凌水指间的香烟烧到了食指，却无比镇定，她没有说话，听着电话那头越来越模糊的声音。电话挂断后，她才去做捻熄烟头的动作，食指部位露出暗红的颜色，沾附在上面的烟灰没有被抖掉。

思远在电话里不停地解释和忏悔，"凌水，我好几次都想过要带你离开，去你跟我说的丽江，然后我们俩就生活在那里。如果你觉得闷的话，我们就一起去流浪，去草原，去沙漠，去海边，去国外。可是我每次看到母亲抹眼泪时，我都会陷入深深的自责，她一个人把我拉扯大，真的很不容易，我觉得自己太过自私，那些想法也只能深深地埋藏在心底。"

接下去的日子里，凌水没有再遇见过英诚，或许那一晚的告别真的是不再见。她洗了澡，化了妆，换上了她最喜欢的棉质裙子，戴上编织遮阳帽，打算去找思远做最后的告别。

排着长队的她啜饮着冰镇矿泉水，长途车站里像集贸市场一样人来人往，劣质的喇叭里正在播报着寻人启事，闷热的售票大厅窒息地让人喘不过气来。她拿出手机编辑着短信，敲敲停停，等到售票员喊她买票时，她按下了删除键，把手机揣进了口袋。

坐在候车室的时候，几个衣衫不整的年轻人冲着她吹口哨，她视若无睹，拉低帽檐，重新拿出手机思索，指起指落，手机从口袋里掏出来又放进去。

距离开车还有半小时。她起身走出候车大厅，看到路口摆的书摊，信步走过去，目光扫视着当下流行的畅销书，什么《三重门》《零下一度》《幻城》《草样年华》之类。跛脚的摊主正在擦拭上面的灰尘，看到驻足的凌水，招呼道："姑娘，一看你就是文化人，这都是好书，来几本吧，十元三本。"

凌水点头致意，弯下腰随便翻看起来，无意间看到了一本熟悉的书，"师傅，我拿这本。"凌水付完钱，手里捧着那本书，嘴角微微嘲弄，吹掉封皮上的灰尘，看着熟悉的书目和印在上面的"凌水"两个字。

坐在大巴靠窗的位置，凌水翻看着劣质纸张上印制的煽情故事。流年似水，世上每天都会有过气的演员和歌星消失在公众的视野，或被动或无奈，但都逃不掉被人遗忘的宿命，而她就是那个被人遗忘的过气女作家，不过，她是属于主动的那种。

大巴行驶在高速公路上，过路的景色都被卷进了时光倒流的洪荒里，旁边的情侣在说着浓浓的情话。男生凑近女生的脸颊，女生讨嫌地说："讨厌，这么多人呢。"然后靠在了男生的肩膀上。其实，能看到的也只有凌水，而情侣却始终没有抬眼去看周围，总有些思绪和情愫是要留给这样的情境。凌水也不免俗，而令她惊诧的却是脑海里突然想到的人是英诚，不是思远。

这两年，她和思远说话的次数在变少，语句的长度也在变短，反而做爱的次数变得愈加频繁。凌水觉得思远越来越陌生了，他的心事也越来越难捉摸。她对他的态度也变得逐渐冷淡了，俩人还时不时地冷战争吵。

"这或许就是上天对我的惩罚。"那些话堵塞在喉咙里，被牙齿又顶回腹中。按下关机键，她把脑袋埋进身体里，头发滑落在周围，没有人能够看到她的表情。

那段黑暗的、不为人知的、充满犯罪感的历史像噩梦一样缠绕着她，在她的灵魂深处龇着牙冷笑着，刺入骨髓的寒冷覆着挫骨扬灰的烈火，钻心的疼痛在神经里逍遥地倒挂行走。她缩着身子靠着车窗，窗外的景色时光倒流般地迅速向后退去，峡谷的河水奔腾着向东流去。

十九岁那年，在没有受到任何胁迫的情况下，她把她的第一次给了一个陌生人。她清楚地记得，和他上床的那个男人是有家庭的。更加嘲讽的是，那个男人的女儿疯狂地迷恋着她笔下的爱情故事，对自己的父亲能弄到作者的亲笔签名激动不已。

凌水那次的交易换到的是对方出钱赞助新书印刷十万册，帮她联系书商全国发行。她需要钱，也需要名气。之前的屡次碰壁，让心有不甘的她一次次被激怒。十九岁的她，年少气盛，恃才傲物，没有父母的支持后盾，全然是在靠自己一个人在打拼。自负的她受不了被退稿的打击，决定妄自菲薄，铤而走险。只是一次堕落，只是想要证明自己而已。

她和男子在酒店房间签下协议时，思远还在拿着她的长篇终稿奔赴在城市大大小小的出版社，遭受着冷落、嘲笑和白眼。

他希望凌水能遇到伯乐，才华能被人发掘。事实上，一个只在杂志上发过十几篇稿子的写手谈才华还为时尚早，没有人会冒着风险把赌注下到毫无名气的凌水身上，尽管她确实是有才华的。

新书签售的那天，思远拉着她破天荒去了西餐厅，"我就说，你这么有才华，肯定是不会被埋没的。"思远激动地抱着凌水，"你看，你看，现在就有出版社欣赏你，还要印刷十万册呢。你就是金子，不，是钻石，我的凌水大作家。"

凌水强颜欢笑，眼神却瞟向其他地方，推开了抱着她的思远，"我最近感冒。"她突然不想让任何人去触碰她的身体，哪怕是思远，"我们进去吃饭吧。"那天的交易之后，她连着几日都在惶恐和恍惚中度过，做着噩梦，在黑暗中失眠。

大巴连续行驶了两个小时，路过了城市、农村、田野、河流、山岗，头顶的蓝天却从未变过。旁边的情侣捧着零食谈论着似乎还久远的话题，女生说："我们结婚好吗？"男生说："好啊。不过，问题是我们还未成年……"

早在思远大四实习时，就不止一次地提到过毕业就要和凌水结婚的愿望。但凌水觉得那时结婚还太早，她还没有任何心理准备，总是委婉地拒绝："我……暂时还不想，等我们都工作两年稳定稳定再说吧。"等到思远大学毕业，在当地国有银行找到工作后，凌水还是说再等两年，她觉得两个人已经在一起确定了关系，结婚真的不用太过着急。

可思远的母亲是等不得的，她还秉承着老一辈人的思想，希望早点看着思远结婚生子，完成终身大事，也了却自己的心事。她不想儿子一拖再拖，甚至借钱买了婚房逼思远就范。思远说了他跟凌水的想法，却遭到了母亲的强烈反对，"跪下！"她让思远冲着父亲的牌位下跪，自己坐在一旁声泪俱下地控诉思远的不孝。她一直都不看好儿子的异地恋，更不喜欢那个叫凌水的女人，觉得凌水一直都在勾引她的儿子，而且还会毁掉自己儿子的前途。

思远的母亲未雨绸缪，当机立断让儿子相亲。思远样貌英俊，高个头，家中独子，名牌大学毕业，为人谦逊有礼，儒雅富学，自然在当地备受追崇。在他母亲的极力撮合下，很快就有一个女人出现在了思远的生活中，那个女人也刚到银行工作，和思远一个单位，大家都在传她是银行行长的女儿。

思远母亲很满意这样的结果，思远母亲对这个女人有所了解，大学时她曾经追求过自己的儿子，现在能走到一起真的是冥冥注定，最重要的是她对自己儿子的前途发展会有很大的帮助。思远父亲在儿子还在娘胎时就在工地不幸遇难，思远母亲一个人咬牙拼命地将儿子抚养成人，为的就是让他光耀门楣。这个破落的家，太需要思远重新顶起门梁，在亲戚和邻居眼里扬眉吐气，这也是对她一个人二十余年含辛茹苦、受尽苦难的最好回报。

　　思远不止一次地向凌水保证，他也是迫不得已，不过他和那个女人只是逢场作戏，他并不爱她。只是没想到，短暂的三个月后，他们就宣布订婚了。凌水一直都清楚，爱情和婚姻是两码事，只是没想到，她也成了吃螃蟹的人。她了解思远的性格，他是个孝顺的孩子，不会做出任何违逆母亲的行为，包括他的婚姻大事。思远解释说，当时他的母亲突发脑溢血，在医院抢救时要他答应订婚的事，他也是没有办法。

　　大巴富有节奏地行驶着，平铺在眼前的柏油路蜿蜒缠绕着山体，看不见尽头。凌水半开着车窗，微凉的阵阵松风拂过耳畔，葱葱郁郁的树木鳞次栉比，彼此相互湮没。虫鸣鸟叫在大巴发动机声中忽近忽远，若隐若现。还有几个小时的路程才会到达目的地。

　　旁边坐着的情侣时而吵闹，时而嗜睡。此时，俩人正在为未来的孩子喝什么牌子的奶粉争执着。大巴停在服务站后，凌水下车呼吸新鲜空气。她表情平静，内心却汹涌彭拜，是的，她要去参加自己最爱的人的订婚礼，去祝福他和他的新娘。从厕所出来的情侣也站到了她的旁边，女生说："好累啊，要不你背我上车吧。"男生面露难色，缩回了放在女生腰间的右手，"不是说好等我吃到和你一样重才谈论这个问题的吗？"

"王晓亮，你竟然嫌我胖！"女生撸起袖管儿，追在男生身后边。凌水忍俊不禁地看着两人的背影。曾经她和思远亦是如此，每次出去游玩，当她喊累时，思远都会弯下腰背起她前行。看到路边树上结的果子时，思远会把她抱起，托举着她去摘树枝上的涩果吃。想来想去，思远好像从来也没有抱怨过她的体重。

大巴继续前行，时近傍晚，天边的火烧云染红了天际，靠近地平线的日落预示着明天是个好天气。然而她的心情却随着目的地的不断移近而变得紧张起来，她不知道这次的出行是对是错。距离越是靠近，内心越是忐忑，见面时该说什么好呢，无非就是"祝你幸福"之类的吧。

"假如有一天我和你妈同时掉进河里，你会先去救谁？"女生提出了老套的问题，无非还是"鸡生蛋还是蛋生鸡"的类似偏执。

不过，凌水竖起了耳朵，她也对这个问题也很好奇，尽管她从来没有问过思远，可是，她知道他的答案。

"我……"女生直起腰身，郑重其事地看着男生。凌水看着窗外，余光却瞟向情侣。男生支吾着不知道该怎么回答，犹豫片刻，然后装出颇不耐烦的样子说："你好无聊，我又不会游泳。倒是你，都拿到游泳等级证书了好不好？"

嘭的一声，紧接着是短暂的死寂，天地在眼前颤动，身体也随之舞动起来，随之而来的是哭喊和求救声，声嘶力竭却又显得渺远，像是世界末日的来临。凌水感到脑袋眩晕，努力地想去睁开咬合的眼睑，身体的重心发生了近九十度的旋转，头发里掺杂着大小不一的碎玻璃，隐约感到有人压在她的脚面上，蒙眬地感知到冒着的黑烟和地面横流的鲜血。她的耳朵里轰鸣作响，听不清楚周边凄楚的对白和无助的呼喊。

"今天下午五点四十五分，本市郊区怀柔路段发生重大交通事故。一辆大巴与长途货车相撞，大巴司机当场死亡，货车司机伤势危急。大巴车中共有五十一名乘客，其中十一人重伤，二十六人伤势较轻。事故发生原因正在调查中。"电视画面里，从演播室很快切换到了事故现场，记者拿着话筒表情肃穆地播报着："我身后就是事故发生地，目前消防、交警还有医务人员正在抢救大巴里面的被困人员……"

凌水靠坐在沙发上，手背的静脉连着点滴，头部的碰伤已经经过包扎处理，悬挂在墙上的电视正在循环播报着她亲身经历过的事故。

车祸发生时，有一瞬间，她想到了死。车里浑浊的空气令她窒息，她睁不开眼，没有呼救。没想到真正面对死亡时，自己竟然会泰然处之。可是，她的双颊很快就被泪水和血水浸湿了。

没有遗憾只能是自欺欺人。其实，还是有太多的牵挂和羁绊，比如思远，比如关于她身世的秘密，还有英诚，等等，太多太多了。

不过此时，她想马上见到思远，听他说句"我爱你"。只是简单的一句话，用不着什么海誓山盟。

死亡会是一切的结束。她想到了母亲临走时的眼神，坚毅，柔美，不舍，期许，不悔。母亲死后，她明白了什么是死亡，不再是大人口里编造的故事和童话，诸如"去了很远很远的地方""睡着了"之类。母亲的离开也让凌水开始真正面对和体悟这个充满恐惧和禁忌的神秘话题。

再后来，她见证了更多的死亡，关乎一切生物，不仅是人类。邻居张大妈心脏病突发辞世，对门租客在工地猝死，还有很多和她相识与不相关的人。也包括她养的那条边牧犬，一条黑色斗鱼……都没能逃脱死亡的宿命。看多了也就想明白了，伤心难过是免不了的，但是不久之后还是会归于平静。这就是大自然更新交替，周而复始的规律，而我们每一个个体相比较浩瀚的宇宙也都是可以忽略不计的尘埃。当然有一天，她也会面对自己离开这个世界的事实。即使遗憾、不舍，也逃脱不了。不过，不是现在。

清晨的阳光从树叶的缝隙中舒展开来，穿过玻璃落在她青紫的胳膊上。凌水努力睁开眼，耳边是临床传来的愈加清晰的谈话声。

"王晓亮，你就是个不折不扣的大傻瓜。"女生滴着泪伏在男孩儿的床边。

"你……你没事就好。"男生虚弱地说，但是嘴角还是浮出一丝微笑。凌水的余光瞥向男生，他的右腿已经打上了石膏，连着金属支架悬吊着。

女生的手触摸着他额头的绷带，"如果你有事情的话，我就和你分手。"女生嘟着嘴，露出赌气的表情。

凌水恍惚记得，车祸发生时，男生在一片狼藉中声嘶力竭地呼喊"请救救我的女朋友"。救护车来的时候，男生恳求医生先去救女生，全然忘记了自己的伤势和疼痛。在救护车来之前，男生除了呼救还不停地安慰着女生："看着我，不要睡，以后我保证不会再说你胖，而且我还要吃得比你胖。"

从医院出来已经是车祸后的第四天，她就这样错过了思远的订婚礼。当然，她没有告诉思远自己出车祸的事情。

15

在这座别号西城的城市里，每天都重复上演着各种剧情，悲欢离合，婚丧嫁娶，生老病死，或平淡，或狗血，或跌宕起伏，或宠辱不惊。每个人在不同的时刻扮演着不同的角色，人们的故事都相互交织着，却又将各自的秘密封锁，初澜亦是这样。

又是一场雨，濡湿了曾被阳光覆盖过的每个角落。车辆、楼房、街道还有没有打伞的路人，都被氤氲着的水汽包围着，聚集起来的小水滴驱逐着夏日的燥热。夜色像墨汁一样从天空漏斗里倾倒在大街小巷，星星点点的灯火点缀其上。

不远处的广场上，热闹闹的人群在纳凉，几位大妈打着蒲扇打听着邻居孩子高考录取的情况，带孩子的主妇们相互闲扯着各自丈夫的工作和薪酬，一群穿着轮滑鞋的男孩子们在过道上来回穿梭，追逐打闹着，提着行李箱的初澜差点被撞倒，白净的脖颈上淌下几滴汗珠。

在家百无聊赖的初澜度过了一个最没有意义的暑假，好在时间已经消磨掉了大半关于路伊鸣的回忆，于是找借口提前半个月回到了凌水家。拉着行李箱的她从广场西侧穿过后，左转一个路口，从一排路边摊走过，绕进一条长满梧桐树的宽阔街道，在一个圆拱形的铁栅栏门前停下，回到了熟悉的地方。昏暗的路灯指引着不远处的四单元楼道口，湿漉漉的地面上还残存着大小不一的小水坑，上面漂浮着或粉或紫的树花。

出乎她的意料，凌水并没有在家。收拾完卧室后，她驻足在窗户边，竟然看到了斜对面的宋海洋也正好在看她。

"请进！门没有锁。"宋海洋正在收拾散落在地上的画框，他一个人租住在这间公寓里。

初澜蹑手蹑脚地打开半扇门，探进去半个身子寻找宋海洋的身影。

"我这里没有什么值钱的东西，不用做贼心虚。"宋海洋不知道从哪里突然冒了出来，站在了她的面前。

初澜惊魂未定地坐在单人沙发上，赌气地瞪着把她视若空气的宋海洋，目光落在了他的左臂上端，那里缠着白色绷带，被半袖的袖口遮掩着，"你的胳膊怎么了，不会是跟人打架了吧。"

"不小心撞到了。"整理好画框后，宋海洋坐在了画板前继续作画，"这么早回来，不会是想我了吧。"宋海洋对于伤口的事情三缄其口，不愿多谈，但是也符合他那沉默寡言的性格，初澜也不再深究，只是被他这突然的玩笑弄得无所适从，决定反击："自作多情的家伙，每天就知道装高冷，你以为女孩子都爱吃你这一套吗，除了兰木那个花痴！"

宋海洋似是而非地点点头，"哦"了一声算是回答。

"你到底有没有在听我讲话？"初澜被他的漫不经心搞得很不舒服，"又开始玩高冷！"宋海洋继续"哦"了一声，手上的笔并没有停止，视线也没有离开画纸。

受挫的初澜决定不再去搭理他，房间布置简单，使她提不起任何想要参观的兴趣，倒是墙上一幅男子裸体的油画让她的目光有些躲闪，幸好男体的重点部位被一条缠绕着的花蛇遮掩，那条吐着红色信子的花蛇逼真到令她打了个寒战。

"宋海洋，有传言说你喜欢男生，到底真假？"一向口快的初澜说话很少遮掩。

"我，男女通吃。"宋海洋神秘一笑，比墙上的花蛇还令人恐怖，"对于这么无聊的传言，我也只能这样解释。"

"这个玩笑不好玩。"初澜随手翻看起旁边圆形茶几上的杂志，身体陷进了柔软的沙发里。其中一本封面淡雅的《西城孤独》立刻吸引了她，翻看几页，看到杂志主编居然是凌水，美术责编后面赫然写着"海洋"的名字，出刊日期是 8 月 5 日。

初澜瞠目结舌地粗略翻看了杂志的全部内容，看到了好几幅海洋的插画，或手绘，或油彩，或木刻。里面还有凌水写的小说，其中一篇名为《午夜路人》里面那个叫作英诚的男主角把她感动得差点掉泪，英诚的遭遇让她有点心疼。

"喏，送你的。"宋海洋把刚画完的手绘捧到了初澜的面前，他本就颀长的身形被身后的影子拉扯得更加修长。房间里的橘色灯光有些暗沉，周围空荡的空间使气流里掺杂着某种诡异的气氛。不过，逼真的画面早已令初澜对周围环境失去了猜测和判断的兴趣。

"哇啊，太神奇了，我明明在你身后，你是怎么做到的？"初澜支起身子，沙发凹出了她的后背轮廓，整个身体像是要扑进那幅画里。宋海洋笑笑没有回应，目光瞟向画板旁边的立镜上，"上次是你和兰木的合影，这次送你一张私人订制版的，不要多想，我也给兰木单独画过。"

初澜知道宋海洋这个人奇怪得很，不过有一点他却和路伊鸣有点相像，对待身边的人从来都是一视同仁，不会刻意地亲近或者淡漠某个人。可是，这样的人却永远让人捉摸不透。

"不用费心去猜测我，我没你想得那么复杂，"宋海洋好像懂读心术，能够窥测到初澜哪怕一点点的心思和惊起涟漪的小想法，"我的住处你已经看过了，去做你该做的事情吧，不用再待在这里浪费时间。"

这个家伙明目张胆地在下逐客令，一点不懂得委婉。"走之前，我有个请求，我想借读几天这本《西城孤独》。"

"随便。"初澜看不出宋海洋脸上的任何表情。

"你跟凌水很熟吗？"初澜抱着杂志，想要刺探点消息。

"可能我让你失望了，我和她并不熟，仅仅做兼职有点联系。不过，我知道，她是你的房东，就这样。拜拜。"宋海洋露出了一个诡异的笑容，屋门啪地合上了。初澜一个人站在空落落的楼道里，倒吸一口凉气，"装什么酷，要不要每次都这样。"

拿着杂志和画返回到家中的初澜还没来得及换衣服，就看到斜对面窗户的灯光突然灭了，没有任何征兆。凌水还没有回家，客厅里阴森森的，充斥着诡异的气氛，静谧地可以听到针尖落地的声音。初澜一个人躲在卧室里，空气里弥漫着一种令人窒息的味道。想起几个月前做的噩梦，想到那个无脸女人，她愈发地恐惧起来，开始后悔提前回来。

正打算要换睡衣时，灯光唰地一闪，眼前的所有一切顿时都被黑暗吞噬掉了，不剩一点骨架。本来就如惊弓之鸟的初澜被这骤然的停电吓得差点昏厥过去。一旁的诺基亚屏幕突然闪起亮光，来电显示是云恺。双手颤抖的初澜抓起手机，按下了接听键。

在初澜初二时，隔壁比她大三岁的玩伴儿经常喊她一起过夜，然后两个人就并肩躺在床上分享着各自的小秘密。初澜平时喊她小念姐，经常找她补数学，玩跳棋，两人几乎无话不谈。

有天小念姐拉着她的手，望着屋顶说："小澜，你知道什么是爱情吗？"这个年纪的初澜是被禁止和男生过密来往的，对爱情的认知主要来自偷看的小说和电视剧。小念姐在读高三，她正在和一个很帅气体贴的男生交往，可是却遭到了老师家人的一致反对。

初澜听家里人说，年级主任让小念姐和那个男生在学校周一升旗仪式后当着全年级的同学做检讨。那个男生第二天就转学了，她也在异样的眼光和压力下失恋了。初澜不知道该怎么安慰她，她已经连着两天不去上课，也吃不下什么食物。她看着初澜说："希望你以后能找到一份值得付出的爱情。"

初澜看见她的泪水顺着脸颊流了下来，洇湿了枕巾。她朝初澜轻道了"晚安"，按了床头灯的开关，两个人就静静地躺在了黑暗中。深夜初澜内急准备上厕所时，突然触碰到了小念姐的冰冷肌肤，全然没有往日的温暖。她诧异地去开灯，无意间嗅到了空气中的血腥味。灯光亮的一瞬间，初澜正好面对着小念姐苍白的、微笑着的紧闭双眼的瓜子脸，她的右胳膊悬在床沿边，手腕上还在滴血，没有了以往的脉搏跳动，初澜喊叫后被吓得昏死过去。

这件事之后，她很长时间都不敢一个人睡觉，一到晚上就会陷入恐惧当中，失眠噩梦更是家常便饭。经过几年的心理恢复后，她的情况好转许多，只是时常神经衰弱，受不了吵闹的环境，不太喜欢和别人一起睡觉，可当她一个人睡觉时又会偶尔做噩梦。

半个小时后。

"初澜，开下门，我是云恺，你还好吗？"门口传来急促的敲门声。缩在床头角落的初澜长舒口气，闭上眼，双手合十祈祷。

喘着粗气的云恺看到初澜后一脸的欣喜，被吓坏的初澜像一只受到惊吓的白猫，瞬间钻进了他的怀抱里。突来的举动反而让云恺无所适从，悬浮的双臂缓缓地落在初澜的后背上。几度恐惧袭身的初澜脑海里一片空白，只希望能有一个人出来拉住她，带她离开这该死的黑暗，这个人是兰木、凌水、宋海洋，还是……反正肯定不会是路伊鸣，那面前的人是……

　　她马上察觉出自己的行为很是不妥，慌乱地推开了云恺，面露尴尬，羞赧无措，"谢谢你这么晚还来看我。"

　　云恺像是变戏法似的从单肩包里捧出了一堆蜡烛，有红有白。不一会儿，初澜的卧室里满是亮光，像是无数的萤火之光汇集在一起，从卧室的门洞涌出，流过走廊，在客厅里开散出熠熠之辉。

　　初澜跪坐在木地板上，她的双眸在萤火阑珊处闪着可人的光芒，整个身体都被温暖的橘色包裹着，身体与光的融合就像悬浮在黑暗中的空气蛹，外表通透光亮，里面的人儿在保护层下尽情幻想。

　　云恺在一旁讲着笑话和他少时的糗事，还扯到了他十一岁那年捉弄胡嫂，在她的饭菜里放了很多芥末，呛得她半天说不出话，不停地喝白开水。还有他刚学单车的时候，也是胡嫂在后面推着、护着，可是正处叛逆期的他很快甩开胡嫂，结果在一处台阶那里连人带车地被绊倒在地，额头撞出了血，送到医院缝了五针不说，还害得胡嫂被母亲扇了嘴巴。云恺顺势掀开额前的头发，在烛光下，仔细看确实还能看到疤痕。

　　沉浸在故事氛围里的初澜伸手去触摸那个不是很明显的疤痕，食指刚触到那一点凹凸不平的地方，就像是启动了什么开关的按钮，云恺身后瞬间发出了耀眼的白光，刺痛了她的眼睛，而云恺只是呆坐在她的面前，面露微笑地向她伸出双手，等她揉搓眼睛再度睁开时，才发现自己和衣躺在了自己的床上，身上盖着细软的毛毯。

铬黄的阳光缠绕着拂动的窗帘，初澜趿着拖鞋避开脚下化成波浪状的蜡烛，走到客厅里，看到了云恺正躺在沙发上酣睡着，蜷缩着的身体就像刚刚孵化出的婴儿。她的手扶着墙沿，静静地看着他，不由得漾出一个暖暖的笑容。

16

"昨晚你倒是睡得挺早。"初澜把玩着宋海洋的木制雕塑，"每次晚上碰到停电就像是做噩梦一样。"

"那是你心里有鬼。"宋海洋握着刀具在木板上戳来戳去，他胳膊上没有了纱布，剩下一条暗色疤痕在袖口下若隐若现。

初澜放下手中的木雕，站在窗户边，望向自己的卧室，窗户大开着，没有亮光。

"看来，你的心里不但有鬼，还有了人。"宋海洋换了一把刀具，刀锋紧挨着墨线重新修边。

初澜没有反驳，不置可否。早晨云恺醒来后，给她讲昨晚发生的事情，弄得她一脸尴尬。等她洗漱的时候，他一个人又跑下楼去早市买来她喜欢喝的燕麦牛奶粥。

她把这些都告诉了宋海洋，等待他的判断，"他对我这么好，是不是真的喜欢我？可是，我身上也没有值得他喜欢的地方。"

"如果你的智商和情商都为负数的话，我也没办法。"宋海洋吹了吹木板上的碎屑，"他喜不喜欢你，你心里比谁都清楚。"

此时，已经是晚上九点钟。下午五点时，初澜终于在家看到了凌水，她昨晚一晚上都在公司加班，准备下期《西城孤独》的文稿和策划工作。闲聊几句后，凌水烧了热水，准备洗个澡好好睡一觉。想到晚上有凌水相伴，初澜便拒绝了云恺过来做客的请求，不过作为对云恺昨晚陪伴的感谢，她答应了周末去游乐园的计划。

"麻烦你先出去一下，我换下衣服，十点钟我有演出。"宋海洋把木板放到了方木凳上，"把门关好。"

"谁要偷看你换衣服，自作多情的家伙。"初澜看了看腕表，觉得现在回去睡觉还早，不如跟着这个家伙出去消消暑。

初澜返回房间后，宋海洋正在整理乐谱，他已经换上了黑色T恤，图案是鲜花簇拥成的诡异图案，下身是挽好裤脚的黑色休闲裤，头上戴着黑色棒球帽。她把自己的想法说出来后，宋海洋没有立刻回答，而是翻了翻吉他包，找出了木夹子，夹住吉他尾端，竖起耳朵，认真调试着琴弦的音调。她不忍打断，只能克制等待着。

几分钟后，宋海洋取下木夹子说："我不反对。不过，我有三条协议。第一，我不是你的男朋友，不能保证你的安全；

第二，不要影响我的工作；第三，不要奢望我送你回家。"

"成交。"不过，初澜心里还是挺不满的，好歹他们也算是邻居。

"宋海洋，问你一个私人问题，你有没有女朋友？"

"没有。"

"这就对了，老天有眼。"

"你说什么？"

"没……没什么，我是说祝你今晚演出成功。"不过，话虽如此，初澜还是疑惑宋海洋为什么没有女朋友。不管什么传言，单凭他阴暗的心理就该单身，也不知道兰木看上了他哪里。

两个人乘坐夜间公交班车前往白玉路站。宋海洋背着吉他站在初澜旁边，眼睛盯着窗外。他脸色冷峻，除了和初澜相近的距离外，并没有什么能够证明他们是一起的。初澜无聊地看着车门上的广告，扭头时无意间看到了宋海洋的左手腕文着一条黑蛇。宋海洋似乎察觉到了，有意转了下身，遮挡住了手腕。

"怎么样，听我的没错吧，坐公交就是比骑单车舒服。"找借口的初澜暗自决定重新购置一辆新单车，彻底放弃锁在地下室的那辆。

"我在想，等我演出完后，没有公交也没有单车，是不是步行更舒服呢？"宋海洋早已知晓她的把戏，却没有戳穿。他们下车后，宋海洋再次告诫她，到了酒吧不要搭理乱搭讪的陌生人，更不要喝他们的酒品饮料。他的神情严肃，不容置疑。初澜懒得和他计较，以前兰木也没少在酒吧表演，她对里面的环境早已了如指掌，熟视无睹。

酒吧里灯色暗淡，相较而言，人人衣着靓丽，色彩夺目。初澜被宋海洋安排在一个安静的角落，抬头右望就是表演舞台，此时一个声音酷似王菲的人手持话筒，唱着民谣，旁边的击鼓手同时摇着彩色串铃配合着。宋海洋消失一会儿后，手拿着一杯鸡尾酒坐在了她的面前，"这杯是我给你调制的，算我请你，度数不高，适合女生品尝。"

初澜趴在桌上仔细观察着这杯只有一种颜色的液体，"一般不是好几种颜色混合叠加吗，你确定这杯不是可乐？"

"你尝一口不就知道是不是可乐了？"宋海洋难得一笑，他摇摇头，拿她没办法。

"嗯，味道比可乐好多了，这酒什么名字？"初澜捏着酒杯在灯光下晃了晃，发现并没有什么变化，然后举到嘴边啜饮一口，咂摸咂摸地评头论足。

"黑血。"初澜刚听到这名字，差点全部吐了出来。

"别名黑曼陀罗。"

"还是别名听着舒服，什么黑血，我看呐，还不如可乐好听。"宋海洋懒得和她争论，听到有人喊他，就起身离开准备登台演出了。他坐在高脚椅上，伸展着修长的左腿，右腿屈膝打着节拍，怀抱吉他，她的脑海里又回想起那天比赛的场景。等她回过神，看到一个醉酒的女生推开好友，登上舞台，朝宋海洋步步逼近，搞不清状况的初澜马上起身过去。

醉酒女生涂着深色口红，皮肤白得吓人，穿着及膝蓝粉裙，脚踩十厘米恨天高，她的右手揪扯住宋海洋的衣服领口，左胳膊一挥，话筒架顺势倒在地上。宋海洋镇定地盯着她，"小姐，你喝醉了。"

醉酒女生本来想要强吻他，听到这话，怒火中烧，揪扯更加用力，"你他妈一个卖唱的小白脸，骂谁小姐呢！"醉酒女生的好友赶紧上前阻拦，却被推下舞台。初澜愤懑地走过去，手里捏着没有喝完的黑血，直接朝醉酒女生泼了过去，液体从她的脸上扑面而下，洇湿了银色抹胸。画面瞬间定格，停顿了几秒。

就在更大的血雨腥风到来之前，酒吧里穿黑衣的服务生及时拉开了双方。被好友架着的醉酒女生全然不知花掉的妆容，嘴里依旧骂骂咧咧，问候了初澜的多位亲人，还扬言走着瞧。初澜这才知道闯了祸，她认出醉酒女生是夏青的闺蜜佳瑶，这个梁子也算越结越深。

宋海洋和初澜从酒吧出来后，作为酬谢，宋海洋请她吃了路边摊。初澜左手捧着臭豆腐，右手捏着鱿鱼串，吃得嘴角都是油，宋海洋把纸巾递给她，"看你平时胆小如鼠，今天怎么就火山大爆发了？"初澜咽下食物，顾不上擦嘴说："我听到她侮辱你就火大，你在辛苦赚钱，她在极力挥霍父母财富，她哪里来的勇气和资格来羞辱别人。不过我也挺佩服自己的，现在想想也挺后怕。以前，兰木被人欺负时，我也是这样一秒变身，我从来见不得自己的朋友被人欺负。不过，现实却是兰木保护得我多。"

"哎，对于喝醉酒的人，打不得骂不得，更何况是女生。"宋海洋暗自庆幸他的吉他没有受到损坏，"以后约架，一定记得喊上我。"提到约架，初澜立刻想到了夏青她们，她们才不是轻易和解的人，以后得时刻警惕各种突发状况了。

"协议终止吧，第一，你连自己的安全都保证不了；第二，你送我回家了；至于第三，你的工作是被醉酒女生打搅的，与我无关。"初澜说完这几句话，没有容他反驳，就转身上楼。

17

周末早晨八点，云恺准时提着早点出现在门口，初澜心怀忐忑地迎他进来。几句交谈后，两个人坐到餐桌前吃早点，还特意给没有起床的凌水留了一份。

"初澜，我们下午去游乐场。现在，我打算带你去一个神秘的地方。"云恺手握方向盘，从反光镜里观察着她的神情。

她正看着窗外的景色，微风徐徐，黑色发丝在她的脸颊上游移。

"云恺，去哪儿都可以。不过，我要跟你约法三章，第一，你要保证我的安全；第二，不可以强迫我去做我不想做的事；第三，晚上十点前把我送回家。"

"没问题！"云恺戴上墨镜，右手放下初澜头顶前方的挡光板。一个多小时后，他们到达了目的地。云恺将奔驰停放在贵宾区，两个人相伴走到了大门口，上面赫然立着古色古香的木质字牌：西城影视基地。门口保安朝他俩点头致意，周围很多人摆着各种造型合影留念。

"最近有几个剧组正驻扎在里面拍戏，有古装戏、民国戏，还有什么来着……看我这记性，我爸明明都跟我说过的。今天，我就带你体验一把剧组生活。"初澜显然对此充满了兴趣，看她的表情就知道云恺这次很对她的胃口。

在初澜的印象里，西城影视基地地处两省交界地带，是方圆几百里最大的影视城，历经五六年才建成，现在还在不断扩建。可是令她没想到的是，云恺他们家在这里竟然也有投资。

云恺去牵她的手，并没有遭到拒绝。初澜只感觉手掌发热，随时都要冒汗，可又不好意思先松开。他在人群里替她开路，挺拔的身躯和酷似明星的面容惹得周边不少女生咬耳窃笑，她觉得无形的压力从四面八方向她碾压过来，压得她喘不过气来。此时，她跟他仅有半步之遥，却又感觉咫尺天涯。

天气没有前几日那样酷热难耐，她戴着白色遮阳帽，坐在一块大理石上，盯着脚上的回力帆布鞋，等云恺回来。不远处的巷道正在拍戏，聚集了乌压压的一堆人，看演员装束和周边的建筑就知道是一场民国戏，有不少群众演员躲在檐下乘凉，游客和粉丝却顶着太阳在不停地拍照。

云恺拿着冰镇果汁从她的背后闪了出来，她斜眼瞪着他的恶作剧，一手抢过果汁自顾自地喝。休息片刻，云恺带着她在影视城闲逛，一座古代宫殿被周遭的洋房包围，显得过于鹤立鸡群，宫殿明显是明清式样，上面还挂着三种文字的牌匾，旁边有一座新建的寺院。那一片洋房入口，是一个圆拱形铁门，上面漆着醒目的红字"租界"。云恺附耳说："这里以前拍过不少鬼故事，你晚上可不要梦到这里。"说完就快步跑上了宫殿的台阶。初澜咬着牙在身后喊道："顾云恺，你给我站住！"

他们站在三米高的殿门前，云恺举着单反相机，对好焦，让初澜摆着各种各样的姿势。她站在宫殿门口，倚靠着漆着红漆的六米高圆柱，对着镜头傻笑。拍完照，他们进入了一片青砖黛瓦的建筑里，云恺拉着她走在巷道的青石板上，墙根的石头上长着青苔，抬头仰望逼仄的天空，她的思绪一下被拉回到三个月前，路伊鸣带她去过的一家咖啡厅，门前的幽深胡同像极了这里。

"初澜，你看前面那个门楼外有不少人，应该是在拍戏，我们过去瞧瞧。"云恺没有注意到她的神情变化，拉着她的手快步走向那里。她看着云恺的半个侧影，像路伊鸣一样阳光明媚。她在心里狠狠地敲打自己，一时间满是不安和愧疚，初澜，快醒醒，他是顾云恺，不是路伊鸣。

他们走进门楼后，副导演看见云恺就开始亲切地打招呼："你爸最近还好吧，我还说忙完这部戏，抽空登门拜访呢。"这部戏的副导演曾经到顾家找过顾父投资，也算是认识。云恺客套地应付着，副导演又把目光移向初澜，"这是你的女朋友吧，长得真有明星相，有合适的角色一定给她留着。"初澜困窘一笑算是回应。云恺看到她没有反驳，顿时眉开眼笑。

院子里几个演员手捧剧本正在对戏，几个丫鬟和仆役在走廊里排练走姿，一个穿着紫色旗袍的女人显然已经入戏，她扇着木扇，昂着头，倚栏凭吊。初澜总感觉这个女人很眼熟，云恺附耳轻声告诉她，几年前，这个女人还算是二三线演员，出镜率挺高的，后来因为和某男星传出绯闻，落下破坏别人家庭的恶名，现在复出也只能接像姨太太这样的角色了。

初澜沉思良久，抬起眉毛，认真地问云恺："你和夏青真的分手了吗，我觉得，我是……"

云恺郑重其事地保证："你说什么呢，我在认识你之前就和她分手了。等有时间，我会把我的故事讲给你，绝对不会有一点隐瞒。你别多想，我现在喜欢的人是你。"

"来，安静，预备——开机。十五场十二镜三次，开始。"
副导演端坐在监视器前，整个院子的气氛也变得紧张起来。初
澜穿着蓝衣黑裙的学生装进入镜头，及膝的白袜，脚穿黑色方
扣布鞋。身旁的管家把她带到旗袍女身边，"三太太，这是大
小姐的同学。"

初澜在遮阳伞下吃着剧组的盒饭，云恺看完监视器的回放
镜头，欣喜地摩挲着她的头发，"你的演技超乎我的想象，太棒了，
说不定以后你还真能做演员呢。"不过，她只是好奇玩了一票，
客串了个小角色。对于演员这个职业她没有丝毫兴趣，她连自
己都演不好。可有些事，不能早下决断，有些话，也会一语成谶。

旗袍女拿着剧本坐到了他们面前，原来初澜他们占了她的
位置。正好副导演过来，给双方做了介绍，这才避免了尴尬。
旗袍女名叫杨艺凝，真实年龄不详，看着像是二十五六岁的模
样，头上盘着民国贵妇发式，颧骨突出，下颌瘦削，指甲上涂
着黑色的指甲油。她对副导演说："下部戏我想继续演坏女人，
最好是能让人恨到骨子里的那种。"

初澜十分费解，她清楚记得，旗袍女刚出道时接的都是单
纯清新的角色。以前觉得能碰到演员明星是件多么荣耀的事情，
可这次她却高兴不起来。云恺告诉她，旗袍女的演技、品行在
业内没得说，她现在的失败无非是爱错了人，那个男星后来举

行媒体发布会，向公众道歉，说自己一时色迷心窍，被迷惑勾引。而她却没有出来辩驳，算是默认了一切。

辞别剧组后，他们又闲逛了几个地方，在下午五点离开了影视基地，前往游乐园。奔驰车里放着德布西的曲子，云恺嘴里却哼唱着《月光女神》，他的视线时不时地瞟向初澜，她手里摆弄着某明星的亲笔签名照，打算送给兰木。

夕阳还没有完全沉落山岭，天际边悬着一抹彩霞，点燃了浮云朵朵。云恺并没有着急前往游乐场，而是把初澜带到了游乐场附近的一家私房菜馆。在一个主题包房里，他们吃着精致的饭菜。云恺说，这是他最喜欢的餐厅之一。他从干锅里夹菜给她，"这里的干菜花，百吃不腻。"她想起了以前聚会路伊鸣也喜欢给她夹菜吃。不过，她知道他们两个人的区别，路伊鸣会给在场的每个人都夹菜，而云恺只给最亲近的人夹菜。

吃过饭，已是夜色垂暮。远远望去，游乐场灯火通明，像是黑暗中的水晶宫。云恺左手握着票，右手拉着她在人群里穿梭。上大学以来，她还没有单独和男生一起来过游乐园。

在玩过山车时，云恺始终紧紧攥着她的手，可她还是害怕地喊叫着。玩完旋转木马后，云恺直接拉着她去了大摆锤。看着座椅上的人在半空中凄厉地喊叫，她直接摇头怯场。

"不要害怕，我陪你。"

"才不要呢，我胆小，恐高，有心脏病……"初澜还没有说完，云恺已经买好了票排起队来。

"我不要,早晨明明约法三章的,第二条,不可以强迫我去做我不想做的事。"初澜挣脱开他的手,极力抗拒。

"我没强迫,算是逼迫。"云恺不由分说地把她固定在座位上,"如果害怕,就大声喊出来,我保证比你喊声大。"

二十余人紧挨着坐在围成圆圈的座椅上,各自为营。初澜紧闭着眼,座椅开始三百六十度自转,还没等她适应过来,座椅又开始腾空朝前方撞去。云恺握着她的右手,在旁边和她说话,她一句也没听清,呼呼的风声和周边人的喊叫声直往耳朵眼里灌。等座椅升到半空十多米和锤臂平衡时,她的心脏已经跳到了嗓子眼,双腿失去控制般开始随着座椅重心下移,迎面的强风砸在她的脸上,感觉像是高台跳水,只是迎接她落地的不是游泳池,而是钢筋水泥地。

她的心跳随着锤臂高空跳水般差点跌落到胃里,她害怕万一座椅脱落,她的脑袋和双腿就彻底废了。好不容易等到安全着落,心跳稍加平稳,座椅又开始朝天空飞去……

从座椅下来的初澜木着不动,感觉身体晕乎乎的,好像还在腾云驾雾。云恺笑着安抚她,扶着她的胳膊,"谁说你胆量小的,我都没听见你喊叫。"

"那是因为此处无声胜有声,我都感觉声带跟着心脏从嗓子眼里跳出来了。"她至今心有余悸,不远处的一个男生正趴在树边呕吐，还有几个人在整理着凌乱的头发。

"咱们去坐摩天轮吧。"云恺看了看腕表。

"太晚了，我们回去吧，我得好好消化下。"初澜起身要走，却再次被他强硬地拉了过去。可是到了那里除了他俩，并没有人去乘坐。初澜觉得怪异要下去，可是玻璃门已经上锁。摩天轮徐徐地转了起来，升到最高时，云恺示意她去看摩天轮的南面。

无数的焰火腾空而起，在天空次第绽放，散落的流星花瓣像是要落在他们两个人的头上。初澜惊诧地双手掩口，以为是在做梦。云恺拉住她的手说："初澜，答应我，做我的女朋友吧。"她还没有回答，就听见摩天轮下很多人在喊："答应他，在一起……"

18

"最后，你就答应他喽。"凌水递给她干毛巾擦头发，打开了沙发边的竹架台灯。

"算是吧。"初澜有些羞涩，扭过头，用毛巾揉搓着垂落的湿头发，"不过，他的那帮哥们儿真够闹的，多大人了，还玩水枪，弄得我俩浑身都湿透了。"初澜想起在众多人的起哄中，云恺低下头吻了她的额头，她的胸口里只感觉有东西在横冲乱撞，心脏都被洪水淹没掉了，脑袋里嗡嗡地没有了意识。

"你和思远哥最近怎么样，我都好久不见他来了。"初澜看到坐在沙发上的凌水抬头愣了一下，然后继续去审校手边的文稿。

"还是老样子，只不过，我们俩最近工作都比较忙。"凌水翻阅着《西城孤独》最新一期的样稿，"我最近在做杂志，有兴趣投稿吗？"

"我是有心无才，还是算啦。"初澜摆手摇头的，凌水也没再勉强。

"初澜，如果要爱就不要有所顾忌，更不要害怕受到伤害。"凌水推了推耳边的黑镜框，她的口气很郑重。准备回卧室的初澜先是一愣，少顷，缓过神点点头。

那天表白成功之后，云恺开始频繁地出现在凌水家，陪初澜聊天，偶尔研究厨艺。玩五子棋时，初澜老是耍赖，害得他每次都认输。安静的下午，客厅里放着舒缓的音乐，他们趴在沙发上看书，彼此互不干扰，偶尔用眼神简单地交流。

一个星期后，初澜的大三生活拉开了帷幕，可她却有种重返大一的感觉。校园里许多提着行李箱的新生寻找着各自的学院、宿舍。她刚从图书馆出来没多远，接连被十多个人问路。从北门一直延伸到图书馆的林荫主干道，撑满了每个学院迎接新生的露天帐篷，帐篷连着树干挂满了各种醒目鲜艳的标语，整个道路人流成海。人们用手扇着风，喝着各种冰镇饮品，背着书包的后背早已被汗水洇湿，树梢的知了躲着烈日，在绿叶下聒噪着。

学校内外的停车区早已车满为患，许多私家车、公车挤成一团，随便停靠在校园的大小街道上。保安吹着铁哨，顺带劝开起争执的家长司机。初澜从两辆车缝中穿过，打算去宿舍找兰木。在一个路口拐角处，路伊鸣的熟悉背影猝不及防地跳入到她的视线里，他正在帮一个学妹拉着行李箱。

两年前的今天，她同样享受了学妹的待遇。

她想起了床底那只落满灰尘的皮箱，路伊鸣当时提着它，两个人从宿舍区的最东面折回西面。把行李安置好后，路伊鸣又跑到学校仓库区帮她抱来了被褥。看着衣服被汗水完全浸湿的路伊鸣，额迹的发丝散乱，脸上流着汗，一脸长跑过后的狼狈模样。她递给矿泉水说："谢谢学长。"

"我……我不是学长，我也是新生。"可如今，他已然是学长了，在帮着真正的学妹。

几天后的社团招新，同样是在北门延伸到图书馆的林荫主干道上，路的两侧照旧撑满了露天帐篷，各个社团都使出了浑身解数，招徕着过往的新生，有的直接在帐篷前的空地上表演着武术，耍弄着棍棒刀枪；还有穿着汉服的男生直接支起了茶桌，上面摆放着各式茶具，准备秀茶艺；轮滑鞋和滑板在拥挤的道路上漂移着。一切都没有什么变化，却又在悄然变化着。

初澜在条幅下散发着本社团的宣传单，旁边社团的一个男生头顾珠冠，画着旦妆，舞动着翩翩裙裾，表演着《贵妃醉酒》。不少人驻足围观，鼓掌叫好。发传单的兰木拉着初澜也过去凑热闹，"看人家这身段，这打扮，这舞姿，让我这个真的女儿身都自愧不如。"

"我们早上六点就过来抢地方支帐篷，又是搬桌椅，抬黑板，你看现在也就十多个人报名加入，真是今非昔比。"初澜回到自己社团阵营里，拿着报名单叹气。

"我觉得你应该喊云恺、宋海洋他们过来帮忙，去年有……"兰木意识到禁忌，马上缄口不言。

"说到这个我就来气，谁让你定的规矩，长得帅就可以不交社费吗？你花痴也得分时候吧。"初澜数着那点可怜的社费，盘算着以后得多拉赞助才行，不然一个活动都办不了。

"这么大的事情，怎么也不告诉我。兰木给我发短信我就立马过来了。"云恺突然闯入帐篷里，摩挲着初澜的头发，语气嗔怪，"你放着我这个男朋友不用，是不是太有点暴殄天物了？"初澜扭头瞪着兰木。

"男朋友？你们什么时候在一起的，我怎么不知道？"兰木惊诧地瞪着他们，气鼓鼓地喘着气，"你还当我是好姐妹吗？"本来占上风的初澜一下子像瘪了气的皮球，强咽着笑容，准备讨好她。

"什么？！你连兰木都没告诉，初澜，你是不是后悔了？"云恺也跟着起哄，火上浇油，生气的模样像极了孩子。

"没有啦，这不是刚开学吗，又赶上社团招新，我正准备晚上吃饭告诉你呢。"初澜先去安抚兰木。听到她的几句解释后，云恺适才消了气。

"晚上必须请吃大餐，这样才能弥补我受伤的心灵。"兰木手捂胸口，假装难过，"不过，能带家属蹭饭不？"

"宋海洋？"

"不是啦，是我，刚交的男朋友。"兰木不好意思地准备溜走。

"兰——木——"初澜憋着嗓子喊道，"你给我站住，你还有脸训我呢。"云恺在一旁忍不住哈哈大笑，看着两个姐妹上演的无间道好戏。

云恺果然比宣传单好使，不一会儿就有十多个人加入，不过全是女生。兰木在一旁开玩笑说："初澜，你可要看好他，不然不知道会被什么野风连吹带拽地给刮走了。"

初澜懒得计较，她不是没有担心过，只不过他们现在才刚刚开始，如果连这点考验都经受不住，那还不如趁早分开的好。

"怎么今天不见路伊鸣社长，卸任也是可以过来看看的。"老社员在一旁议论着。初澜也有这样的疑惑，可是碍于种种纠结的心理，她选择了沉默。兰木看出了她的心事，趁云恺不注意，把她拉到一边把自己知道的消息据实以告。

"我也是昨天刚知道，这都是上学期末定下的事情，没想到他谁都没告诉，瞒得滴水不漏。我本打算不告诉你的，但又觉得会让你遗憾。"兰木搓着手。

"估计他是害怕分别吧，他那么看重朋友。"初澜喃喃自语。

"我听说，他明早九点的飞机，去台北做交换生。"

19

整整一天，她的内心里像有两军交战，双方势均力敌，此消彼长。考虑到云恺还有社团招新，她始终克制着，努力说服自己都已经过去了。可是她的胸口一直发闷，有点喘不过气来，心脏也跟着阵阵酸痛。

晚上八点，为了庆祝社团招新顺利，云恺特意选了一家口味独特的私房菜馆聚餐。十来个人围坐在一起，兰木最是兴奋，她站起身，举着一瓶啤酒，把她身边的男生介绍给大家："这是我的男朋友，韩子铭，法政学院的高才生。"

男生起身向大家致意，大家也都鼓掌欢迎，还有人起哄"亲一个"。

喝过酒后，兰木凑到初澜耳边，细语低声说："对我男朋友评价如何？"初澜说："符合你的口味，典型的花美男。"

兰木得意地挑着眉毛，"我这么花痴，一般人谁能降得住我。"

"那宋海洋怎么办？"

"我道行尚浅，收服不了他，压根近不了身。真是可远观而不可亵玩焉，还是做好朋友吧。"

酒过三巡，菜过五味后，一桌人开始东拉西扯。兰木非喊着大家重分座位，男女间坐，玩口传纸巾的游戏。初澜借故去洗手间，一个人躲在了过道尽头的阳台上。

"对不起，您拨打的电话已关机……"连着十多分钟，初澜重拨了不下二十多次，却得到了同一个回答。

"去找他吧。"云恺出现在她的旁边，"兰木都跟我说了，你一天神情恍惚游离的，我就知道肯定有事情瞒着我。"

"还是算了，都已经过去了。"初澜把手机揣进了裤兜里。云恺拉住她的手，"初澜，我不想你遗憾，不管什么结果我都能接受。我明白，他对于你的意义就如同你对于我的意义。去吧，我等你回来。"

"谢谢。"初澜克制着眼泪，他松开了她的手。

初澜无心窗外的景色，腕表的最短指针指向数字十，计价器上的红色数字也随着车速在飙升。雨水顺着玻璃浮散开，模糊着道路上一对对的车灯。

"对不起，您拨打的电话已关机……"初澜从出租车下来，在路口踟蹰，淅沥沥的雨水沾着她脸颊的发丝，过往的车辆飞驰而过，溅湿了她的鞋面和裤腿。夜色中行人匆匆，被各色的雨伞遮住了表情。

腕表上的指针在她的犹豫不决中移过了十五个格。她咬咬牙，转身进了旁边的小区。雨似乎小了些，橘色路灯聚集了不少的飞虫，路面的积水上漂浮着不少的落花和绿叶，她提着几罐啤酒，在第二个路口处左拐，进了十六号楼的最右侧单元。

"你，还是来了。"路伊鸣站在门口看着她，表情凝重，"你等我换下鞋，我们去楼顶天台待会儿。"

他们趴在天台矮墙上，眺望着呈半弧状的西城，被黑暗包裹着渐入梦乡。远处天地交接的地方，还能隐约看到一丝缝隙，那里闪着萤火大小的亮光，混杂在星辰中。

初澜拉开一罐啤酒递给他，然后又拉开一罐，"古人送行时都流行喝个酒，作个小诗，西出阳关无故人。你去的是台湾，那就是孔雀东南飞喽。"

"我不是要故意隐瞒的，"路伊鸣啜饮一口，"我厌倦离别了，所以不希望你们知道。"

"不就是走一年吗，何必这么感伤。"初澜没有去喝，笑得很苦涩。

"不是一年，有可能一辈子。在台湾做一年交换生后，应该还会去美国待两年。你知道的，我爸妈都在上海，我恐怕以后会在那边工作。"路伊鸣又狠狠喝了一大口啤酒。

"那你的女朋友怎么办？"初澜引到了她不想谈的话题，她迅速低下了头，雨似乎停了，夜风习习，撩拨着她额前的头发。

路伊鸣先是诧异，得知是聚会时他带的女孩子后，苦笑道："我们分手了，她说她受不了异地恋。"

"其实，我还有一个女朋友的，她会一直跟着我。"

"她在哪儿？"

"天上，我手指的方向。"他露出笑容，伸出胳膊，食指指着天空。

"1991 年，海湾战争爆发。那年我八岁，我家对门新搬来一户邻居。他们来我家问候时，我认识了躲在他们身后的小女孩乔满。她当时穿着粉色蓬蓬裙，头发扎成了一个牛角辫，怯生生地偷瞄着我。几天后，我们俩之间的战争爆发了。

"我家住在一片职工宿舍区，里面有一个大院子，院子东面是个篮球场。楼区主干道上有一排杨树，每年春夏之际，就会飘落着像毛毛虫一样的果实。乔满特别胆小，走过时都是闭着眼，嘴里振振有词的。我发现后，就想着去捉弄她，当我把'毛毛虫'放她手上时，她哇地就哭了。那次因为她，我挨了打。

"我再看到她时，就骂她是爱哭鬼、胆小鬼。她没骂我，直接从地上捡起石头砸我，我的头顶马上起了大包。我捂着脑袋哭着发誓，以后跟她势不两立。

"我动员大院里的其他孩子一起孤立乔满。她每次看到我们玩捉迷藏、老鹰抓小鸡时，就会一个人呆坐在篮球场的台阶上，双手托着腮，盯着脚底下的蚂蚁窝。刚开始，我的心里甭提多得意了。

"我们的父母都是倒班制，每当周末，乔满的爸妈就会拜托我家代为照顾她。吃完饭，爸妈总是让我带上她一起去大院里玩。我表面应承，一出楼口就警告她不要跟着我。

"篮球场旁边有个大斜坡，斜坡上去右面就是停车场，我们都喜欢去里面恶作剧，给自行车胎放放气什么的。看门阿姨看到后就会拿着笤帚追着我们打。我上了初中看《还珠格格》后才发现，看门阿姨长得特别像里面的容嬷嬷，尤其是当她揪住我耳朵，面目狰狞的脸上道道褶子重叠在一起，并一口咬定是我砸碎了她家玻璃的时候。

"等我爸赶来后，看门阿姨黑着脸，开始声讨我的罪行，口若悬河了十多分钟，简直罄竹难书。其实，这完全是个意外，我在丢沙包时偏离了预定轨道。

"我爸挥臂准备揍我时，乔满手里攥着沙包走过来说，玻璃是她砸坏的。我爸狐疑地放下了胳膊，拿出几张纸币递给看门阿姨，事情就这么了结了。看门阿姨临走时，笑着对我爸说，都是小孩子玩闹，不当紧，不当紧的。

"乔满替我背下黑锅后，我们的恩怨也算是一笔勾销。楼区围墙后面有个小池塘，等荷叶铺满水面时，我们就会钻过围墙小洞，在低矮的水岸边抓小蝌蚪。有一次我们抓得太多了，就在离岸边不远的地方挖了一个坑，往里面注满水，把它们都放了进去。

"中午吃完饭，我在大院里怎么也找不到乔满。烈日炎炎，知了像是被烤熟了一样聒噪着。我跑到池塘边发现她一个人双手捧着蝌蚪从水坑运到池塘里，往返了十多次，水坑里的水早已所剩无几。我骂她傻瓜，她没理我，直到解救了所有的蝌蚪为止。那件事后，我再没有捉弄和欺负过她。

"看到有人在楼前兜售涂着各种颜色的小鸡，她非缠着我去买一只。可是只过了一晚上，那只粉色小鸡就死掉了。她就在杨树下挖了坑，泪水涟涟地埋掉了它，之后还哭了好几天的鼻子。像这样的事情不胜枚举，我都记不清了。

"在乔满搬来的第三年，我家因为我爸工作调动搬离了大院。走的时候，她拉着我的手哭着不松开，还把她最喜欢的一个娃娃送给我留作纪念。

"等我再见她的时候，是在1999年高一新生学前教育大会上。我们俩被分到了同一个班，还做了同桌。

"我们俩在政治课上唠着童年，聊到大院时，突然惊诧地看着彼此，'原来我们小时候就认识……'因为过于激动，趴在我们前面睡觉的胖子被惊醒了，直接站起来喊了声报告，惹得全班哄堂大笑。结果是我们三个人都被罚站，胖子站着睡觉，我们俩继续叙旧。

"十六岁的乔满初长成，一双干净、不染尘俗的眼睛，扎着头发，留着齐刘海，有点婴儿肥，笑起来有两个浅浅的酒窝，虽然穿着宽大的校服，但丝毫掩饰不了她的削肩细腰和日益挺拔的身姿。我晚上睡觉时开始梦到她，早上居然发现遗精了。

"我们的关系也变得微妙起来，反而不如之前那么自然。高一时，我们俩都不怎么爱学习。那时候"男金庸，女琼瑶"，我的抽屉里时常放着好几本武侠小说，她不看言情，反而跟我抢着看武侠。后来我意识到我错了，她其实还是爱看言情多一点，因为她手捧着我的武侠，里面却夹着隔壁班男生写给她的情书。

"正当她沉浸在那封遣词造句都极度风花雪月的信中时，班主任同时也在她的身后琢磨着信的语法修辞。那堂课，班主任本打算讲解《诗经》里的《蒹葭》，结果成了'乔满的情书赏析'。她红着脸，磕磕绊绊地当众读完了信，正准备坐下时，班主任说，最重要的内容为什么省略，落款名字呢？

"那封信贵在没有署名，写名字的信封早被乔满丢进了纸篓里。班主任要她说出男生的名字，不然就让她请家长。我二话没说就站了起来。班主任诧异地看着我们俩，勉强接受了事实。他手势一挥，我们俩的座位就成了教室对角线的两端。

"之后班里同学就视我们为一对，然后我们就真的在一起了。班主任找我们俩训勉谈话，给我们定了期末名次目标，如果达不到，双方都得请家长来办公室喝茶。查看日历，距离期末还有一个月的时间，我和乔满每天早晨都是最先到教室，晚上也是最后离开。期末时我考了年级第六，乔满第十，班主任也就不了了之了。

"由于乔满家离学校比较远，家里又担心她住不惯宿舍，就把她暂时安排在了姑姑家。每个早晨，我都会骑着单车站在她姑姑家楼下，仰头盯着她卧室的窗户，双手插着口袋，吹着口哨，等待乔满。这是我贯穿整个高中的习惯，而她的习惯就是每天早晨和我一起上学。

"高二我们分了班，我在一班，乔满被分到了三班。我每天傍晚都会在球场打球，乔满就坐在旁边看书等我，晚自习后我们俩就会相约在操场上压跑道。

"操场西南角的球门下，位置偏僻，夜晚看不见一丝亮光，乔满在那里把她的初吻给了我。她紧张地踮着脚，抱着我的腰，红润的双唇让我有种触电的感觉。我的双手放在她腰间最柔软的地方，掌心出了很多的汗。结果是一束刺眼的手电光曝光了这一幕，我们两个被迫写了三千字的检讨。我还在周一的升国旗仪式后，当着全年级同学的面，宣读了我的'罪状'。

"我们的高中生涯过得特别平淡，温水煮青蛙，没有什么波澜壮阔、跌宕起伏。唯一让我感觉到惊心动魄的事情发生在高三前那个暑假，备战高考的我们那时只有十天的假期。乔满姑姑家每天下午一般没人，我就会偷偷地潜进她的卧室，和她待在一起复习。

"被字母和数字搞得晕头转向的我们俩并排躺在床上，望着头顶的天花板。她说，我们以后就上同一个大学吧。吊扇吱呀吱呀地转着，风一吹，扇叶上的一片灰尘落在了我的脸上。乔满支起上身帮我擦拭，然后我们四目相对，她穿着蓝色双肩吊带长裙，因为俯身的缘故，胸口悬浮在我视线的斜上方。

"我感觉全身的血液顿时都堵塞在脑袋里，胸口里的器官咚咚地撞击着皮肤，仿佛呼之欲出。我的手绕到她的后背，摸到了衣服的拉链，她缓缓地闭上了眼睛，一绺头发垂落在我的脖颈处，被我的汗水粘连在了一起。

"窗外的知了像是目睹了一切，聒噪着炸开了锅似的。乔满紧蹙双眉，额头沁出豆大的汗滴，局促不安的双手紧抓着床单，她把她的第一次给了我。我仰躺在床上，喘着粗气，听到有声响后心想完了，双手跟着身体发颤，慌乱地去找短裤，一个趔趄，只穿进一条裤腿的我摔倒在地上，等我抬头才发现不过是一只黑猫在窗台上踟蹰。

"高三那一年，我们俩每次模拟考后都会比较双方成绩，计算误差值。她总是很紧张的样子，好像那张成绩单真能够决定我们俩的未来似的。说实话，那时候，我对未来没有什么概念。每天除了上课，就是打球，睡觉，看武侠小说，和乔满约会。

而她总是抱怨我是一个没有梦想胸无大志的男生。可是她忘记了，我的左胸口真长有一颗暗痣。

"我们俩平时都没有多少零花钱，去不了什么浪漫的地方，周末一般爱去市文化宫旁边那个能坐五十多号人的录像厅消遣时光，反复看《古惑仔》《英雄本色》，自然还有一些欧美文艺片。录像厅旁边还有一个街机厅，一块钱五个币，乔满一般比我玩得好，不过我总是在一杆五毛的台球上找回自信。

"一次模拟考，乔满考砸了。她哭着说：'路伊鸣，我们分手吧，我们俩肯定没有未来。'我连忙安慰她，带她去录像厅刷夜。在那个狭小黑暗的屋子里，我们俩一直从晚上九点看到了第二天凌晨，一共看了五部电影。那是我们俩第一次通宵，乔满姑姑还因为她彻夜未归报了警。

"乔满因为长得漂亮，时常会被一些社会流氓惦记骚扰。我印象深刻的是一个染着黄头发、穿着喇叭裤的青年，估计是看多了《古惑仔》，和我对峙时满嘴的江湖、武林、大哥小弟。那一次我把他撂倒在地，告诉他，他如果正在混江湖，给陈浩南提鞋都不配。

"没想到，第二天放学后，喇叭裤青年带着三四个人堵在了学校门口。我心想在劫难逃，找借口支开了乔满，决定硬着头皮应战。他们把我打倒在地，我的白衬衣上混着尘土和血迹，喇叭裤男子捏着红烟头去烫我的胳膊，嘴里叫嚣着：'大哥我就是江湖。'我忍着痛，无奈地想着对策。

"乔满突然带着好几个男同学围住了我们，他们手里握着坏桌椅的部分零件，很快制服了几个青年。她心疼地擦拭着我胳膊上的烟灰，站起身抽出胳膊，对着喇叭裤男的脸颊就是左右两巴掌，响亮的声音震惊了在场的所有人。

"从那之后，我们俩的感情更加深厚了。乔满看到我和别的女生说笑时，会像小孩子一样嘟着嘴装作陌生人路过，晚饭时就给我展示别的男生写给她的情书。我摩挲着她的头，不停地赔礼道歉。我们不仅一起逃过课，熬过通宵，吃过彼此的剩饭，重要的是还共同经历了伊甸园和所谓的江湖。

"在一起的三年里，我们俩闹过五次分手，吵过十几次架。每次都是我先缴械投的降。她熟知我一切的喜恶，硬是改掉了我早上赖床的毛病，陪我看完了金庸和古龙的所有小说，在球场上看着我从前锋打成了控球后卫。我的成绩在她的鞭策下也一直排在年级前列，倒是她的几次模拟成绩似乎不太理想。

"高三那一年的中午，我们俩习惯搬着凳子坐在教学楼顶层的楼梯上复习。那里很安静，经常没什么人。有一扇窗户可以看到教学楼后面那一片葱郁的树林。有一次下大雨，天空阴沉着，闪电混杂着雷声，很多叶子从窗户外刮落在台阶上。我转着手中的笔，放弃了数学最后一道几何题。乔满有些害怕地坐到我旁边，我第一次特别认真地对她说出了我的梦想，我想做一个导演，最好是电影导演，我要拍出能获奥斯卡奖的作品。

"许是看各种小说，在录像厅深受各类型电影的熏染，外加我天生爱幻想的特质，我的梦想在高三时才第一次萌发。我满以为她会像我嘲笑她一样，不切实际，就知道好高骛远地幻想。

"可是，她没有那么做。她全然忘掉了令她害怕的风雨雷电，松开我的手，合起双掌，看着我露出了满是虔诚和崇拜的眼神。她非常郑重其事地对我说：'这才是男生应该有的样子，如果哪天我们分手了，你不要太难过，至少你还有梦想。你以后的生命里肯定还会出现很多优秀的女生，请不要让她们的去留改变你梦想的初衷。'

"她没有半点开玩笑的意味。她比我先参透这短暂人生，倒是我，到现在还没有悟到。可以说，这辈子到目前为止，对我影响最大的人除了我的爸妈，就是乔满了。

"高考前一晚，我们俩坐在操场上，她攥着我的手，深受几次模拟考成绩不佳的困扰，一直欲言又止。我又不知道该怎么安慰她。等高考发榜成绩后，我由于发挥失常，数学卷后面好几道大题都没有做对。而她的总成绩比我高出了五十多分。

"2002年夏末，我选择了复读，也决定在学校寄宿。复读那一年，我的世界出奇地平静。尽管现实的外界并不怎么安宁。2003年3月，美国发动了伊拉克战争。同年4月，非典蔓延开来。4月底，我被隔离在学校安心复习。也在这一年，高考从以往的

7月改在了6月的7、8日。

"复读那一年，我每天都会在闹铃响之前醒来，穿好衣服先去操场跑三圈，回来洗漱、吃饭，接着去教室学习。课间操时，喇叭里放着第八套广播体操，我嘴里会默背下八篇古诗文。我没有再去交朋友，每天一个人沉浸在试卷里。我成了晚上教室关门的人，也是最后一个人走进宿舍。

"我暂时忘记了乔满，忘记了我的导演梦。她们都变成不再实际，只能幻想的东西。2003年高考，我发挥还算正常，考到了现在的学校，也实现了和乔满读同所大学的愿望。

"2002年7月14日，乔满妈妈因为不满丈夫出轨，心生怨恨，在凌晨四点打开了家中煤气阀门，乔满也跟着永远地睡了过去。乔满的妹妹因为在爷爷家被照顾，幸免于难。可是本就病魔缠身、寡居多年的老人没能再次挺过感情重创，于次年夏天离世，乔满六岁的妹妹成了孤儿，被城西孤儿院收留。"

20

"我们只是需要一个安稳的可以遮风避雨的地方，和喜欢的人一起相依相偎，在灯火阑珊的夜晚，彼此相靠，不会再有迷茫和黯然神伤，说一些只有彼此才能听懂的情话，用眼神温暖着对方。这也曾是我幻想过的生活。"

讲完这个故事后，路伊鸣打开了最后一罐啤酒。他昂着头一饮而尽，凸起的喉结上下滑动着。一些残留的啤酒顺着脖颈沾湿了他胸口的白色衬衣。初澜翻了翻口袋，没有找到纸巾。

他们坐在破旧的高台上，迎着夜风唱歌。初澜在他面前从来没有这么释然过，她摆动着双腿，晃着上身。许是喝过酒的原因，两个人的脸颊都有些微红。

初澜，你有没有恨过我？"路伊鸣盯着远处的长明灯。

我……我不太懂你的意思。"初澜扯着衣角，没有去看他，"我们一直都是好朋友的。"

我是指，算了，我其实一直都明白你对我的感情。"路伊鸣直接挑明了话题。

都……都是过去的事情了。"初澜困窘难言。

我……喜欢过你。"路伊鸣眼睛微红。初澜诧异地说不出话，她扭过头，看着他的侧脸，眼泪涌了出来，定格的身体微微发颤，不知是欣喜还是难过。

真……真的吗？"她小声抽泣着，像是受了很大的委屈，"为什么不早点告诉我。"

因为，我怕伤害到你，我一直都不确定是不是把你当成了第二个乔满，你……跟她长得……很像。"他从口袋里掏出相片递给她，借着微弱的光线，她大致看清了乔满的模样，真的和她很相像。不过，如果细细琢磨的话，还能看得出差异和端倪。

…………

东方泛起了鱼肚白，浸染着远处的深蓝，漫过云线，湮没了远方的一夜灯火。

初澜告别了路伊鸣。

小区里已经有了晨练的人，初澜忍住没有回头，径直往前走，但瞳孔始终被液体湿润着。

她刚走出小区门口，就看到云恺从旁边快步迎了过来，他把外套披在了她的肩上，"我……我刚好路过这里，早晨天气凉。"她看着他眼球上的血丝，没有说话，上前半步抱住了他，双手放在他平阔的后背上，感受着那里的平实和温暖。

他亦怀抱着她，用宽阔的手掌温暖着她的后背。他胸口的搏动频率明显快了些，集聚着更多的热能，烘干着被她眼泪浸湿的部分，"初澜，对不起，之前我有瞒过你。"

"我知道，路伊鸣都告诉我了，你们俩经常私下里喝酒谈论我，明明都熟得要死，还要在我面前装成路人甲乙。"

"你不要怪他，之前我们俩真的是路人甲乙，我也是在认识你之后，才和他慢慢熟络。"

他闭上眼，嘴唇附在她的耳朵上。

"他还对你说了什么？"

"他告诉我，错过是为了更好地遇见。他让我……好好珍惜你。"

…………

路上的车辆多了起来，环卫工人正在清扫昨晚风雨打落在地的树叶，晨练的老人们三五成群，空气里弥漫着卖早点的气味。这让云恺回想起刚认识初澜的第二天早晨，也是这样的情境和氛围，她骑着单车从嘈杂的早市里穿过，他在后面傻乎乎地喊着"你的伞"。

"我们就在这附近找个摊位吃早点吧。"他感觉到肚子像瘪了气的皮球，嘴唇发干。从昨晚尾随初澜到现在，他滴水未沾，粒米未进，一直寸步不离地守在小区门口。

21

凌水摘掉了墨镜，眼圈的颜色明显暗沉，她已经连续一个月过着颠倒黑白的生活了。在服务生的指引下，她从咖啡厅的最西面走到了最东面，是她喜欢的靠窗位置。

"老样子，一杯卡布奇诺，一块起司蛋糕。"凌水把包放在旁边，从里面拿出最新一期杂志的样稿，推到顾父面前。

"我相信你，你是这本杂志的主编。小张告诉过我，这本杂志在市面上卖得很好，很受读者欢迎。不过你也知道，我们不靠这个赚钱的。"顾父把杂志推回到她面前。

"做什么都有风险，盈利越高，风险也就越大。我只是让您转给公司的其他董事看，您破格提拔我当主编已经遭受不少非议了。"凌水重新推回杂志。

"那又怎么样，商场如战场。如果他们的人也有能力，我当然无话可说。"顾父点燃了自制的香烟，那是专门在进口法国葡萄酒里泡过的，烟身也变成了橄榄黑。

"这卡里有二十万，密码是你的生日。"顾父从上衣内衬口袋里掏出一张银行卡，放到了凌水的面前，"以后，你就让路卫国直接来找我要钱好了，不要老是为难你。我们从知青那会儿到现在，快三十年了吧，几次见面也没有好好叙过旧。"

"我会尽快还给您的，"凌水收下银行卡，"您帮我的太多了，我妈泉下有知会苛责我的。"

"咱们之间不用说欠，如果说到欠，我欠你跟你母亲的怕是永远偿还不起。"顾父扭过头，没有再去看她。那段知青生涯也只能掩于岁月，止于唇齿。

"小恺他……后来有没有找过你麻烦？"顾父关切地看着她，"这孩子，从小就被我惯坏了。"

"他估计没时间。"凌水莞尔一笑。

"这小兔崽子，也不知道最近忙什么呢，我都老长时间没见他的人影了。"

"您还是多回家陪陪家人吧。您知道我为什么那么恨我爸吗？因为他不是一个好丈夫，更不是一个好父亲。我不想您变成他那样的人。"

"是不是那小子给你讲我坏话了？翅膀还没硬，就学会告老子状了！"顾父咳嗽几声，捻灭了烟头。

"这倒没有，我一会儿还得赶回公司，就不打扰您了。"她戴上墨镜，"您还是戒烟吧，对身体不好。"

22

2006 年秋。

"我是警察，想找你们了解点情况。"穿着琥珀色休闲西装的男子把工作证举到初澜面前，"可以进去聊会儿吗？"

"请……请进！"初澜喊醒了还在睡觉的凌水，她穿着束胸丝绸睡衣打开了卧室的木门。三个人端坐在客厅的沙发上。傍晚的房间光线不足，气氛暗沉，鲜亮的家具也显得暗淡无光。

"宋海洋，你们都认识吧。我想知道，他平时除了去学校上课，还经常去哪些地方？"警察拿出一支烟，初澜把烟灰缸推到了他的面前，一旁的凌水神色不惊，拢了拢披散的头发，从烟盒里也抽出一支烟，目光不经意间打量着自称警察的男子。

男子看起来年纪也就二十出头，超过一米八的个头，丰神俊朗，留着短发，许是四处奔波办案的原因，皮肤有些黝黑，但是光滑平腻，瘦削的双颊有剃须后的青黑痕迹。

"宋海洋他到底怎么啦？"初澜按捺不住紧张，不安地瞟着卧室窗户的方向。

"他目前没有什么事，其他的属于我们办案机密，不便透漏。"男子语气严肃，目光如炬。

"既然是办案机密，那么宋海洋的生活也应该属于个人隐私，我们也无权告知任何人。"凌水吐着烟圈，把烟灰缸挪到自己面前，捻灭了手上的半截细烟，"请便。"

"我是警察，你们有义务配合我的工作。"男子将工作证推到凌水面前，"我的询问不会侵犯任何人的隐私，欢迎你们监督和举报。"男子眉秀如远山，神色淡定。

"刑侦支队，陆昊？"

"正是鄙人。"

凌水的食指和中指夹着工作证伸到陆昊面前，他伸手去接，她却没有松开。

"是否怀疑我的证件真假？"他们四目相对，却都泰然自若。

"不敢。"凌水笑着松开了手指，"您有什么问话，我们如实回答便是。"

陆昊的询问大概持续了半个小时，大多都是初澜在回答，问题也大多是关于宋海洋的日常生活，倒也无可厚非。但她越来越困惑，宋海洋怎么可能和犯罪扯在一起呢，说不定是警方搞错了。不过，陆昊也没有直接说明，反而使她愈加疑惑。

"今天打扰两位了，感谢你们的配合。"陆昊起身告别，"估计以后还免不了登门拜访，还请不要拒之门外。"

"陆警官，您客气。"凌水翘着右腿没有起身，"随时欢迎您的大驾光临。"

"这称呼我可受不起，我今年二十六岁，不比你们大多少，'您'字也不大合适，以后喊我名字陆昊就好。"

"陆……昊，衬衣最上边的扣子是不用系的。"凌水甩下一句话起身回了卧室，他有些艰然地抓了抓上衣扣子。

初澜关好门，回到卧室躺在床上，左右思量，实在想不通宋海洋会和什么不好的事情扯在一起。不过，最近确实有些不太平，她想起去年那个高楼坠亡的人，顿时不寒而栗，而悲剧竟会在前天再次上演，这次坠亡的人是个失业女白领，只有二十五岁。两个死者之间究竟会有怎样的联系呢？死因也不单单是自杀那么简单。

挂表的指针指向十，她辗转反侧，怎么也睡不着。看到对面窗户还亮着灯，决定去拜访宋海洋。

她走进了窄小的楼道，任凭怎么跺脚，头顶的白炽灯就是不亮。她掏出手机，借着屏幕微弱的星光，小心挪移着上楼。刚走到三楼时，就感觉有水滴落在了她的脸上，她不知道是谁家忘关水龙头了，水都溢到了楼道里。

空气里弥漫着一股腥味，或许是哪家买了水货忘在过道里。

刚走几步，她又开始觉得诧异，举目四望，整个楼道看不到一点光亮，更听不到一点声响。才十点，人都去哪儿了，往常还能听到各种混杂的声音，电视广告的插播，夫妻拌嘴，小孩子的哭闹……

她听着自己的脚步声，数着台阶阶数，心脏搏动的频率开始加快，手心里也不停地冒着冷汗。终于挪到了四楼，不过还是有水滴滴在她的脖颈上、脸上，不是那么冰凉，有些温热。顾不上多想，她快步走到了宋海洋的公寓前。

咚，咚咚……几次敲门后，里面始终没有人应答。她拨通了宋海洋的电话，几声嘟嘟后，话筒里出现了一片嘈杂的声音，她还没有听清，耳朵里再次传来尖锐的喊叫，像击剑一样一次次戳痛着她的耳膜。

难以承受的她把手机摔在了地上，捂着耳朵，紧蹙双眉，"宋海洋，我是初澜，你在里面吗？"

还是没有应答。

她蹲下身体，摸寻到了手机，可是不管怎么按开关，屏幕就是不亮。她正准备离开，眼前的木门吱呀一声，缓缓打开了，只是不见宋海洋的身影，却闻到了愈加浓厚的腥味。

"我敲半天门都不搭理，搞什么鬼？"她摸到门把手准备进入房间，却感觉到了异常，里面没有开灯，伸手不见五指，"明明我来之前还亮着灯呢，睡觉这么早，也不是你的风格……"

房间里始终没有听到宋海洋的回应。

她的心脏狂乱地冲撞着胸口，难道他也坠亡了？浑身发颤的她凭着记忆快步闯进房间，直接走到了窗口的位置，果然窗户大开着，窗帘在风中摇曳，她没敢朝楼下俯瞰。

"嘶……嘶……"

她扭头望着头顶的吊灯，时灭时亮。遽然，一团光亮在房间骤然绽开，她的眼睛瞬间被刺痛睁不开。

她揉搓着双眼，等眼睑适应周围的光度后，缓缓睁开，重新审视着房间……

她惊恐地说不出话来，她的手上满是血迹，原来刚才滴落在她身上的并不是水滴。瘫倒在地的她看到了门后躺着一个人，他的脸部血肉模糊，那些血红的液体已经流到了她的脚下……

"初澜，醒醒！初澜……"

她陡然睁眼，凌水坐在床边，正摇着她的肩膀，原来是一场噩梦。她擦掉了额头的汗珠，看到了对面窗户的亮光。

"凌水，我没事儿，我先出去一趟，一会儿就回来。"她拒绝了凌水相陪。一个人拿着手电悻然地下楼，绕过街道，走进了对面楼的楼道。

"啊！"一楼的声控灯没有亮，她的内心开始忐忑不安。

闭目养神几秒，做了两次深呼气，她还是决定上楼。手电筒的光亮远远强于手机屏幕，她的胆子也随着慢慢扩散开的光圈充盈起来。

走到四楼时，隐约能听到楼道住户发出的各种声音，电视的广告插播、夫妻拌嘴、小孩子的哭闹，地面上也看不到一滴水。她站在宋海洋的公寓前敲了敲门，里面没有回应。

她左手拿着手电，右手去拧门把手。门吱呀一声遽然打开了，里面亮着灯，宋海洋抓着头发正在撞墙，画笔散落了一地，很多颜料在地面上流淌着，自然交织成抽象的图案。

"宋海洋，你怎么了？"她丢下手电去安抚他。他扭过头，双眼猩红，像是中邪般瞪着她，她的脑海里浮现出了长着獠牙的吸血鬼，空气中弥漫着黑暗和死亡的气息。

"谁让你进来的，出去！"宋海洋抓着她的双肩，脸色煞白，表情凶狠，像一只发怒的野兽，理智完全失去了控制，使劲晃动着她的身体，"出去！"

她还没有来得及解释，就被宋海洋推搡着到了门口，一个趔趄，整个人倒在了过道里。门嘭地关上了，她听到了门被反锁的声音，"宋海洋，我是初……澜，你怎么了？"

"别进来！让我静一会儿！"宋海洋的声音像是野兽的低吼，充满着戒备和威严。

十多分钟后，房门再次打开。宋海洋的面部有了血色，眼神也有了乌黑深邃的神采，与刚才穷凶毕现的嗜狂完全判若两人，说话语气恢复了正常，"请进，你……还好吧？"

初澜坐在单人沙发上，看着他修长的侧影，"刚才你都吓坏我了！"她心有余悸地垂下眼帘，去喝茶几上的咖啡。

"我在没有灵感时一般都会发疯发狂，不巧今天被你撞见了。不过，我相信你能理解，还请你代我保守这个秘密，不要告诉任何人。"宋海洋停下手上的工作，目光犀利地盯着她，用不可抗拒的语气要她答应。初澜不知道，她的突然出现，无意中断了宋海洋的长久计划，害他日后重新承受了这无以复加的癫狂痛苦。

"也不是什么大事，你是怕大家知道后影响你温文尔雅的形象吧，我答应你，谁让我跟你关系这么铁。"初澜啜饮一口，对咖啡的味道还算满意。

在她告别宋海洋时，无意间看到了他胳膊处有针扎后遗留的针眼。下楼后，她心里的石头也算落了地，噩梦终究是幻觉，一路把玩着手电的光束，步履轻盈地返回了住处。

"我泡了安神补脑的香茶，在餐桌上。"凌水用白毛巾搓着湿漉漉的头发，"你今晚和我一起睡吧，省得你害怕继续做噩梦。"

初澜和云恺通过电话后，抱着枕头和薄被子进了凌水的卧室。她们两个人并排躺在双人床上，看着头顶的星光吊灯，镂空的光影像璀璨星空一样投射在墙壁和地面上，吊灯的中央是棵葱郁的月桂树，它的枝蔓覆着了整个星空。

"好美啊！"初澜伸着胳膊去触摸星空，凌水没有告诉她，这都是思远的创意，也是他亲手制作的。

一道亮光闪过夜空，几秒后，轰隆隆的雷声接踵而至，雨滴嗒嗒地敲打着玻璃。初澜望着窗外，"凌水，以前只有你一个人的时候，不感到害怕和孤独吗？"

"害怕过，以为像鸵鸟那样把头埋进沙子里就安全了，可是经常在被子里喘不过气来。我就嘲笑自己，人怎么可以像动物一样把问题想得那么简单。所以再遇到雷雨天，我就趴在窗户上，去算闪电和雷声间隔的时间。当自己去面对而不是躲避时，其实已经忘记了恐惧本身。"

"我现在有点后悔备战考研。很多时候我就想，考研后也得找工作，这都是早晚的事，我本来也没想去研究什么。"

"你就是想太多。我高中时也爱多想，万一我以后身材和长相不够出众，没有男生喜欢该怎么办，岂不是要孤苦一生。我从小都想当个作家，幻想着能在每个城市签字售书，走到哪里都被很多人认出来，被他们簇拥着。我还要挣很多的钱，过有钱人的生活，不用每天早晨六点起床去挤公交上班。高中毕业后，我开始渴望自由，能像三毛一样去四处流浪，碰到一个像荷西一样的男人就把自己嫁了。现在才发现，对于生活这件事，不能奢求太多，要懂得满足。预知反倒不如未知来得有趣。"

"我还是害怕。如果有一天，什么都不属于我，云恺也离开了，在一个陌生的城市里，我每天过着朝九晚五的生活，晚上就一个人站在阳台上胡思乱想，睡一张很大很空的床，生病了也没人关心，哪怕死在屋里，也不会被人怜悯……"

"你现在的思想很危险，我有必要给云恺打个预防针。"凌水支起上身，对初澜笑了笑，摸到了床柜上的烟盒，"其实，我也这么害怕过，尤其在晚上。我尝试过彻夜看书、打字，也都无济于事。不过，也是有办法的……"

"什么办法？"初澜猛地支起身子凑近她。

"睡觉！"凌水放弃了抽烟，按下了床头吊灯开关。

23

"蒋梦琪、初澜、范宏、周兰木……以上我点到的八位同学，每个人除了重交作业以外，还要再写三千字的检查。好了，下课！同学们再见！"

"老师再见。"

一百多人的阶梯教室，很快散去大半。兰木皱着眉把书摔在桌上，"我必须去找老师解释，肯定是夏青搞的鬼，我们俩明明都把作业放到她那儿了。早知道她是课代表，这门选修课打死我都不会选！"

"算啦，她肯定早有准备。咱们去找老师，没什么证据，还得碰一鼻子灰。"初澜按着她的肩膀，让她冷静。

"凭什么就算啦！这一年多，她可没少针对我们，给我们使了多少绊儿。还好，这是大学最后一门选修课，等以后哪一天落我手上，我让她好看！"兰木咬着嘴唇，在空中左右挥拳。

"哎，这也怪我，如果不是我和云恺的事，也就不会连累你啦。"

"这是什么话，云恺早认识你就好啦，这种女生就活该被男生甩！"

"赵兰木，你说话客气点！"夏青和她闺蜜佳瑶恰巧从她们身后经过，听到了这样的对话。

初澜和兰木转过身，神色诧异。怒火中烧的兰木正欲动手时，云恺和韩子铭出现在了教室门口。

云恺牵着初澜，韩子铭拉着兰木，他们一前一后地走在楼道里，惹来很多歆羡的目光。兰木瞟了瞟身后的夏青，故意大声说道："还是有男朋友好！"

夏青站住了脚，看着他们的背影，握着的拳头举到了胸口位置，"佳瑶，晚上约韩子铭。我们整整忍耐了一年多，是时候给她们教训了。"

"那我们就全面启动复仇计划，我一会儿就给韩子铭发短信，晚上还约在老地方。"佳瑶目光发狠地瞪着她们。

"不是嘲笑我吗！我也让她赵兰木尝尝被男生甩的滋味！云恺、初澜，就让他们俩互相慢慢地折磨对方，只要他们难过、心痛，我就快乐！"

"还有美术学院的那个宋海洋，我还记得他去年骂我小姐！他不是跟初澜走得近吗？我们就成全他，让他们的关系更进一步。"

"他们一个都逃不掉！"夏青手上的两本作业被她捏成了一团，在风中被她手中的打火机引燃。少顷，那些纸灰飘落了一地。

"我要笑着看她们流泪！"

"哈哈……"

24

"初澜，夏青她们今天有没有为难你？"云恺手握方向盘，看着沿路的指示标。

"没有。"她闭着眼，沉浸在音乐里。云恺没有继续追问，转过两个路口，一片荒废的钢铁厂区映入眼帘，道路也变得坑坑洼洼的，双行道上鲜有其他车辆。

车子沿着厂区围墙行驶了几百米，视线所及，那些密密麻麻的爬山虎成了围墙和栅栏的屏障，在秋风中摇曳着玛瑙红和橄榄绿的裙裳，它们几乎占领了所有的斑驳和荒凉。

云恺把车停在了一块长满杂草的平地，那些没过脚踝的植物里奔窜着各种小虫子，初澜还听到了蝈蝈的抖翅声，在草丛里窸窸窣窣。初澜蹲在主茎颀长的野菊前，"我一直都好奇，你是怎么发现这个秘密花园的？"

"我妈以前在这里绑架过凌水，我以后慢慢讲给你。"云恺习惯卖关子。锁好车后，他们绕过一个拐角，看到了砖墙堆砌的门楼，一个变了形的铁门半开着，门把上还挂着锈迹斑斑的锁头。长满荒草的地面被长年累月的雨水冲刷出了纵横交错的大小沟道。

"这个钢铁厂几年前就破产倒闭了，老板还不起贷款就在办公室跳楼自杀了，这块儿也就成了无主之地。"云恺拨开那些挡道的齐腰草，扇走了不少蚊虫，一路上还不忘给初澜介绍。

"又是跳楼，以前怎么没有听你说过？"初澜对这种死亡方式已经司空见惯，"不过，那个老板跳楼的地方，不会就在厂区里面吧？"她被石头绊了一脚，脑袋里嗡一下想到了噩梦里那个人倒在血泊里的场景，马上抓住了云恺的右手。

"老板办公室当然就在厂区里面了。不过我们今天不去那儿。"

"你要敢带我去那儿，我就跟你分手。"初澜望着云恺的后脑勺，使劲拧了下他结实的胳膊。龇牙咧嘴的他这才明白曲解了她的意思，连忙岔开话题。

"云恺，最近有个名叫陆昊的刑警好像在调查宋海洋，也不知道是什么事情，会不会是搞错了。"初澜叹了口气。他们走出了荒草林，眼前是几条通往不同方向的柏油路和石子路，路边是废弃的高大厂房，几栋发绿发暗的公寓楼，还有成片的树林。

"初澜，我一直觉得那个家伙古怪得很，来路不明，也不知道什么底细。你还是离他远点比较好。"云恺选择了最左边的石子路。

"我不觉得他是坏人。他人外表虽然看起来很冷，骨子里其实是个热心肠，对我很好的。"初澜弯腰揪了几棵狗尾巴草，抬起头看着他平阔的后背，"你今天怎么啦，以前从来没见过你把谁想得这么复杂的。"

"我也不知道，反正就是不喜欢他。"云恺迈过马路牙子，跳下路埂，站在路基边的水泥地上伸手去接初澜，"更不喜欢……他和你在一起。"

初澜安稳地落在他的面前，被他的胳膊搀扶着，"我闻到了一股浓浓的醋味，你放心好了，我和他只是朋友关系。"她抬起眉毛，看着他孩子气的表情，不由得笑了出来，"你小的时候被人抢了玩具，是不是也这么委屈？"

"你比玩具重要。"云恺郑重其事地说。

"顾云恺，你还真拿我跟玩具比较呢！"初澜再次拧了他的胳膊，他连忙告饶，还忘不了抱怨几句："我错了，真是搞不懂你们女生，明明是你先提的好不好？"他们俩站在树荫下为这个问题争论了半天。

走过一段水泥地，看到的是一片被树林掩映起来的秘境。坍塌的厂房失去了大半面墙壁，绿色的藤蔓植物层层覆盖着那些裸露的钢筋水泥，赋予了厂房新的生命。一片十多米高的树林遮天蔽日，它们围筑在厂房周围。云恺双手趴着墙，站在门口冲里面大声喊了喊，还能听到空旋的回音。

9月初，这里还是一片绿意盎然的景象，偶尔会看到几棵被秋风浸染成铬红的枫树。一段废弃的钢铁轨道从光线暗淡的厂房里延伸到了外面的林地上，通往拐角处更远的地方。从枝叶缝隙间漏下来的阳光，星星点点地聚集在长满各种植物的草地上，几只蝴蝶在野花丛中追逐，它们的翅膀在阳光下抖动着金色的光粒。

云恺拉着她的手进入厂房，里面的别有洞天让她兴奋地大声喊叫。那些树木穿破棚顶，和钢筋水泥熔铸在了一起。几节火车车厢安静地停放在车轨上，云恺抓着车厢上的扶梯爬上了车厢顶部，审视了周围几秒，弯腰伸手去拉快要爬上来的初澜。

他们俩坐在上面的一块铁板上，环顾着偌大的废弃厂房，西面半空还悬挂着吊车。"你，是不是也带夏青来过这里？"

"没有，我们俩其实只交往了三个月，就是去年春天那时候。你还记得我们俩第一次撞面的那个晚上吗？那时我刚和她分了手。"他们交往一年多，云恺从来没有主动对初澜说过他和夏青的往事，也不知道为什么今天突然有了兴致。

"现在时间还早，你就跟我说说你俩的过往吧，就当给我解闷儿了。"初澜看了看腕表，脑袋靠在了他的肩膀上。厂房里静得出奇，偶尔有几声鸟鸣和拍打翅膀的呼哧声。

"我们俩的故事其实特别简单。我和朋友时常去一家酒吧聚会，有天晚上，夏青和她男朋友在我们隔壁桌起了争执，她男友起身甩了她一巴掌，似乎还要继续动手。我们几个一般见不得男生打女生，所以也就干涉了。

"再然后夏青请我们喝酒，她喜欢单独找我聊天，慢慢地我们彼此也就有了好感。我们在一起一个月后，我竟然发现她私下和她前男友还在约会，于是我们大吵了一架，她保证以后不会了。一个多月后，她和前男友一起去酒吧再次被我撞见，我就和她前男友打了一架，算是和她正式分了手。也是打架那一晚，我在街上遇见了你……"

"我……其实怀疑过……是我破坏了你们的感情。"

"初澜，你就是爱多想。故事我也讲完了，那我们以后就都不要再提这件事啦。"云恺伸出小拇指要和她拉钩，她支起上身，抿着嘴唇点头答应。

云恺趁机揽住她的肩膀，低下头去吻她。她没有闭眼，被他慢慢地撬开了双唇，温润的湿意被附着上了电流，口腔里的大小神经也跟着变得酥麻……她整个身体都被电着了，血液也跟着沸腾起来。他的吻，令她着迷，让她沉醉。

她闻着云恺身上散发出来的气息，清新又充满野性，异于路伊鸣身上的淡雅气味。她被征服了，被他的气息，被他的吻，被他英挺的鼻梁，被他深邃的眼眸，被他的伟岸身材，最重要的是被他的爱，交往一年后，她才发现自己刚刚爱上他。

一束阳光从棚顶的裂缝钻透下来，正好落在云恺的后背上。秋天的阳光是那样的明亮温暖，不像夏日那般焦灼刺眼，初澜重新倚靠在他的肩上，彼此静默地回味着。5 月的时候，云恺几乎每天都在参加篮球比赛，在体育馆、露天操场挥汗如雨。初澜也经常观看，哪怕是烈日炎炎的中午，初澜也会在露天操场给云恺加油呐喊，给他准备冰水和毛巾。

一次比赛完，云恺这方大获全胜。兴奋的他赤着上身，还没来得及套上运动 T 恤，就在一片欢呼声中，跑到了初澜面前，没有去接她手里的东西，直接紧紧抱住了她。周围的人看到这样的场景后打着口哨更加热闹。初澜紧贴着他汗津津的皮肤，感觉到他的身体像煮沸的水一样烫热，她的嘴唇也很快被撬开，一股像是岩浆般炽热的气流直冲抵到她的喉咙深处，她后退一步，靠在了篮球架支柱上。

初澜一直记得那次的拥抱和深吻，可今天却是一番不一样的感觉，没有其他人在场，也没有那一次的突然和猛烈，更多的是温暖的回味和长久的安全感，毕竟昙花一现总是让人遗憾难过，扼腕叹息。

车厢后面的一个身影目睹了这一切。

云恺拉着她的手离开了厂房，"明天我要带你去我家。"

"见你的家人？"

"对。"

"如果他们不喜欢我呢？"

"他们都看过你的照片，喜欢得不得了，还有我爸你是见过的。不用担心，只是一场很普通的家宴。明天下午四点，我去学校接你。"

25

云恺在图书馆前的林荫主干道上开着车，从北门驶出了校园，十几分钟后拐上了一条宽阔的新路上。初澜放下车窗，看着沿路栽种着的白桦树。

车子驶进市西南郊的龙华别墅区，在半山腰一幢乳白色的别墅前停下。初澜下车后，云恺把车开进了别墅底层车库。

推开半人高的雕刻着《圣经故事》的木栅栏门，云恺引着她走进了绿树成荫、繁花次第绽放的院落，院子西南角还有一池蓝莲花。

别墅的外表主体结构是欧式风格，走进去却有民国宅院的装修味道。客厅里摆放着整套的红木家具，上面端放着为数众多的瓷器、雕塑，衣架旁还立着木质屏风，上面的图案被后置的灯光映衬得神秘莫测。

除了惊叹外，初澜只是稍觉里面的光线让人压抑，有些紧张，有点不适。

"这就是初澜吧，真人比照片里更漂亮。"正在擦拭青花瓷瓶的胡嫂起身过来招呼他们，"食材都准备好了，我马上就去做饭。"

"这是胡嫂，从小照顾我长大，把我当亲儿子养。"云恺向初澜做着介绍。

"胡嫂好。"初澜拘谨地笑了笑，云恺接过她手里的礼盒放在门口的红木镂花长椅上，那是她上午去超市精心为云恺父母挑选的礼物。

初澜把脱下的外套挂在了衣帽架上，换好鞋后，和云恺一起登上了环形楼梯，楼下拐角的房间里传来几个女人的谈笑声。

"碰！"

"和了，给钱给钱！"

"不用搭理，肯定是我妈和邻居忙着搓麻将呢，还好这顿饭是胡嫂做。"初澜倒是没有在意，却看到了客厅沙发后面的巨大水族箱，几条红色龙鱼在里面悠然地穿梭着。云恺带她继续上楼，穿过过道，进了他的房间。两人光着脚踩在木地板上，看着窗户外的山林景色。

"我们七点吃饭，现在呢，就是我们俩的约会时间。"他们坐在阳台的台阶上，望着眼前一片葱绿的世界，郁郁葱葱的树木遮挡着夕阳的余晖，偶尔有橘黄的光束反射在阳台前的一面巨大的弧形玻璃上。两个人伸着长腿，两只大脚丫挨着两只小脚丫，云恺揽住她的肩膀，倾下头，打算去亲吻她。

"我……我觉得不太好吧。"初澜有些抗拒地扭过脸，"毕竟……这是在你家里。"

"需要喝点什么？"云恺放下胳膊，耸耸肩。

"果汁。"

"你在这儿等我一下，我下楼给你做鲜榨柠檬。"他走到门口时放下了唱片机的唱针头，留下了《月光女神》的旋律和他暖暖的笑容。

初澜走到一米多高的壁挂书架旁，视线所及处是一排几种文字的唱片。她翻看着胸口的一排书籍，翻到第三本时，一张纸片飘落在了地上。她屈身捡起来看着上面的汉字："我爱你。夏青。"她呆愣片刻，把纸片重新夹进书里，把书塞回原来的位置。

她大致浏览了房间的其他摆设，跑步机和一些健身器材，堆放在桌子上的游戏手柄，三米长的衣橱……

"鲜榨柠檬。"云恺开门进来，递给她茶色杯具。

"嗯，很好喝，你放了……两勺蜂蜜。"

云恺点点头，摩挲着她的头发，"我爸还没有回来，我打算带你参观一下我家。"

初澜一手捏着杯柄，一手托着杯底，面部转向壁挂书架右边的立柜式书橱，"云恺，书橱中间两排的照片是你的成长史吗？"

两个人驻足在书橱前，两排上下斜立着二十二副相框，相框里的照片，从云恺出生时算起，每年一张，有的是单人照，有的是家庭合照。只有第二十二张例外，是他和初澜的合影。

云恺挠着头，不好意思地笑着说："确切地说，这是我的进化史，以前的照片不好看，我给你看别的相册。"说着就伸手去拿书橱隔层上的相册。初澜指着第十六、十七张相框，诧异地说："这个……这个胖子是你吗，脸都是圆的？"

云恺拿着相册直接挡住了那几张相框，脸上泛着潮红，"我都说了，以前的照片不好看，喏，给你看相册。"初澜却更加好奇，继续缠着追问，云恺只好从实招来："那几年正赶上长身体，我也没控制住饮食，体重飞涨，顶峰时一百八十多斤，就快成了猪八戒那个胖样子。加之我的功课也一直不好，我爸想来想去，就和年级主任商量让我做了体育特长生。"

"你爸是想帮助你减肥呢，果然，每个胖子都是潜力股。"初澜笑得合不拢嘴，"不过看你现在，你爸当初的决定没有错，我以前还以为只有女大十八变，原来男生十八也变。"

"可不是，那时候餐桌上吃饭时，我爸他老人家就一直揶揄我胖，全然没有他年轻时的英气勃发。我气不过，就开始每天拼命地跑步、打球，各种锻炼身体，终于到高三那年夏天减下了四十多斤，顺利地凭借体育特长上了大学。"

"你爸的激将法果然奏效，知子莫若父。"

"如果我现在还是高中那个胖子，不像现在这么玉树临风、潇洒倜傥，你还会答应我跟我在一起吗？"

"那可说不好，"初澜晃着头，"不过，就没见过像你这么夸自个儿的，自恋！"

"好啦，我带你去我家三楼转转吧。"两人刚相携着走出房门，初澜却定住盯着二楼过道另一头的房间，那门上面挂着一只鹿头，门把上还挂着大锁头，颇具神秘阴森的感觉。

"那是我爸的秘密书房，也是我们全家的禁区。除了我爸，任何人都不能进。"云恺摆下头示意初澜跟上他的脚步。

"我十五岁那年偷进过一次，还没看清里面，我爸就从门后面出来揪住了我的衣领。他当时掐着我的脖子把我按在墙上，样子凶狠极了，好像根本不认识我似的。打那以后，我对那个书房产生了阴影，也没再进去过。"

初澜脑海里闪过那晚宋海洋抓着她肩膀发狂失控的样子，"哦，是挺恐怖的。"

三楼有几间客房，过道中间是个敞开的日式会客室，榻榻米床上摆放着各种茶具，还有插花。云恺一点点给她做着介绍。

会客室前面是一块凸出的露台，是复古的水泥地，足有一个钢琴房大小。露台中央摆放着圆桌，上方撑着足够大的遮阳伞。露台三面围着齐腰高的镂花铁护栏，上面缠绕着几种藤蔓植物，经脉上还挂着拇指大小的草莓。其余空地摆满了花盆，种植着各种花木。不过，初澜只认识一小半的植物。

"太漂亮了！简直美极了！"初澜不吝溢美之词，她的手指触摸着还没有熟透的草莓。

"这个地方对我而言，可就没有那么有趣了。"云恺拨弄着廊檐下的陶瓷风铃，嘴角嘲弄，"十二岁时，我差点死在这个露台上。"

"这个玩笑可不好玩。"初澜猛地抽回右手，像是被什么东西蜇了一下。

云恺马上上前抓住她的右手腕，察看了她食指上的红点，去客厅取来了消炎祛毒药膏。

"很快就会消肿的。"云恺小心地把药膏均匀涂在红肿处，"蜇你的是蜜蜂。恐怕，这里就是它的葬身之地了。"

"我其实早该猜到你并不是养尊处优的阔少爷。"

"我也尝过穷苦日子的，就是吃了上顿没下顿的那种，吃的上顿还都是亲戚救济的。"云恺背靠着栏杆，神情不怎么轻松。

初澜好奇地正欲追问，却被胡嫂的喊话打断了。他们两个下了三楼，在二楼过道里，初澜无意间瞄到了那个鹿头下的大锁头正反面跟刚才相反，云恺只顾拉着她的手去了客厅。

顾母的房间里依旧传来哗啦哗啦的洗牌声，胡嫂做了拿手的糕点给两个人吃。云恺问了顾父回来的时间，拉着初澜打算去别墅后面的山林公园转转，"现在五点多，还早，反正我爸七点才回来。"两个人在栅栏门口碰到一男子，"这是我爸的司机纪凡，"云恺介绍着双方，男子始终颔首微笑，"这是我的女朋友初澜。"

"你好，欢迎。"

"你好，谢谢。"初澜大致看着面前的男子，比云恺矮几厘米，但长相丝毫不逊色，辨听声音，总有种似曾相识的感觉，却又一时想不起来。

司机是回来给顾父取东西正打算离开的。云恺告诉初澜，纪凡是个十足的怪人，住在车库旁的套间里，平时不怎么喜欢外出，来这里一年多从来都是一个人，没有带过什么朋友和女孩子，不过他有烧香拜佛的习惯，像个俗姓弟子。

烧香拜佛？初澜立刻想起了潜龙潭山中寺庙的遭遇，她怀疑纪凡就是那个神秘人，她也注意到了纪凡看她的神色有异样，只是单凭声音外形什么的也不能完全断定，或许可以找宋海洋求证。她不动声色地掩藏着疑惑，不想让云恺知道。

暮色四合，两个人从山林公园返回了家。顾父和顾母端坐在沙发上，许是见过，顾父很是热情地对初澜嘘寒问暖，直夸她漂亮懂事，遇见她是小恺的运气好，倒显得不苟言笑的顾母有些不近人情。

很快，胡嫂招呼大家去餐厅吃饭。大家围坐在一起，胡嫂做的饭很对初澜的胃口，有她爱吃的干锅菜花和糯米甜枣。顾母随便动了几筷子便说吃饱了，几次挑了挑眉毛，都没有怎么正视过初澜，置若罔闻地视她为空气，中间借故身体不舒服回房休息。顾父表情很是难堪，但还是笑着给初澜夹菜，"你阿姨她最近身体一直不舒服，还请你见谅。"

"没关系的。谢谢叔叔，看出来阿姨气色不太好，估计都是最近天气变化太快闹的，我妈在变天时也时常头疼。"

倒是一旁的云恺皱着眉，不满地嘟囔："下午还那么精神打麻将呢。"前天给顾母看初澜照片时，她还满心欣喜的样子，今天却来了一百八十度的大反转。胡嫂忙打着圆场："太太中午就说不舒服，你看都怪我，都忘了给太太熬药。"初澜本就忐忑的心变得更加悬浮不定，看来自己并不怎么讨顾母喜欢。

"今天你是我们家的贵宾，一定要吃好。小恺还是第一次带女朋友回家吃饭，看来这臭小子确实长大了。"顾父还是不停地给初澜夹菜，像是对顾母态度的弥补。

晚饭后，云恺开车送初澜回家，顾父和胡嫂一直送到了院子外的栅栏门口。顾父还拿出了一个厚红包要初澜收下，她不好意思地推让，坚持不收。倒是云恺一本正经地劝说："我爸给你的就收下，这是我们这里的规矩，不然坏了规矩可不好。"初澜只好收下，对顾父表示感谢。

一路上云恺为了顾母的态度，对初澜歉意满满。倒是初澜一副无所谓的样子说："你想多了，阿姨就是身体不舒服而已，有你这么当儿子的吗？不替自己亲妈说话。"

其实她的内心深处还是很难过，就是想不明白，为什么才第一次见面，顾母就这么不待见她。其实，顾母私下得知，初澜是凌水的房客，恨屋及乌罢了，而初澜却不知晓这其中的纠葛。

26

初澜用笔敲着前额，复习着考研资料，邮箱里刚收到了来自台北的邮件，鼓励她好好备考。

桌前的日历已经撕到了9月15日，不知觉间走到了大四，班里不考研的同学都忙着找单位实习，企盼毕业能找个好工作，可是她现在满脑子除了考研也别无他选。毕业离开西城回家工作是家人一直的想法。

　　傍晚云恺兴冲冲地敲门喊初澜下楼吃饭，她好奇地看着云恺，不知道他在兴奋什么。两个人走到一棵梧桐树下，地上依稀有了几片落叶，踩在上面嘎吱作响。夏去秋来，如白驹过隙般令人猝不及防，不知道为什么，初澜开始感怀伤秋，静对长衢照影昏。

　　云恺牵着她的手，兴奋地讲东讲西，初澜歪着脑袋看着他的笑容，时而大人，时而孩子。她喜欢楼前这一条长满梧桐树的宽阔街道，春天飘絮如雨，夏季浓荫遮天，秋色错落叠层，冬日枝杈曼妙。她靠在云恺宽阔的肩膀上，两人一起见证了草木荣枯，花开花落，云卷云舒。所有的美好都一帧帧刻印在这四季更迭、辗转轮回里，亦实亦虚，令她既沉溺其中又害怕失去。

　　在一棵郁郁苍苍的梧桐树下，云恺让初澜闭上眼睛，说要给她惊喜，"喏，一定要闭好眼睛，我不发话不许睁开，谁要赖谁是小狗儿。"

　　"你真是幼稚儿，好啦，我闭眼还不行。"初澜大概猜到了他的把戏，决定趁他凑过来时马上躲闪开。可是她还没反应过来时，双眼感觉被纸张遮住了，紧接着云恺的双唇紧贴住她的双唇，她后退半步背靠在树干上。

　　她的手慢慢地环绕住云恺的后背，触摸着这真实的存在。这一年多以来，云恺给了她太多的惊喜和感动，虽然偶尔也会冷战争吵。她曾经幻想多年的爱情，如愿以偿。故事的男主角从梦中一步步朝她走来，从梦中路伊鸣模糊的身影，到现实中云恺温暖而厚实的拥抱，她开始自私地想永远占为己有。

等她睁开眼时，才知道遮住她双眼的是两张火车票，9月16日下午两点出发，目的地是新疆乌鲁木齐南站。她昨天还纳闷云恺拿走她的身份证做什么，原来如此。云恺甩着手里的两张车票，右手食指刮着她的鼻子，得意地说："初澜，你之前不是说好想去新疆看天池，吃吐鲁番的葡萄，去喀纳斯湖找水怪，和喜欢的人一起看禾木日出吗？"

初澜又惊又喜，可是她立刻想到了考研的事情，"我是说毕业去新疆旅行，况且我还在准备考研，哪里有这么多时间。"

"你复习得已经疲软了，不然我才不这样做。这次出去带你好好散散心，劳逸结合嘛，毕业带你去我最爱的地方玩，这样也算公平些。"云恺拢了拢她肩上的头发，"我们月底回来，正好避开十一假期，不会耽误你学习的。"

云恺几番软磨硬泡地轰炸，终于说服了初澜。她被云恺吃定了，招架不住他的任何威逼利诱。

晚上，初澜在房间里开始往旅行箱里塞东西，想到家里面知道后肯定是反对的，就没敢告诉爸妈。凌水看她的卧室敞着门，一只银色旅行箱摊在木板上，以为她要搬家，三步并作两步倚在门框上，"这是要搬回宿舍吗？"

"才不是咧，"初澜擦了擦额头上的汗，"明天跟云恺去新疆，那里早晚温差大，听说有的地方都开始下雪了，得做好准备。"

"真羡慕你们小两口儿，玩得愉快。"凌水其实也要准备外出旅行，北上内蒙古，去看沙漠日出和草海头顶的漫天星空，去赴和思远的六年之约。

"谢谢凌水姐，我也是刚知道，他还瞒着我，说就要一次说走就走的旅行。"别人的旅行都是说走就走，而自己的旅行却一次次化为泡影。凌水转身走进自己的卧室里，背影消失在一片黑暗中。

"凌水，等我今年考上大学，暑假我们就一起去内蒙古大草原。"思远在电话里激动地谋划着。

那年暑假如期而至，思远却没有提出去草原。

"我一直在做兼职攒钱，等今年暑假不忙，我们就去大草原。"刚上大二的思远对旅行的事情还念念不忘，凌水的脑海里重燃起两个人偎依在草原上看星空的画面。

第三年，第四年，第五年，思远每年都会提出要去草原玩，可是每次到了暑假，他却像失忆般忘却曾说过的话，似乎总有忙不完的事情，去草原的安排一次次流产，无疾而终。

第六年，思远打来电话说："凌水，我还能做些什么才能让你不那么恨我？"

"我想去趟草原。"凌水挂掉了电话。十分钟后，她收到了一条短信："我已经买好了车票，马上去找你，然后我们一起去内蒙古。"

凌水的眼泪砸在了手机屏幕上，她却笑得很开心。这一次，她终于赢了，赢得那么惨烈，代价是牺牲掉六年的爱情。

梧桐更兼细雨，到黄昏，点点滴滴，这次第，怎一个愁字了得。她拾起落在窗台的梧桐树叶，关好了窗户，拉上了窗帘。

27

9月15日晚十一点，新城区槐荫路渡口酒吧。

云恺坐在吧台上，暂时没有点饮品。他手托着腮，望着舞台上弹吉他的宋海洋，旁边有一个长发女孩打着手鼓伴奏。

"要点什么？"表演完毕的宋海洋站在吧台里摇晃着手里的调酒壶，他习惯单手上下摇动。

"一杯两盎司加冰的苏格兰酒，谢谢。"云恺看着他把调酒壶里的酒倒入酒杯，用调酒棒搅拌一下，放上樱桃和吸管，一杯分为蓝、赤两层的鸡尾酒就顺利调成，然后放在服务生的托盘上，送往二楼的包厢中。

没一会儿，装着苏格兰酒的岩石杯轻推在云恺的面前，"找我什么事？"宋海洋顺势给自己也制作了一杯威士忌。

"明天下午，我和初澜去新疆旅行，"云恺握着酒杯在嘴边嘬了一口，"这半个月，她应该不会再来这里。"他在喝酒的同时，视线在宋海洋的面部睃来睃去，希望捕捉到他哪怕一丝丝的表情变化。

宋海洋丝毫不为之所动，"哦，玩得愉快。"

"谢谢。"想要彰显胜利的云恺突然感觉有了挫败感。

过去的一年里，兰木时常会拉着初澜来渡口酒吧看宋海洋的表演，然后几个人一起说笑地玩桌游。初澜也随口跟云恺提过，云恺表面上是相信和尊重初澜的私人空间和自由，不去干涉和参加。可是每次他都会悄悄尾随，躲在酒吧一个不起眼的角落里，他不放心的其实是宋海洋，一个身世背景和生活行为都十分可疑的人，一个始终无法琢磨透的男生到底对初澜是怎样的一种感情。

当初澜与云恺在一起后，她也考虑过云恺的感受，出于避嫌，刻意地与宋海洋保持了距离。可是之后的几件事让她放下了芥蒂和偏见，再次同宋海洋熟络起来，只不过在她心里，宋海洋是不可多得的好朋友。

有次初澜晚自习后独自回家，夜里十一点，路面行人不多，她总感觉后面有人悄悄尾随着。她以为是云恺，想要逗弄他，就快步钻进一片胡同里，由于晚上不熟悉路况竟然走入了一个死胡同。当她转身要走时，就看到一个痞子模样的男子堵住了胡同出口。

　　她鼓起勇气想要从男子身边走出去，擦肩的同时，男子紧握住了她的胳膊，把她顺势按到了墙上，想要强吻她，她还没来得及喊救命，就被男子用左手捂住了她的嘴，粗壮的胳膊还紧紧卡住了她的脖子。她没想到宋海洋会突然出现，一脚就踹开了男子，两个人开始打斗起来。她咳嗽着找棍棒砖头想要和宋海洋共同制敌。没用几个回合，瘦弱的宋海洋就把对方打趴在地。宋海洋会点功夫，这是初澜所料未及的，趴在地上的男子见势不妙，趁其不备，起身就逃走了。

　　此后的几次危难，宋海洋都恰好在场，一次次帮初澜摆脱危机，化险为夷。

　　酒吧二楼包厢里，夏青举起宋海洋调制的鸡尾酒，放在嘴边啜饮着，目光始终落在云恺他们俩身上。佳瑶她们看着手机的照片戏谑着，坐在夏青对面的韩子铭凑过来，把胳膊搭在了佳瑶的肩膀上。

　　"韩子铭，给我们看你的这些艳照，也不害臊，你看看，赵兰木那小蹄子销魂的样子，真想上去给她几巴掌的。"佳瑶的手指用力戳着屏幕。

　　"这都不是为了你，我才忍辱负重的嘛。"韩子铭直接挪到了佳瑶的身边，紧紧地搂着她的肩膀，"我这么辛苦地演戏，什么时候有过怨言，来奖励我下。"

佳瑶扭过脸颊躲过了韩子铭，"得了便宜还卖乖，就没见过你这么不要脸的男人。"

"可有人就偏偏喜欢我这么不要脸的男人，我也没办法。"韩子铭一脸的无辜和无奈，胳膊用力一勾，终于亲到了佳瑶。

"好了！"夏青咳嗽了声，"你们两个不要再卿卿我我了，正事还没谈呢。"

"不是我说你，夏青，以前几次找人收拾初澜都没能成功，那些人也都是废物，这次说什么我也不赞成再像以前那样了。"韩子铭开始抱怨，"都一年了，赵兰木我早玩腻了，再这么拖着我可不干，你看佳瑶都快不喜欢我了。"

"你懂什么！"夏青始终瞪着楼下的两个人。

佳瑶在一旁帮腔和解释："哎呀，韩子铭，你还是高才生，真是聪明反被聪明误。君子报仇，十年不晚，这才是夏青的高明之处。如果初澜真出点什么意外，那云恺闭着眼都会怀疑到咱们头上，夏青可不想毁掉他在云恺心目中的形象。你难道没发现咱们的设计非常巧妙嘛，每次初澜遇到危机都让宋海洋出现化解，第一呢，时刻提醒初澜不要太过嚣张，这二来，不就慢慢促成她跟宋海洋的好事了吗？"

"高，实在是高呢，"韩子铭冲着夏青竖起大拇指，"在下甘拜下风，还是孔老先生说得好，唯小人与女人难养也，哈哈，啊。"韩子铭还没笑完，佳瑶就抓起一把爆米花塞进了他的嘴里，"说什么呢！让你胡说八道！"

夏青恶狠狠地瞪了韩子铭一眼，没说什么，转而又去观察云恺他们，也不知道他们俩在谈论什么。

"都是你们，我都差点忘了说最新消息。刚才我送赵兰木回宿舍时，她告诉我，顾云恺跟初澜明天下午要去新疆旅行。"韩子铭嚼完和吞掉爆米花后突然爆料。

夏青捏着酒杯重重地砸在桌上，"回去继续探问，不管多晚都要告诉我，我保证你尽快解脱，然后跟你的佳瑶双宿双飞去吧。"

一楼大厅里坐满了消遣的夜客，推杯换盏，觥筹交错。一个不起眼的卡座上，穿着便衣的陆昊一个人饮着啤酒，余光注视着吧台边，宋海洋正和云恺碰杯交谈。

宋海洋走出吧台坐在他旁边说："看来今晚果然热闹，你的前女友都到了，我看呐，不如我们换个地方继续聊会儿。"他的余光同时瞟到了那个不起眼的卡座。

"什么？"云恺一脸诧异，马上抬头四处巡视，不过并没有搜索到，"怪不得我老是感觉背后有人一直盯着我，不管她了，我们换场地。"宋海洋正好换班，两个人并肩走出酒吧，没走几步，云恺看到了马路对面的洗浴城，"这个地方好，清静，刚才里面都快吵死了，睡觉前去洗澡肯定舒服。"旁边的宋海洋没有表态，未置可否。

酒吧门口的夏青远看着云恺他们步入马路对面的洗浴中心，咬着嘴唇却又无计可施。陆昊整了整衣领，摸了摸最上边的扣子，幸好没有系，神态自若地从夏青身边走过，他没打算进洗浴中心。

云恺脸颊映着红晕，他很清醒却又感觉有些飘然，他把胳膊搭在宋海洋的肩膀上，"如果你有喜欢的女生，哥们儿我肯定帮你追！"云恺拿的是通用的贵宾卡，两个人在前台取了钥匙，穿过装潢华丽的走廊，被服务生指引到更衣室。两个人进了两个紧挨的单间更衣室。

宋海洋腰间围着白色浴巾出来时，云恺已经坐在了更衣室的皮质沙发上，正在吃茶几上的水果，"要不要先吃点，解渴解酒。"宋海洋摆摆手，径直朝温泉浴场走去，"是你酒量不好。"云恺丢进嘴里一颗青提，其实他没有丝毫醉意。

已经夜里凌晨一点，偌大的水力按摩池只有零散几人。他们俩拐进了浴池大厅右侧的走廊，两米余长的走廊那端是一个小温泉厅，整个温泉厅全然按照自然山水的设计和装修，地面是凸起的圆润如玉的鹅卵石路，墙壁是不规则的岩石状，中间新月形的浴池紧贴着一座假山，上面长满了绿色藤蔓植物，冒着白气的水流顺势流入池中，这里面除了他们俩别无他人。

云恺把浴巾丢在一旁，站在左侧墙壁边淋浴，嘴里哼着曲儿，留给宋海洋一个赤裸的后背。宋海洋围着浴巾直接进入温泉，展开双臂搭在池沿，闭目休憩。没一会儿，云恺坐到了他右侧，淹到胸部的温水明显波动了几下，他身体朝左侧挪了挪。

"你觉得初澜最可爱的地方是什么？"云恺看着宋海洋的侧脸，觉得那是一副干净无邪的容颜，脖颈后穿衣显瘦的宋海洋在水中看上去也有肌肉的线条，但比起他的肌肉还是有所逊色，不过，宋海洋全身的皮肤却比自己白净许多，"或者说，你也喜欢初澜？"

"你的酒果然还没有醒，我是单身主义者，对恋爱没兴趣，和初澜也只是好朋友。"宋海洋不想辩解什么。突然云恺起身站到了他的面前，弓下腰，双手撑在宋海洋的肩部两侧，两个人赤身裸体地面面相觑，四目相对。

"我要你看着我的眼睛，人的眼睛是不会说谎的。"云恺健壮的身躯几近覆住了宋海洋，"你喜不喜欢初澜？"

宋海洋被他的突然举动弄得猝不及防，他的肩膀很宽阔，明显可以看到胸肌。宋海洋看着那一张没有任何杀气的俊颜，有棱有角，器宇轩昂，却震慑不住自己。云恺的鼻息和口中气流冲抵到了宋海洋的面部，均匀地轻拍他的鼻翼。宋海洋泰然自若地回答："你真的喝醉了，我一直习惯一个人。"

他们彼此静默了几十秒，双方定睛凝视，云恺似乎感觉了动作不太妥当，急转身坐回了原来的位置，"其实，学校里有很多好女孩儿都喜欢你，你没有必要这样压抑自己，拒人于千里之外。"

"喜欢又怎样，今天可以喜欢你，明天又可以去喜欢他，结果就是一场场不必要的尴尬和麻烦。现在，我反而是在释然自己。"

"可是人活着，怎么可能不去喜欢任何一个人，而去选择孤独一生？"

宋海洋没有回答，蒸腾的湿气模糊了他的表情。

其实，云恺不怎么讨厌宋海洋，抛开初澜的事情不谈，他还是一个蛮值得交往的朋友。初识时会觉得孤高冷傲，不近人情，慢慢相熟，才发现是不擅长交际，善于隐藏自我。想想自己，曾经有几年的时光何尝不是这样呢，与他比起来，相较更甚。

云恺刚上小学时，顾父抓住改革开放的浪潮，主动辞掉了单位的铁饭碗工作，义无反顾地下海经商。在很多人的疑惑不解与驻足观望中，1993年的6月，顾父的个体物流公司开始挂牌经营，主要从事煤炭等货物运输。正值壮年的顾父踌躇满志，意气风发地在商海中奋力搏浪。

三年多的时间，独具商业慧眼的顾父不但公司越做越大，积攒了各路人脉，亦开始投资服装、建材等产业，家产自然充裕起来。1996年，十一岁的云恺离开了昏暗拥挤的筒子楼，跟随爸妈住进了城市西南郊新开发的龙华别墅区。过于兴奋的他在三层别墅里跑上跑下，晚上躺在面积几乎占整个旧家大小的卧室里，激动得一夜未眠。

慢慢地，云恺班里的很多同学父母示意自己的孩子要多跟云恺交往玩耍，不谙世事的他不懂大人们背后的算盘和心思，只是很开心多了许多好朋友，邀请他们到自己家做客，与他们分享自己的零食和玩具。他们的父母也时常跟来，找顾母聊天拉家常，等顾父出现谈工作。

1997年，亚洲金融风暴从泰国刮起，愈刮愈烈，席卷新加坡、马来西亚等国。揠苗助长式的经济高速增长方式显露出巨大的后遗症，未加入世贸组织的中国可谓幸运躲过一劫，所受影响较小。可是，顾家似乎受到了金融风暴的共振影响，很短时间内公司账目亏空，流动资金被取走，外面债台高筑。

顾母敲打着云恺叔父的家门，痛声叫骂着，声嘶力竭地索要说法，可是防盗门里早已人去房空。悲痛的顾父报了案，此时，叔父早已搂着财务总监的蛮腰，变卖了所有家当，卷走了公司所有财产飞到了澳门。

顾父一夜间苍老了许多，公司正朝着蒸蒸日上的势头快速发展，可是叔父一场蓄谋已久的阴谋毁掉了所有。痛心疾首的顾父死都不会相信，自己的亲弟弟竟然背叛了他。顾母摔着房里的东西，诅咒叔父不得好死，又骂顾父窝囊。没过几天，很多人知道了公司倒闭的消息，都赶来顾家要债。三层别墅像是被洗劫一空，连地板都被人撬开搬走，整个家全然退化到了装修前的样子。

　　顾母喊来了被吓坏的云恺，突遭家庭变故的他也瞬间失去了所有的朋友。同学们都被父母警告要远离云恺，不要跟他玩，怕沾染霉气。阿峰是他最好的玩伴，是最后还来找他的朋友，但依旧被阿峰的母亲拉走了。他清楚记得，阿峰极不情愿地挣脱着母亲的双手，"我就要跟云恺玩，他是好孩子，不是坏孩子，他是我最好的朋友。"

　　他沉默地坐在仅剩的玩具旁，看着阿峰哭着被拖拽走。阿峰的母亲力气极大，直接用胳膊夹起阿峰的身体，走到门口，重重地往地上吐了口痰。

　　在顾家露台上，顾母神情自若地搂抱着云恺，手里拿着一瓶被撕掉包装纸的农药。

　　"小恺，妈妈给你喝进口饮料。"顾母拧开瓶盖，一股强烈的刺激味扑鼻而来。

　　"好难闻，我不要喝。"云恺想要挣脱去玩，却被顾母死死抱住，捏住他的鼻子说，"这样你就闻不到了，你先喝，你喝了妈妈也喝。"顾母的手开始发颤，眼眶湿润。

　　他挣扎着想离开，顾母直接捏着他的下颚要强灌，他似乎猜到了什么，高喊救命，农药也趁机被灌入他的口中。突然，神色紧张的胡嫂赶来拼命地阻止了这场悲剧。云恺马上被送到医院洗胃。出院后的云恺有一年时间根本不与顾母交流，也不再和班里其他同学来往，得了中度自闭症。

云恺甩了甩头，五根手指把头发向后梳理，他不太爱去回想这样不堪的过往，一直希望只是做了一场噩梦，醒来时也不愿对任何人讲。不过，他却相信宋海洋或许也有过类似的经历，在宋海洋的眼神里，充斥着太多的复杂和沧桑。

他们从温泉出来后，坐在石凳上开始下围棋，云恺两局两败。已经凌晨两点，想起下午两点的火车，云恺这才要去穿衣服准备回家。在路边和宋海洋告别时，宋海洋对他说："下次来酒吧免单。"

两个人各自叫了出租车，去往相反的方向。宋海洋回到家开门时，明显感觉到了异样。他警惕地推开半扇门，冲着黑暗说："来了就出来喝点，不用装神弄鬼的。把我家作为喝酒地点，亏你想得出来。"

他刚走进屋里几步，一罐啤酒在黑暗中冲他飞来，他身手敏捷地握在了手里，拉开了拉坏。他身后的房门突然关上，一个人站在他的背后说："利用顾云恺来混淆警方视线，你果然聪明。俗话说，最危险的地方就是最安全的地方。你家这块儿没有监控，况且我的反侦察能力又不是吹出来的。"

"你在他家待那么久，都没有被他识破，来寒酸我做什么。"一口啤酒顺着他的喉咙咕咚下肚。

"前几天，顾云恺带初澜回家吃饭，碰巧遇到了我，她看我的眼神很怪，像是对我有所怀疑，我就怕是你这里出了什么问题。"

"我这里暂时没有任何问题，你不要露出马脚就行。幸好上次在寺庙初澜没看清楚你，我应该能帮你圆过去。不过，那个叫陆昊的警察最近盯得我很紧，我一直没有查到他的底细，不知道是敌是友，也许是警察里的卧底，不过应该不是，这么笨手笨脚的人，算了，你还是留意下吧。"

"你放心，我会好好调查陆昊的。墨哥让我转告你，他现在状态挺好的，让你自己照顾好自己。"

"我知道了。"

"药我给你带来了，一会儿你自己去老地方取下，你一定要小心。最近风声太紧，老板暂时停止了进货。上次我去看墨哥，他好像有点起疑，劝我安分守己。"

"咱们的事情一句都不要对他提起，我会好好给他解释的。去年和最近跳楼的人，给我们惹了大麻烦，以后千万不要漏出任何蛛丝马迹，不然，我们的下场就是死无葬身之地。"

"我听你的，不过，我不会让你碰生意的，你做好你的账目就好，其他的事情与你无关。"喝完酒的空罐被捏瘪后扔进了垃圾桶，房门被打开又迅即合上。

房间里只剩下宋海洋一个人，他一口气喝掉了罐里的剩酒，依旧没有开灯，径自走到窗户边，看着对面的窗户沉思发呆。

28

　　下午一点半，西城火车站。

　　云恺和初澜在人群里排着队，等候上车。两个人各背着一个书包，云恺还拖着一个旅行箱。交往一年来，这还是初澜第一次和云恺单独长途旅行，车程有三十多个小时。

　　云恺原打算买机票的，可是他记起初澜说过，去新疆最好坐火车，可以欣赏沿途的风景，感受不同地域的风情，所以最后买了火车软卧票。他其实也喜欢这样，可以陪着初澜一点点地靠近目的地，也算是虔诚地去探寻美景。

　　初澜很是兴奋，在检票口还把车票激动地掉在了地上。在他们身后的人群里，一个拖着旅行箱，头顶鸭舌帽，戴着淡蓝色口罩的高挑女子不远不近地尾随着。过了检票口后，她躲在一个不起眼的角落边打着电话。

　　"子铭，随时从赵兰木那里探听消息，初澜肯定会一直联系她的。"夏青在凌晨一点时收到了韩子铭的短信，马上按照短信上面的车次上网买票，结果只买到了硬座，"你先不用管我，就是站，我也要站到乌鲁木齐。"

　　"我不知道你偷偷跟着去的意义到底在哪里。"电话那端无奈地挂掉了声音。

其实她也不知道意义在哪里，自己现在没有什么理性可言。她不能让云恺把自己甩掉，不能让云恺从自己眼前消失，更不能眼睁睁地看着他们而无能为力。哪怕走到天涯海角，用尽一切手段，她都要把云恺夺回来！一年多来，她也有尝试着去和别的男生交往，可就是忘不掉云恺，她不想也不能输给初澜，原本只想游戏的她结果动了深情，有了执念。

凌水站在书柜前，穿着淡青色棉麻连衣裙，翻看着相册，夕阳的余晖落在她的头发上，投射出一片橘色的光亮。一旁的宋海洋正在整理画箱，从里面取出颜料、画笔、调色板，还有调和剂，展开折叠画架，把画板固定在上面，脚边堆放着画杖、油壶、胶带、夹子之类。

凌水侧脸望着他说："我相信你可以画好的，杂志这期的封面就拜托你了。"

宋海洋把眼前一切都已收拾妥当，坐在木凳上构思着眼前的白纸，"凌水，你一定要想好，现在还可以放弃。"

凌水笑着晃了晃头，放下相册，背过胳膊去拉连衣裙后面的拉链，很快，裙子从她的身上滑落到脚边，她迈步走向画架前的椅子。宋海洋审视着她的身体，一丝不挂，肤如凝脂，冰肌玉骨，全身散发着成熟的魅力。从高中就开始画人体的宋海洋只是赞赏凌水的身材接近黄金比例，对于这样的场景却早已习以为常，依旧轻裘缓带，了无遮容地捏着下颌沉思构图。

凌水在椅子上尝试着最佳的作画姿势，最后她把椅子向右侧挪了挪，坐在上面侧对着画板，修长的双腿也收在了椅子上，双膊绕膝，脖颈前倾，眼睛看着正前方覆着窗帘的窗户。房间里打着橙色的暖光，宋海洋坐在木凳上在油画布上比画着。他冲着凌水伸出手势，表示很满意这个姿势。从他的角度看，凌水的姿势很巧妙地遮住了人体的关键隐私部位，同时又营造出神秘的感觉。

宋海洋在油画布上大概比画出了人体位置，为了凸出画面的肌理效果，他的油画布都是不遗余力地自行处理，并不是买来的现成品。在没有兼职和晚自习的晚上，他会买来亚麻布、乳胶和立德粉，按照一定比例调和立德粉、乳胶和水，调和之后用刮刀均匀刮在亚麻布上，等干了之后再刮一层，就这样循环往复几次，当画布密不透风的时候，制作的油画布就算告成。

"如果坚持不住随时可以下来活动。"宋海洋先去画人体最暗的头发区域，凌水的长发披散着，遮住了半个脸颊和侧胸。

"如果能保持这个姿势一辈子，我宁愿什么也不做。"早晨，刚洗完澡的她赤身站在立镜面前呆望着，湿漉漉的头发滴着水，她发现镜子里的自己看起来好陌生，身体陌生，长相陌生，更重要的是她看不清楚自己的眼睛里面到底藏了什么记忆。她不安地闭上眼，脑海里突然浮现出十九岁那年的夏天，她的衣服被一个中年男子剥落，全身赤裸地蜷缩在房间的角落里。

"我竟然廉价地把自己贱卖了。"凌水喃喃自语，眼泪扑簌簌地掉了下来，她看着镜子冷笑着，镜子里的那个丑陋肮脏的自己一丝不挂地被人压在身下，没有喊叫，没有反抗，"你从来都是这么恬不知耻，满不在乎。为了你所谓的生活，为了满足虚假浮华的虚荣，你不择手段，没有底线，活该自己得不到完整的爱。"她冲着立镜大骂着自己，然后蹲下身抱着头痛哭。

宋海洋已经画完了头发部分，接下来勾勒人体轮廓。凌水做出亲自做模特的这个决定连她自己都诧异，倒是宋海洋见怪不怪地答应了她。现在她想重新对待这个皮囊，一念之差，让她引以为傲的外在却把她推下堕落的深渊。可她一直都不明白，这并不是皮囊的错，是她内心的怪物不断地吞噬光明，当内心的黑暗多过光明的时候，怪物就会更加肆无忌惮，为达目的做着胁迫皮囊的事情。

握笔的宋海洋在勾勒出的人体上画出所有的主要亮部，有条不紊地细描上色，凌水一直保持着最初的姿势，没有休息。她注意到窗帘缝隙外的明亮在变淡，倏忽之间两个多小时已经过去，画作也到了收尾部分。

她盯着眼前桌子上的鱼缸说："我记得你刚搬到这里时，也是不爱说话，这几年过去了，你还是老样子，没有变化。"

"我搬到这里是第四年，房间里的摆设没有动过，窗帘褪了点色，只有鱼缸里的鱼换过两次。"他刚搬来时，养了一尾斗鱼，现在鱼缸里面有四条蓝叉尾斗鱼，"你可以穿衣服休息了，我处理完边线就完工。"

"我今年想重新装修房子，自从我妈过世后，这几年来我也懒得做些改变。"凌水穿好衣服，不急于去看画作，从挎包里摸出了烟，"我一直觉得我是一个可以忍受孤独的人。可是认识你之后，我才知道我是一个多么正常的人。"

"没有人会喜欢孤独，只是无奈地被孤独着。"宋海洋想起来他在养父母家的生活，那些年是他最快乐的时光，"有的时候我在想，我如果能像一个正常人该多好，喜怒哀乐，酸甜苦辣，嗔怨愁情。可这怪不得别人，这都是我自己把自己逼迫到了这样的境地，我没办法做到释然，这估计是因为我性格太过偏执吧。"

"我一个人的时候，喜欢听广播，听电台音乐。那几年，我妈过世，我爸不着家，我就特别羡慕邻居家的孩子，怨怼命运的不公，就像这鱼缸里的斗鱼一样，我急于改变不如意的现状，斗志昂扬地向周围的现实做着抗争。可是结果什么都没有改变，我却把自己搞得遍体鳞伤，到头来，还只能一个人承受。现在也开始想明白，其实没有必要非得像斗鱼一样，做孔雀鱼、接吻鱼，恬然知足，现世安好，何尝不好？"

　　凌水这几年倒是有了很大变化，变得安静，与世无争，过自己想要的生活。只是在感情上，她过得如此被动，像看着一支蜡烛，慢慢地燃烧殆尽，却又无能为力。

　　"我不太喜欢交朋友，也很少有人主动接近我。记得有一次，太过无聊的我竟然躺在床上望着天花板发呆了两天。每个人都在忙，哪有人会有时间陪你，更何况在大家眼里，我就是一个十足的怪人。当然，混得这么惨是我的问题，也就无所谓怨天尤人。"宋海洋苦笑一下，放下油笔准备收工。他们两个人的眼神没有任何交流，注视着各自眼前的事物，谈话的内容前言不搭后语，更像是自说自话，"一个人待久了，任由寂寞长成草，然后湮没自己。小时候躺在草地上是一件很惬意的事情；可是长大了还是一个人躺在草地上时，难免就会感到失落和难过。"

　　"可你并不是一个人，至少，你还有你哥和弟弟。等你哥出来后，一切都会好起来的。"凌水捻灭了烟头，重新又点燃一支。

　　"但愿如此。"

　　宋海洋本姓唐，生于1984年。他出生时正赶上计划生育的严管阶段。唐父已经有了一个两岁的女儿，他看着刚出生的双胞胎男孩喜忧参半，双腿灌铅似的走出了亲戚家门，靠着胡同外的水泥电线杆叹息捶胸，不到一个小时，脚底就整整捻灭了一盒烟。家贫亲老，他实在没有办法交得起罚款，妻子都不敢在医院待产，只能躲在亲戚家，更何况以后一大家子还要靠他一个人工作吃饭。思来想去，他只能狠心跺脚地把一个男孩偷放到了福利院的门口。

宋海洋在福利院里长大，因为不怎么爱说话，身体瘦弱，经常受欺负。八岁时，眉清目秀的他被人收养了，也有了新名字：宋海洋。收养他的是一个不得志的业余画家，和福利院的副院长是多年好友，人比较偏执较真，不怎么会曲意逢迎，在单位里一直苦熬着晋升不了。宋父把他领回家后，给他介绍着家人。不过他看得出，养母并不是很待见他，甚至埋怨宋父自作主张。原来，宋家本就有一个十岁的男孩。

"宋墨，他以后就是你弟弟，你要多让着他。"宋父没有搭理宋母，爱抚着宋海洋的脑袋，让他跟哥哥宋墨住在一起。宋墨是宋父的寄托，可是宋墨从小就对舞文弄墨不感兴趣，胸无半点文墨，倒是对舞刀弄枪兴趣盎然。

他怯生生地喊了声"哥"。宋墨和宋母一样，不喜欢他，当着父亲的面，只是哼了一声表示应承。宋墨觉得宋海洋是来跟他抢夺玩具，抢夺他的房间，抢夺父母的爱，反正不能给宋海洋好脸色看，最好能让宋海洋知难而退，离家出走。可早已懂得冷暖自知的宋海洋很是知趣，晚上主动抱着被子睡到了卧室的地毯上，白天尽量躲着哥哥。寄人篱下，他也只能看人脸色，仰人鼻息。

"去，去衣柜里帮我拿来黑色短袖，我一会儿要去外面踢球。"

"装什么聋子，说你呢，外来的，去冰箱里给我拿瓶水。"

…………

宋墨经常颐指气使地指挥弟弟，甚至一些作业也丢给弟弟让他誊抄，弟弟能做的就是无条件地服从。一次，宋海洋作业抄错行，害得宋墨在教室出了丑，挨了骂。哥哥回家后关好卧室的门，直接一拳就把弟弟放倒在床，捂住他的嘴，上去又是几拳，让他好好长长记性。宋海洋不是没有想过反抗，可是他明白自己的处境，一个人欺负他总好过福利院好多人欺负他，好在他现在有了家的归属感，不再是一棵没有根的野草。养父也还是比较疼他，简直视若己出，对兄弟俩一视同仁。

宋父在家时，很少和宋母交流，经常一个人待在书房作画。他天生悲天悯人，爱好文艺收藏，是一个极有浪漫主义情怀和理想化的人。在拜高踩低、功利世俗的现实里，耿直的他不屑与之同流合污，也不懂得人情世故，不喜应酬，难免人生失意，单位里挣着死工资，外面撑着一个半死不活的画室。宋母时常自怨自艾，恶言相向，"我怎么嫁了这么个没本事的男人，就知道假清高。你去看看跟你同时进单位的，现在哪个不比你混得好！现在又往家里带拖油瓶，这就是你让我们娘儿俩过得好日子！"

宋父只管作画，充耳不闻。宋母气得追骂："画的都是什么玩意儿，收垃圾的都嫌纸脏。老宋啊，你可真把自己个儿当画家了！也不怕亲戚朋友笑话，我跟你可丢不起这个人……"宋父也懒得去辩驳，在书房的案几旁手把手地教宋海洋写毛笔字。他一直都希望自己的孩子能够继承他的事业，可惜宋墨天生对作画索然无味，在和福利院副院长一次吃饭中，他知道了宋海洋，一个懂事听话的孤儿，却对画画极度着迷。宋父还在暗中偷偷观察了几天，福利院的墙上画满了他的稚作，他连连称赞，"是个好苗子！"

宋父很喜欢这个孩子，但是不符合收养政策。一向很少求人帮忙的他，为了收养宋海洋费了很大的周折，低头弯腰，送钱搭礼，最后还是副院长找领导开了后门，钻了政策的空子，把孩子户口落在了宋父没有子女的哥哥那里。

宋海洋进了宋墨所在的小学。宋墨本就是不爱学习爱闹事的孩子王，突然多了一个没有血缘关系的弟弟，在学校被人议论着，让他着实没有面子。他尽量不与这个弟弟碰面，即使撞见也装作不认识，不想让他的死对头拿此做文章。在孩子们的世界里，其实也存在着一个难以言说的复杂小社会。

宋海洋在福利院早已懂得察言观色，祸从口出，所以他从来不在别人面前提关于宋墨、关于新家庭的任何事。但是流言蜚语还是会见缝生长，也总有太过无聊的人乱嚼舌头根子找乐，捕风捉影，煽风点火。很快就有传宋海洋是宋父在外面的私生子。

宋墨但凡听见有人议论，就会气急败坏地上前大打出手，回到家关上卧室门，再找宋海洋出气，"都是因为你，你怎么还不滚！"宋海洋也只是抹眼泪不说话，他不想再回到冷冰冰的福利院当孤儿。

人在屋檐下，怎敢不低头。

好在他平时表现尚佳，宋墨也只是拿他出出气，也没有真想赶他走的想法。其实除了传言，他也想不起宋海洋有什么真正让他厌恶的地方，听话，知道自己的外来身份，对自己没什么威胁，任自己怎么欺负他都不反抗。慢慢地，他对宋海洋的态度也就有所好转。

兔走鸟飞，转眼又是一夏。午后的河边，总能看到脱得精光的宋墨一众孩子在水里嬉戏打闹。宋海洋坐在岸边的树下看衣服，看着他们在河水里扑腾着水花。宋墨和他们在水里比憋气，比谁游得快，不甘人之后，偶尔也得意地示意岸上的弟弟。几个人往往玩得筋疲力尽才上岸，宋墨总是嘲笑他们发育慢，自己还会在水里多游会儿。

就在大家嚷着要回家时，在深水处的宋墨突然腿部抽筋剧烈，他想拼命游回岸，可是腿部根本使不上力，慌乱中开始呛水。岸边有人看到了还开玩笑："你看他，赖着不想回家，又想诈我们。"其他人也跟着起哄。但是没一会儿，大家开始觉得不对劲，可深水处没有几个人敢去，还有人惊恐地想趁机溜走。

宋海洋甩掉鞋，挣脱开衣服，冲进河里，很快游近快要沉水的宋墨，从后面抱住他不断下沉的身体。也不知道宋海洋哪里来的力气，侧泳着把他往岸边带，幸好浅水处有人接应，最后拖曳到了岸上。

晚上宋墨抱着夏凉被说："弟，你去床上睡吧，今晚我睡地上。"宋海洋第一次听他喊"弟"，出乎意料地难以接话。宋墨轻拍了他的肩膀继续说："白天的事情，谢谢你了。"

"哦，没事。"宋海洋还是把"哥"字憋回了嗓子眼。他在福利院时学过游泳，一些生存技能他从小就比别人学得用心，这样才能给自己安全感。

在学校里，宋墨开始很大方地承认二年级一班的宋海洋是他亲弟弟，谁都不可以欺负他。放学后，他就坐在宋海洋教室外的台阶上，等他下课，带他去玩然后一起回家。宋墨带着弟弟他们偷跑进果园里摘苹果吃，站在树杈上把一个大红苹果扔向弟弟，宋海洋笑笑接住了苹果，在衣服上蹭了蹭，咬出一大口汁液。

晚上，两个人平躺在大床上讲过去现在将来的事，宋墨突然提到："弟，后天好像就是你的生日，哥带你去玩。"宋海洋没有生日，宋父就把他第一天进家的日子定为他生日。生日中午，宋父亲自下厨给他煮长寿面吃。

"我们的海洋，今天十岁啦，生日快乐！"宋父送了他一盒染色蜡笔，专门托朋友从上海捎回来的。下午他还带着两个孩子去了动物园，还买了很贵的海洋馆的门票。他们看着各种稀奇古怪的动物都惊呆了，尤其在海洋馆里他们摸着面前的玻璃，好像那些鱼儿在跟他们打招呼。

回到家后，宋海洋正趴在床沿看连环画小人书。宋墨走过来翻了翻书名，"《后羿射日》，弟，你改天就把我画成后羿！"然后从背后拿出一个精致的哪吒彩陶，上个月他们逛百货大楼时宋海洋曾驻足看过几眼，只是碍于价格太高。"哥也没什么送的，生日快乐！"宋海洋知道，那是宋墨用存钱罐里的所有零花钱买给他的，他眼眶都湿了，因为他知道，宋墨已经从心底接受了他这个弟弟。

春去冬来，寒来暑往，宋海洋的画技也在不断提高。宋父让他多去观察外面的世界，寻找灵感，也让他去找别的老师学画。那时，街上的女人爱穿红色的健美裤，男人们抢着穿喇叭裤。周润发的《上海滩》在1996年播出时，万人空巷，许文强的黑风衣白围巾搭配很快成为时代潮流。

宋父对宋海洋的管教很严格，反而对上了初中的宋墨采取放羊式教育。周末上午，宋父拿出齐白石先生的水墨作品画册，让他去临摹上面的对虾。宋墨在窗台望着老爸骑着永久牌二八大杠的自行车去画室后，就跑到书房要拉弟弟出去玩。可是宋海洋犹豫了好半天，怕被父亲知道后责骂，但最后还是拗不过哥哥，跟着他去了电子游戏厅，后来还跑到录像厅看了一场香港黑帮电影。

等他们回家时，发现宋父怒火中烧地端坐在书房，双手握拳，瞪着宋海洋没有画完的对虾。"跪下！"宋父还秉承着传统文人教育子女的方式，拿着一板戒尺，啪地落在宋海洋的腰臀上，声音出奇响亮。

宋墨连忙去挡，"爸，是我拉着弟弟去外面玩的，不怪他，要打就打我。"

宋父一把推开长子，只是打宋海洋，"没有自制力，经受不起诱惑，以后还怎么作画！"他让长子离开书房，"这里没有你的事，该干吗干吗去！"

宋海洋挨了十几下，只是咬着牙忍着没叫，可身上的红印一晚上都没消。这次的惩罚还要画十幅对虾，稍不用心的画纸就被宋父当场撕掉，书房里的灯一直亮到了凌晨三点。宋海洋回到卧室发现宋墨也还没睡，他看着弟弟身上的红肿，一脸歉意地说："弟，对不起，都是哥害你的。"宋海洋笑着说："一点都不疼，爸就没用力打。是我想跟着哥一起玩，不怨哥。"

夏末的傍晚，小区内的孩子经常聚集在一起玩耍，男孩子在路上比赛滚铁坏，握着自制的水枪分伙儿滋水，弹玻璃球、往地上摔画片样样在行，商店的小贩还把避孕套卖给他们当气球吹。女孩子喜欢跳皮筋，玩过家家，找男孩子一起玩捉迷藏。

宋海洋以前也不例外，这些宋墨都曾带着他玩过。现在他喜欢
跟着哥哥去玩滑旱冰，去看广场的露天电影，冬天在冰上甩陀
螺。邻居歆羡地说："宋家这两小子，从小形影不离，好得跟
一个人似的，再看看我们家那两个倒霉孩子，每天就知道打架。"
宋海洋已经忘了他曾是福利院的孤儿，他现在是宋家的次子，
宋墨的弟弟宋海洋。

在世纪之交的 2000 年的七月，宋墨参加高考失利，宋父决
定让他去当兵。可是当时省内入伍名额紧张，宋父只好再次大
费周章地去找关系，求人帮忙，最后在花了不少钱的情况下，
总算如愿让长子入伍参军。

宋墨穿着军装抱着弟弟说："好好画，听爸的话，等哥回
来！"

宋海洋第一次哭得那么难过，感觉有什么东西突然坍塌了。
他抱住哥哥不让走，"我还想跟着你一起玩儿，咱们的游戏还
没有打到最后一关……"

宋墨背过身，揉着发红的眼睛，最后还是走了。

2003 年，宋海洋以省内艺考第一名的成绩考上了位于西城
的省内排名第二的大学。

可是在 2002 年的夏天，宋墨退伍后与朋友外出聚会，意外
帮以前的老朋友出头，对当地的地头蛇大打出手，结果把对方
打成重伤。受重伤的人在法院起诉宋墨，坚持追究他的刑事责任。

最后，根据刑法第二百三十四条规定，宋墨被判处有期徒刑五年。

29

凌水倚在窗框边，抚摸着手里的三头六臂的哪吒彩陶，约三寸高，长期把玩有些发亮，"我现在很羡慕初澜，还有些嫉妒，女人嘛总爱有所比较，不过还是希望她幸福。"

"你完全可以过得很好，只是你一直不肯放下。"宋海洋收拾妥当，只等油画晾干，"我想去看城市的夜景，有没有兴趣陪我跑步去南山山顶？"

两个人换好鞋服后出发，八点的夜色还没有浓墨开，他们并肩穿过梧桐街道，拐过放着广场舞音乐的广场，路过熙攘的夜市，还有高楼大厦，大街小巷。他们趴在高架桥上吹着夜风，宋海洋的后背衣服紧贴皮肤，颜色被汗水加深，"从这里到山顶还有三公里，不如我们比赛，看谁先到山顶。"喘息的凌水伸手示意，然后就抢先开始朝南山奔去。

南山位于西城的北面，是一座海拔五百多米高的绵延丘陵，现在是南山自然公园。他们从不同方向朝山顶进发，凌水气喘吁吁地爬到山顶凉亭时，宋海洋已经坐到了凉亭外的花岗岩上，眺望着大半个西城的夜景。星星点点的灯火连成线，不知道是谁拿着一把梭子把根根经纬线织成光面，然后缀补在连着天地的黑色巨袍上。

"你输了。"凌水顺势坐到了他旁边，宋海洋粲然一笑，把一瓶冰镇矿泉水递给她。

"我认输，不过，我下次继续挑战你。"凌水擦了擦额头的汗，喝了一口冰水，然后把瓶子冷敷在脸上。

"你还是没有认输，凌水，从我认识你的第一天起，就觉得你是一个不可能认输的人，现在依旧是。"

"可能是吧，我觉得一个人认输了就会被动，我不喜欢被动地活着，那样没有安全感。"

"可是，人有的时候要认输，认输不是认怂，更不是放弃，而是以退为进。"

"我懂你的意思，我争强好胜惯了，一直对生活不认输，对工作不认输，对梦想不认输，以为这样就可以过得主动安全些。如果我认输，向现实妥协，那么我会把自己陷于被动的境地，说得严重点，就是人为刀俎我为鱼肉。这样的事情我已经尝试过了，在现实中摇尾乞怜，意急心忙，低头认输，出卖自己，结果悔恨至今。"

"我给你讲个故事吧，在我长大的镇上，有一个俊秀的男孩，七岁的时候读了安徒生的美人鱼故事，然后就沉浸其中，一发不可收拾地迷上了美人鱼。他坚信世界上是有美人鱼的，而且他也会变成美鱼男，他不准家里吃鱼肉，污水池里的鱼也会捞

回家用清水养，他要善待他的同类。家里认为他还小，有一个
童话世界没什么。可是等他长大，上了大学，他竟然还在执着
美人鱼的梦想，买了火车票，坐绿皮车到了烟台海边，在岸边
等了几天都没能等到美人鱼。又过了一年，他又坐火车去了厦门，
然后就坐在海边的礁石上等了一天一夜美人鱼，可最后什么也
没等到。

"家里人听到他在学校的池塘里穿着自制的鱼尾服游泳的
消息时，觉得他疯了，不是一个正常的人。周围人也在骂他变态，
女朋友忍受不了压力跟他分了手。理解他的朋友劝他，放弃这
个梦想吧，跟他们一起打球，玩游戏，没有人再会觉得他是一
个神经病。他摇摇头拒绝说，他没有妨碍任何人的生活，只是
做自己想做的事情，和多数人不一样就该是神经病吗？

"他依旧穿着鱼尾服在水里畅游着，鱼尾上下左右地摇摆，
真的像极了一条美人鱼。后来他考了潜水证，他的事情也慢慢
扩散开，很多水族馆高薪请他去表演。他说他还要坚持梦想，
还要去寻找美人鱼，哪怕走遍全世界的海岸。"

凌水掏出烟盒，点了一支，半晌没有说话，讲完故事的宋
海洋陪她一起静默地眺望远处的夜景。

凌水用手捻灭了烟头，"一个好特别的男生，虽然我不懂他，
可是却很欣赏他。海洋，我或许一直就是错的，错得毫无知觉，
梦想在我这里成了无穷尽的欲望。从小我的梦想就是成为一名

作家，希望很多人能看到我写的文章，然后都能够喜欢上。可是，后来我太着急了，急功近利，自以为是剑走偏锋，反弹琵琶。张爱玲说，出名要趁早。我一直都只是在理解字面意思罢了，结果是画虎不成反类犬。当我认识你以后，我就开始发觉自己真的错了，我抛弃了梦想，一直追逐的其实是个人私欲。"

"我爸是个很传统的文人，他一辈子都在钻研画作，从来没有想过一夜成名。他常对我说，大方无隅，大器晚成；重剑无锋，大巧不工。"从小到大，宋父一直秉承着日积月累，水滴石穿的教育理念，他希望宋海洋戒掉急躁，能够高瞻远瞩。虽然他明知宋海洋在绘画方面有着极高的天赋，但是他也深知方仲永的不幸。在宋海洋多次获得省市级书画赛事的前三名时，他总是拒绝媒体的采访，并不想让儿子过早暴露于公众面前。

"所以我要谢谢你，《西城孤独》从我接手至今，是你一点点帮我剥离了黏附在梦想上的欲望，让我回归了最初写作的初衷。"这几年，宋海洋每天都会坚持两个小时以上的创作，几乎从未间断，作画已经成了他生命必不可少的一部分，从血肉融进灵魂，在灵魂深处和画纸对象惬意地交谈着。

"不用谢，你也帮我不少。你给我的稿费，足够我在这座城市安身立命。"

"你约我出来跑步，应该不只是跟我聊这些吧。"凌水话锋急转，"我猜到你要说什么了，是关于思远对吧？"

"对，"宋海洋泰然自若，"我知道，我不能说服你重新看待认输这个概念，我也没有办法给你安全感，但是我还是要说的，认输并不适用于任何情境，比如感情，爱情里本就没有输赢，你不想认输结果就是输了。"

"我猜，思远找你聊过。"

"是。"

"现在十点五十，还不算太晚，我想下山去喝点酒。"

"渡口酒吧，我请你。"

"还有十分钟关灯，请大家抓紧洗漱上厕所。"列车员在过道里向大家通告，同时拉好每个车窗的窗帘。列车轰隆隆地在蜿蜒的铁轨上奔驰，过山，过桥，过田野，过无尽的黑暗。

十一点，车厢里只剩下微弱的指示灯和手机光，初澜和云恺分躺在两个相对的下铺。上铺的人戴着耳机在听歌，手里把玩着新买的诺基亚手机。2004 年手机竞赛拍照，2005 年手机侧重音乐，2006 年手机智能化，不仅仅是手机，任何事物都在时间的洪流中变化着，但是初澜希望她的爱情能够一直稳定地走下去，太大太快的变化会让她难以适从。

云恺伸手过来牵住她的手，两个人隔着窄窄的过道对视着，靠向窗户的脑袋明显感觉到了铁轨和车轮的震动。

"初澜，闭眼睡觉啦，明早我喊你起来。"云恺还是没有松手，他要看着初澜入眠。

初澜闭上眼，久久不能成眠，手里感受着来自云恺身体的温度，那温暖足以融化黑暗中的恐惧。她从小就怕黑，可又始终无法征服黑暗。当初她选择搬出宿舍在外面独居也是犹豫了好长时间，原本以为自己会彻底忘掉那个夜晚，忘掉小念姐那张微笑的没有气息的冰冷的脸，忘掉关于这一切的一切，可最后却不尽人意，不如人愿，有时候她还是会梦到小念姐，梦到地板上的那摊血。

初澜一直不明白是什么样的力量和意念能够驱使小念姐慨然赴死，她恐惧这样的力量和意念，这么多年，她宁愿相信外界传言，小念姐是中了蛊毒，中了邪。小念的父母在小念火化的时候还在问初澜，小念死之前都说了些什么，怎么可能没有一丝征兆，没有写任何只言片语的遗书。

小念姐临死前，只是问了初澜懂不懂爱情，那时候的她真的不懂。所以从那之后，像恐惧那股神秘的力量和意念一样，她也害怕爱情，不想因为爱情丢掉性命。上高中大学，喜欢她的男孩子也越来越多，时常收到情书、鲜花以及各种礼物，可她始终迈不出第一步。看着很多人沉浸爱情，相携走入婚姻殿堂，她才明白，爱情大多数情况下还是很美好的，或许是小念姐因为其他的缘故才放弃掉自己的生命，终究是未曾可知。

后来遇到有好感的男生，一段时间不怎么联系也就陌生了。

可是当她上大学认识路伊鸣后，却慢慢地开始体味喜欢一个人的感觉，像是掉进沙坑，越是挣扎就越是往下陷落，旁边明明有绳子，却总是放弃自救。两年的暗恋就在她的观望不主动和害怕被拒绝中悄然而逝，她还没有来得及去触碰爱情就被裁判宣布淘汰出局。认识云恺是意料之外的事情，和他恋爱更是意外之外的意外。

云恺已然进入睡梦中，在狭小的空间里身体侧卧，双腿拢曲，恬然入睡的表情还像是稚气未脱的孩子，牵着初澜的手依旧没有松开。

枕边的手机震动了下，是兰木发来的问候信息，让初澜到哪里要随时告诉她，不要走丢了，尤其小心云恺，不要被他在新疆卖掉。

"你看好你家韩子铭就够了，早点睡觉，晚安。"回完短信的初澜重新闭眼入眠。

火车走走停停，到站时会有人离开，空的位置又会有新上车的人坐上去，夏青一个人坐在靠窗的位置，却从未动身。硬座车厢里彻夜灯火通明，热闹嘈杂，推着小货车的列车员叫卖着，一次次艰难地穿过被占用的过道。

午夜十二点之后，就再没有小货车出现。夏青喝光了矿泉水，正焦灼地等着列车员补卧铺票的广播，她开始后悔此番大费周章地跟踪，一时的冲动算是逐渐退去，她要重新计划和考量，决不能便宜了初澜，誓死夺回云恺。在她心里，初澜就是她和云恺闹别扭时乘虚而入的第三者，"这个小三，狐狸精！以后一定要她好看！"

30

凌晨一点的渡口酒吧，依旧人声鼎沸，灯光昏暗却又缤纷五彩。在民谣的歌声和打击乐中，众人觥筹交错，推杯换盏，在游戏中把酒言欢，用酒精麻醉着各自内心的寂寞；也有的独自一人，安静地躲在角落里，细斟慢酌，吸着阿拉伯水烟，吞吐着白色孤独，观望着狂欢。

凌水和宋海洋相对而坐，他们面前已经摆了十余个空啤酒瓶。凌水从点酒喝到现在，几乎没怎么和宋海洋聊天，两个人在不停地发呆，沉思，碰杯。

啪一声，凌水没注意，一只啤酒瓶被她的胳膊碰到了地上，只有几束好奇的目光朝这里瞟了下。

"凌水，你喝多了，我送你回家。"凌水的头发披散着，挡住了大半个脸颊，也藏住了她的表情，但她的肢体动作明显地失去了灵敏和平衡。

"我还没尝到你调的黑曼陀罗，怎么可能醉？"服务员很快就收拾掉了地面上的玻璃碎渣，凌水把头转向服务生说，"你说，我有没有醉？"

宋海洋架着凌水走出了渡口酒吧，"喝醉酒的人果然会变得很重。"无奈的他只好让凌水的胳膊搭在他的肩膀上，他的左胳膊紧夹在她的腋下肋骨处。

"上车！"一辆黑色大众正好停在宋海洋面前，从驾驶座下来的陆昊绕过车头，打开了后排右侧车门。原本要喊出租车的宋海洋没有拒绝，和凌水一起坐到了车的后排座位。

"陆警官辛苦，这么晚还在工作。"宋海洋早在酒吧里面就瞄到了角落里的一双敏锐眼睛，两个多小时捻灭了三个烟头，喝了两罐红茶饮料，上了一次厕所。

"为人民服务。我去给朋友送东西，正好开车路过这里。现在不是工作时间，直接喊我陆昊就行。"穿着便衣的陆昊抬头看了一眼后视镜，恰好和镜子里的后排左侧眼睛匆匆对视，"你们在酒吧喝得这么晚，是参加什么聚会吧。"

"没有聚会，算是个人消遣而已。"宋海洋照看着一旁喃喃自语的凌水，"听说陆昊警官下班后也去酒吧，不如改天来渡口，我调酒请你喝。"

"我偶尔周末会去，渡口我还没来过，下次一定！"陆昊欣然答应，心里却开始嘀咕，哎，百密一疏，我肯定露馅被这小子一眼给识破了。果真是个聪明人，原来一直在陪我演戏。看着前方路况的陆昊能隐约感觉到后视镜里有一双警惕的眼睛在不经意地观察自己，想要读取他主动靠近他们的意图。

"啊——"凌水突然吐了起来，陆昊紧急找地方停下车，由于车窗没有及时摇下，她吐了一车，车里顿时有了一股很大的异味。陆昊从后备厢取出了矿泉水帮凌水漱口清洗，汽车只能等到天亮找洗车店了。

安抚好凌水，简单清理了下车座，三个人又重新坐回车里。陆昊握着方向盘继续驱车前行，"她如果有什么任何不适，马上告诉我，我直接开车去医院。"

凌水还没有清醒，脑袋靠在了宋海洋的左肩上，"不打紧，她就是喝多了，直接开车送到她家里就行。"懂得一些医理的宋海洋表现得很平淡，倒显得陆昊有点小题大做。

陆昊把车停在凌水家楼前，然后打开后排车门，帮衬着宋海洋把她扶回了家，宋海洋用早已从凌水口袋里掏出的钥匙打开了房门和卧室门。

"她吐得衣服上全是脏东西，我记得她的房客是一个女生，只能喊她出来帮忙了。"

"初澜她不在家，外出旅行去了。"

不知所措的陆昊眉头紧锁，突然看到了挂在衣架上的黑色领带，咬咬牙只好说："我们两个男的……要不你指挥我，我帮她换衣服。"原本打算自己去换的宋海洋看到这么积极的陆昊，耸耸肩表示谁换都无所谓，点点头答应。

陆昊扯下领带蒙住了自己的双眼，在脑袋后面打了紧结，摸到了凌水运动 T 恤的下摆，然后尽量不去触碰她的身体，一点点帮她朝脖颈处卷起。

衣服刚卷到锁骨处，就突然被一个刚进卧室的男声打断了："你们在做什么！咦，宋海洋，你怎么在这里？"

被惊到的陆昊的左手突然落在了凌水的右胸上，慌忙直起后背，抬手去解脑后的扣结。

"凌水姐她喝多了，我们刚送她回来。初澜她又恰好外出旅行，所以只能我们换下脏衣服。"

陆昊感到脖颈和脸颊有些微烧，左手握着领带，伸出右手打算去握面前男子的右手，"实在抱歉，不知该怎么称呼？我是西城公安局刑侦队的陆昊。"

"我是凌水的……男朋友，不过应该很快就是前男友了。我叫思远，你好。"两个人礼节性地握了握手。

"你别误会，我是碰巧遇到，跟凌水也只是朋友而已。"陆昊感觉到后背有汗渗出。

"怪我没有表述清楚，谢谢你们送凌水回家。"思远上前准备给凌水换下脏衣服，陆昊和宋海洋会心一视，走出卧室去客厅里等候。等思远安抚好凌水后，三个人坐在客厅沙发上闲聊了几句。

"我晚上十点坐车刚到，回来发现凌水不在家，打电话关机,一直在家等到了十二点。实在着急就去她的公司和她常去的地方寻找,可是哪里也没有找到。没想到一回家,就看到你们送她回来了,实在感谢。"思远倒水的时候,多瞄了几眼陆昊,他一直没有听凌水说过她还有公安局的朋友。看陆昊刚才着急的样子,似乎对凌水很上心。他的外形很是出众,俊朗的外貌,强健的体魄明显胜过了自己,言谈举止得体,工作体面,是很多女人喜欢的类型,莫非他正在追求凌水……

陆昊从思远的眼神里读到了不解和警惕,他倒水的动作明显向自己传递着一个讯息,他是这里的男主人,如果再待下去就是冒犯他的领地。男人的直觉告诉自己,思远已经开始误会他跟凌水的关系。倒是宋海洋一脸的无所谓,翻看着杂志,不动声色地观赏着两个男人的内心博弈。

"已经很晚了,我明早还要上班,就不打扰了。"陆昊起身摆手拒绝了茶杯,宋海洋也跟着站起来辞别。

思远送到了门口,一直等他们俩消失在楼梯拐角才关门。陆昊打开车门准备要走,宋海洋站在他身后说:"陆警官,谢谢你的顺风车,下次来渡口,如果想喝酒的话记得不要开车。"

"没问题。"陆昊礼貌性地笑了笑,"我听说你是一个很厉害的低调画家。我从小也喜欢画画,可惜没什么天赋,没想到十多年后我竟然成了警察。当我面对犯人时总庆幸自己虽然没能当成画家,但人生的路还算没有选错。不过,我现在还是对画画充满兴趣，改天还请画家多多指教。"

"一定一定，不过我不是什么画家，充其量是画手而已，谈不上指教，就是相互切磋而已。"

宋海洋是陆昊接触过的为数不多的极有涵养的大学生，他的身上有着时尚前卫与传统流风相融合的气息，头脑清晰，心思缜密，却又简单随和，难以猜透他内心的真实想法。不过，陆昊还是很喜欢跟他打交道，欣赏他这样聪慧的表现，而不是自作聪明地用愚笨来掩藏自己。几次交锋后，陆昊开始享受这种博弈的紧张和刺激感，他预感在以后会有更大的博弈和震撼的事情发生，心里面莫名地有了期待。

"改天见！"陆昊开车离开了，脑海里突然飘过了刚才给凌水换衣服的画面，没一会儿，理性的电流迫使他晃了晃头，驱散了画面专心开车。之前，陆昊自作主张前来调查，被队长知道后，对他破口大骂："陆昊，你是警校毕业的吗？自作聪明，自以为是想证明自己很蠢吗？无组织无纪律，就你这智商，连对方没有任何学历的小弟都不如！你这样打草惊蛇，就不怕害死我们的弟兄吗？这个案子办砸了，我看你怎么向组织交代……"

进入职场两年的陆昊一直庸庸碌碌，感情不顺，最近还和女朋友分了手。这次他也是想急于立功，证明自己的实力和存在的意义。对于办案他也有自己的一套思路，并不是队长说得那么不堪。可队长没有给他任何机会解释。走出办公室时，他心里暗暗发誓，一定要让队长对他刮目相看！

"站住！"刚走出门口一步，陆昊就被队长喊住了，本以为队长想明白要听听他的想法，结果队长又是一吼："把门带上！"

而现如今的监视和跟踪，也是队长"将错就错"的安排，他也正好借机实施自己的策略。

思远站在阳台上，目送两人离开，思虑了片刻才转身回到卧室去照顾凌水。

不一会儿，凌水卧室对面的窗户亮起了微弱的烛光。

"看来又得去买电，你每次来我这里都是黑暗。"宋海洋还是翻出了一支蜡烛，"最近陆昊盯得我比较紧，可惜没有任何用处，因为有你帮我盯着他。"

"那是，老板最近让我们不要有任何动作。他怀疑我们的人里面混进了细作，陆昊可能就是警方迷惑我们的烟幕弹。不过警方盯上你，很有可能会顺藤摸瓜地查到我们，幸好你也没有直接参与生意，他们查你也无妨。"纪凡就着烛火点了一支烟，看着画架上的油画。

"陆昊应该刚从警校毕业没多久，我感觉不到他有任何的办案经验，现在都懒得跟他玩游戏。"宋海洋想到了陆昊第一次上门询问情况时，全然没有任何问话的技巧和套路，没有快狠准的眼神，反而太过诚恳和循规蹈矩，根本获取不了一丁点有用的信息，弄得自己都有点心疼他，怀疑他完全是凭关系进的刑侦队。

"你这幅画里的人，我好像在哪里见过，却又一时半会儿想不起来。不过，身材看起来确实棒极了。"纪凡杵在画前，仔细端摩，"等以后想起来再说，最近被生意搞得焦头烂额。"

"她是住在我对面的朋友，在顾氏公司里工作，你见过是肯定的。"宋海洋站在窗户前，对面已经一片漆黑，清凉的夜风让他感到了一丝丝的寒意，"老板最近想让我直接参与生意。"

"我会帮你拒绝老板的，我的意思还是不希望你越陷越深，我也不会让你过多参与我们的买卖，这条路走不到底，走到底也是黑。"

"走到现在也只能继续，我知道的东西太多了。停下来的话，任何一方都不会放过我，要么被光明吞噬，要么被黑暗吃掉，你告诉我，我还能选吗？"

"我和你们哥儿俩一起长大，我就是觉得很愧对你哥，没能做到好好照顾你，反而让你走上了不归路。等他出来拿刀捅死我，我都难以谢罪。"

"那就一辈子不要告诉我哥，我自己选的路，不怪任何人。你别忘了，我现在离了老板，也不会有什么好下场，毕竟证据都在我这里，我知道的太多了，他们肯定不会放过我。他们现在拿药物控制我，不就是希望我能守口如瓶吗？而且，我弟还需要我照顾，他现在在澳洲留学，正是需要钱的时候。"

"真的想不明白，你都已经是宋墨的弟弟了，为什么还要去管以前的家庭？他们根本对不起你。"

"可是，我弟是无辜的，他现在是唯一与我有血缘关系的亲人，当年如果不是我被抛弃，那就是他被抛弃，那我情愿是我自己。"

窗外的刺槐枝叶在风中婆娑着，树杈上蹲坐着一只黑色的猫，发亮的眼睛机警地瞪着他们，树下的街道点燃着几盏微弱的橘色灯火，在万籁俱寂的深夜等待着黎明。

"中秋节，你打算回家还是留在西城？"

宋海洋想起来还有两天就要过中秋节，他打算先回家一趟，然后再去监狱探望宋墨。桌上的蜡烛突然被窗口的一阵冷风吹灭了，房间里又陷入了一片黑暗，不见五指，窗外树上的黑猫也不见了踪影，倒是远处星星点点的灯火还在温存着西城的夜晚。

31

黄沙远上白云间，一片孤城万仞山。

清晨的阳光从车窗飘洒进来，列车已经驶入甘肃境内，四野苍茫，人烟稀少，地面的植被覆盖稀疏可见，到处都是大面积裸露的岩石和土壤。

在经过一截长长的隧道之后，初澜惊奇地看到丹霞地貌，起伏和缓的山地丘陵造型独特，在自然光的映射下呈现出色彩斑斓的叠层，比书本电视里看到的还要气势磅礴，神圣静谧，似真似幻，简直美得不可方物。

还没有睡醒的云恺揉着眼睛被初澜喊起来看风景，"大懒虫，昨晚是谁信誓旦旦地说早晨喊我起床的？"

云恺陪初澜看了会儿蓝天白云，河谷山脉，还是困倦不已，低头眯着眼看了看腕表，还不到七点，接着打了个哈欠，起身几步摔躺在卧铺上，"等我再睡会儿一定喊你起床。"

"都睡了一宿儿，还困，你真的是猪转的！"初澜只好放过他，独自看窗外的风景。

其实，云恺几乎一夜未眠。凌晨一点，他起夜上厕所时看到了手机里的短信，读完后细思极恐，他完全没料到夏青跟了来，竟然还是隔壁车厢的车票。他沉思片刻，决定删了短信就当没看到，可当他拉开隔绝过道的推门时，却看到夏青在过道的座位上正襟危坐，眼睛直直地盯着自己。他揉了揉眼，叹息地拍了下脑袋。

两个人站在车厢的连接处，看着车窗外黑黢黢的一片，偶尔闪过几点光亮。

"你怎么知道我们要去新疆，我跟你已经彻底分手了，你到底想怎样？"

"你们可以去新疆，我为什么就不能去？你们是游客，我也是游客，大家各玩各的，我又没碍着你们秀恩爱！"

"你现在怎么变得越来越胡搅蛮缠，不讲道理！那好，既然你自己说大家各玩各的，那我们就不要相互打扰，好吗？"

"云恺，论长相，论身材，论家世，她初澜哪里比我强？你不要再被她迷惑下去了，你再执迷不悟的话，前途都会被她毁掉的！为了她，放弃去美国留学和生活，值得吗？"

"对，她是什么都不如你，可她知道善待爱情，忠诚爱情，不会背叛。还有我不出国，跟初澜没有任何关系。我不想离开西城，离开中国！"这两年，顾父时常提起要云恺出国留学，为此还在美国加利福尼亚州的洛杉矶购置了房产，房产证上只有云恺的名字。就在开学初，顾父还专门跑到学校询问办理转学手续的事宜，也托了不少关系。他知道后，很是反对，他一点都不想去异国他乡，更不想适应陌生的新环境。为此父子俩各执一词，还闹了一段时间的不愉快，好几天不说话。

夏青的小姨是西城办理出国留学权威机构的负责人，顾父曾宴请夏青的小姨拜托云恺出国事宜。夏青得知后，认为这是促成他俩和好的机会，以前小姨也提过让她去美国留学。如果借此机缘自己也出国，这样就可以在美国和云恺重新做同学，初澜自然被淘汰出局，然后，自己和云恺在异国他乡就会再次开始一段浪漫的爱情，然后携手一生。

然而现实的残酷总是会抽醒做梦的自己，夏青没想到云恺是那么排斥出国，她觉得肯定是初澜在背后万般阻挠。而事实却是，初澜根本不知道关于云恺出国的任何消息。

"我知道，你不想让初澜知道我也来了。我还猜到，初澜应该还不知道我和你发生过关系吧。"夏青不得不出此下策，胁迫云恺。

"夏青，我真后悔认识你，你真的太可怕了。"云恺狠抓着头发，靠在冰凉的金属墙壁上，恨恨地想起了那夜在宾馆开房的事情。当时他和夏青还是比较要好的同学关系，他们在酒吧聚会完已经来不及回学校了，只好去了附近的宾馆。在大家的哄闹中两个人住进了一个房间，单独封闭的环境下，两人还喝了不少酒，情到深处时发生了关系，却没想到会成为日后自己被胁迫的把柄。

云恺陪着夏青在两节车厢的连接处一直站到了凌晨五点才回去睡觉。而这一切还是没有瞒过初澜，她以前根本不明白女人为什么总是强调自己的第六感如何准确，现在终于明白那不过是太在乎罢了。

云恺还在呼呼大睡，初澜面窗而坐，眼泪不禁地流了下来，她多么希望云恺刚才向她解释，说什么自己都会相信的，哪怕是撒谎，可什么都不说最让人难过。云恺不知道，他的起夜惊醒了浅层睡眠的初澜。她听到了过道里微弱的对话，看着表等了半个多小时都没见他回来，最后不放心地再次起身，在车厢的连接处看到了他和夏青相对而站。她小心翼翼地离开了，不想听不想看地躺回卧铺上，脑海里嗡嗡一片空白，直等到他回来都未能成眠。

丁零零，丁零零，凌水伸手去摸床柜，把闹钟蹭到了地毯上。

她抓了抓头发，努力睁开了眼睛，一束金黄带点淡粉的阳光从窗帘缝中投射进来，光束中悬浮着微小颗粒。已经九点，她回想起昨晚大概的情景，睡觉中依稀感觉有人对她说了好些话，却一句也想不起来，索性也懒得再去费脑筋。

房间里还是比较昏暗，墙角的绿萝沿着竹条搭建的网格爬满了相近的两面墙，它喜阴的性子倒是和凌水不谋而合。窗户右侧吊挂的常春藤也铺下一道绿色瀑布，卧室外的客厅厨房阳台，也都被绿色植物笼盖，开着粉色紫色蓝色的花儿，一些叫上名和形态各异的花草就在这个公寓里自由肆意地生长着，不受任何拘束。这几年，她除了写字外，也越来越想在楼下租赁一间临街店铺，开一家花鸟虫鱼店，侍弄花草虫鱼，远比与人打交道舒心得多。

"凌水，正好你醒了，我刚去楼下买了你爱吃的薄皮馄饨。"

思远轻轻推开门缝，探着脑袋，看到凌水睡醒了才整个身体挪到了卧室里，"昨晚你喝多了，是宋海洋和陆警官把你送回来的，现在好点没？"

"嗯。"

思远走到床边，伸手轻抚她的脸颊，"以后不要出去喝酒了，昨晚我真的很担心你。还有那个警察，也不知道是好人还是坏人。"

"是担心还是不放心？你都要结婚了，还要担心我做什么？"

思远没有回答，径直吻了过去，凌水闭上了眼，瞳孔里的液体冲撞着合上的眼睑，像是海水不停地拍打着岸边的礁石，弥漫着苦涩的味道。思远习惯性地抱住她，双手在她的后背解开了内衣的套钩。两人在做爱时，思远在她的耳边反复地说"我爱你"，可她的内心却再无一点涟漪。

两个人在家里一直待到了下午，凌水穿着民族风格的短袖和黑色的灯笼裤卧躺在书房的榻榻米上，旁边放着一杯茗茶，手里翻阅着阿来的《尘埃落定》。思远坐在一旁，弯腰伸出手触摸着一块地板上的裂缝。

"思远，我情愿你是老麦其土司的傻儿子，倘若我能有塔娜的美貌和睿智，那我们就可以结婚了。"其实她内心的潜台词还有一句，现实中她只是普通人家的女儿，不是土司的千金，没有丰厚的嫁妆，对他的前途也无济于事。即便自己是一个畅销作家，可以挣很多稿费，可在传统的思远父母看来，也是不登堂的野路子，远不如银行行长的千金贵重端庄。

"可是，结婚后的生活未必是他们想要的。我倒真的希望你是塔娜，这样就不用被一个傻子耽误青春。"

"我们相爱快五年了，你大学的时候，我们只能在各种假期见面，一年有三百六十五天，我们差不多能有十五天在一起，四年下来就是两个月。你毕业工作后，我们更是难得一见。最后我们没有输给时间，却败给了距离。你知道我为什么出租卧室给初澜吗？"

"我明白，凌水，是我对不起你。"

"一个人住久了，感情会冷，连房子都会变得冷冰冰的。有一天，我睁眼发现自己原来住在了古墓里，里面冷凄凄的，我冻得瑟瑟发抖，却找不到什么东西来取暖，更不知道墓的出口。我觉得我需要一个人来跟我做伴，哪怕是一个陌生人也好。"

"我说过让你住到我们学校这边，可是你就不答应。毕业了我想结婚照顾你一辈子，可是你还是不答应。"

"思远，难道你非要我说出真相吗？"

"凌水，我真的好奇是什么真相能让你这么犹豫。"

"马嘉恬，那个银行行长的女儿，真的是毕业才认识她的吗？"

"凌水，你这话什么意思？我都跟你说得很明白，我不爱她，是家里面逼婚，母命难违。"

"你还是没能学会说谎。"凌水从书里取出了一张照片，照片里思远和一个女生坐在校园的湖边忘情地拥吻，上面的时间是 2002 年 5 月 20 日。思远迟疑地接过照片，表情惊愕地说不出话来，内心一阵悸动，他预感到马上就会有一场雷暴雨。

"她就是马嘉恬吧，大一时你们就在一起了。"凌水缓缓地合上书，看着桃木矮桌上的鱼缸，里面只有一条圆尾斗鱼，从宋海洋那里讨来一直活到了现在，"思远，算了，都过去了，我也累了，这些对我已经不重要了。今天阳光很好，能不能陪我去外面走走？"

思远有些诧异，但还是点点头答应。

没有扎头发的凌水换了她爱穿的石竹色伞裙，上身套着千草色毛衣，脚上蹬着白色运动鞋。在思远眼里，她就像欧洲街头咖啡馆里怀抱一本书的诱人女郎，惊起路人内心的一圈圈涟漪。可是，他却没有资格再去拥有。

两个人坐在环城公交的最后一排靠窗位置，凌水的头发被微风不停地撩拨着，窗外的银杏树叶层层叠叠地挥闪着，像一只只振翅欲飞的绿色蝴蝶。两个人沉默不语，看着车窗外的纷繁世界。思远始终猜不透凌水这次的态度，按照以往，两人肯定会闹得天翻地覆，可是这次凌水却出奇地平静。

西城修建得越来越大，高楼大厦，鳞次栉比；老街旧巷，古色古香；交通网络，四通八达。凌水从小就在这个地方长大，熟悉又陌生。街口的馄饨摊位她吃了十多年，初中为了帮朋友和男生在人民广场打架，高二时为了买一本小说骑车逛遍了大半个西城的书店。两人在旧城区的双井站下了车，凌水的旧家就在这块儿，她已经五六年没有回来过。目之所及，还是破败的老样子，道路有些坑洼，周边的民居沿着窄小街道颓立着，街口的老人在树下围着象棋摊，挂在树上的鸟笼里的小鸟唧唧喳喳，年轻人早都搬离了这里在其他城区买了新房。这片城区渐渐没落成了城郊，亟待开发修整，不远处的西面就是那家令凌水难堪的倒闭钢铁厂，至今荒废着。

凌水在前，思远在后，默不作声的两个人隔着一步之遥，不到半米的距离却像是一道无形的天堑在两人之间划开了一条令人心痛的伤口，真想回到过去无所顾忌地去牵那只白皙的玉手。

凌水很早以前就想回老家看看，可是一直拖着，自从母亲过世后，父亲就独居在此。后来他做生意赔了本，把这里租了出去，一个人不知道躲到了什么地方，唯一能感觉到父亲存在的，就是每个月固定去银行往他的银行卡存两千元的生活费。她心里恨极了父亲，一个懦弱无能的男人，连自己的妻儿都照顾不了，恨屋及乌，所以也就一点不想再踏足此地。今天，她却不知不觉间带着思远来到自己童年生活的地方。

向南拐过一个路口，走进了一条小巷，小巷的最末端就是凌水家，紧闭的大门上面贴着出售出租的广告，上面的锁还比较新，地面也有打扫过的痕迹。她踮起脚尖，伸着胳膊去摸门上的横杠，取下了一把钥匙，这是她们家人习惯放钥匙的地方。

打开门以后，白墙黑瓦，虽然荒废已久，院子里的白杜和梧桐依旧繁茂，遮天蔽日，焊接的秋千横亘中间。水泥空地外都种满了没有修剪过的花草，爬山虎已经覆盖了一整面墙，绿叶尖上停着蜻蜓和蝴蝶。院子中间的半人多高的陶土大水缸里，水草疯长，里面竟然还悠晃着几尾金鱼。

还是以前的样子，记忆中的模样，几乎没有什么变化。凌水坐到了锈迹斑斑的秋千上，这是她小时候央求父亲搭建的，没有沾染上赌博之前的父亲与今日简直判若两人。思远走到她的右后侧，伸手去推秋千，再也忍不住说："凌水，我知道我对不起你，你告诉我，我怎么做可以补偿你。"

"思远，我们在爱情里都是自私的，都是爱自己胜过爱对方。你没有错，异地本就难熬，况且马嘉恬也是一个优秀出色的女生。"凌水凝眸注视着他。

思远没有辩驳，又是一盏茶的沉默。

突然几个人痞子打扮的人冲进了院子里，手里都握着钢棍。一个挺着肚腩，脖戴粗金链的光头耀武扬威地叫骂："路卫国，你个孬种，缩头乌龟，欠钱不还。今天要不给个交代，这里统统给你砸喽！"说话间，一声脆响，大缸被砸出了一个大窟窿，里面的水汩汩地往外流。

"你们都给我出去，这是我家，路卫国不在这里！"凌水站起身冒着火，有些心疼地看着那口十多年的大缸。思远赶紧拉她的衣襟，给她使眼色，示意不要说太多狠话。

"你家？你是他小老婆吧？怪不得老路看起来焉了吧唧的，原来是……"光头打了个响指，和他一起的人都开始笑起来。

"出门都不刷牙吗？满嘴臭气熏天的。对，我就是路卫国的女儿。"说出这句话后她都有些诧异，她已经很久没有在外人面前自称是路家的女儿。

"哟，早就听说路卫国养了一个标志的女儿，一直都不得见。今天看来确实长得不错，身材带劲，还挺有性格。自古以来父债子还，如果你愿意那个什么的话，你爸的债务问题倒是可以商量。"光头色眯眯地紧盯着凌水的胸口，咽了下口水，还往前走了几步。

"愿意什么，我倒是很愿意看着你们从这里滚出去，记住不要脏了我家的院子。"

光头男并没有并激怒，反而对凌水表现出更多的兴趣，"爷就喜欢这么带劲儿的姐儿！"

"她是我……"思远跨前半步，突然停顿了下，看了一眼凌水，"是我女朋友，你们放尊重点！"

"小白脸，我劝你乖乖地躲到一边，不过年不过节的，弄你一身血也不太好，是吧？"光头男扭扭脖子，右手握着的钢棍富有节奏地轻拍着左手掌。思远的瞳孔里还是闪过一丝恐惧，毕竟对方拿着武器，人多势众。

"我再说一遍，这是我家，趁早滚出去！"凌水实在懒得再和他们纠缠。

"你爸欠我们十万块钱，这家还不得抵押给我们吗？"

"那是他的事情，跟这个家没关系。"

"这妞儿还挺厉害！"光头男上前几步，站在了凌水面前，"爷现在想尝尝你性感的嘴唇，看它是不是也这么厉害！"

光头男说话间欲上前拥吻凌水，他后面的几个人也跟着起哄，"富爷，也别光让弟兄们看着心急火燎的。"又是一阵哄笑声。

"啪！"清脆的巴掌落在了光头男的脸上，树上的鸟儿也被突然的声音惊得扑闪着翅膀飞过了院墙。

32

电话的挂断声湮没了火车轰隆隆的行驶声和车厢里各式嘈杂的声音。

云恺张着嘴，血流从胸口直涌进喉咙，眼前一片晦暗。初澜在车厢连接处找到他的时候，他浑身痉挛地蜷缩在铁板上，像是一只受伤的野兽紧紧蜷缩着身子躲在黑暗里喘息。

顾父饮弹自尽的消息太过突然，如同艳阳高照的天气里突如其来的电闪雷鸣，狂风骤雨。

他们从兰州折回，一路奔向西城。

云恺清楚记得父亲书房抽屉里的手枪，那么乌黑亮丽，在灰暗的光线里闪着夺目的神采，像是死神的微笑。

云恺和初澜赶回西城时，警方尚未出具验尸报告。

顾母反而看起来没有那么悲伤，她端坐在房间沙发上，气定神闲地喝着茶。云恺大声质问顾母："这到底是怎么回事！我不相信我爸会自杀，我走时他还说等我回来！"

顾母斜着上半身，脸上没有一丝表情，冷漠地望着窗外。

云恺走上前使劲摇晃着顾母，"你为什么不说话？"顾母只是冷笑不语，并未去正视和理会悲恸欲绝的儿子。

窗外的天空愈发阴沉，颜色变得愈发暗淡，似乎在酝酿一场前所未有的暴雨。云恺回想起父亲生前的所有一切，竟然察觉到了一些线索。这半年以来，他的脾气变得愈发急躁，常常整夜待在书房或者彻夜不归；尝试在国外投资办企业，急切地催促自己出国留学，甚至提出了愿意资助初澜一起留学的条件。这一切的一切确实太反常了，父亲可能早已料到了今天的结局。

初澜心神不宁地在卧室里来回踱步，一直打不通云恺的电话，只能干着急。突然门铃响起，宋海洋神色不安地立在门口，神情焦灼。

"凌水在家吗？我一直联系不上她！"宋海洋还未说完就在客厅喊凌水的名字。

"呀，我回来就没看到她。"初澜马上掏出手机，听筒传来"对不起，您所拨打的电话已关机……"

窗户边一声巨响，窗台上的花瓶顺势跌落在地上，清脆的声音伴着低沉的风声。被惊到的初澜马上去关窗户，外面似乎马上迎来狂风骤雨。

宋海洋眼疾手快，把窗户关上了。外面越来越阴沉的天空，偶有一道闪电迅疾而过，"该来的终归是要来的。等雨停了，陪我一起去找凌水吧。"

初澜点点头，宋海洋今天看起来有些反常。

"我不知道该怎么安慰云恺。"初澜把顾父突然离世的消息告诉了宋海洋，他却没有丝毫惊异，淡然地看着初澜的眼睛。

"你们分手吧。"宋海洋淡淡地说，"他不适合你。"

初澜似有嗔怒，"为什么？我知道你一直不喜欢他，也不至于这样说吧。"她现在其实很担心云恺，不知道他这次能不能挺过突遭的巨大打击，她想陪着他，可是云恺现在基本处于失联状态。她刚才还在挣扎要不要去云恺家，她安慰自己，在火车上云恺、夏青的相遇和对话都是巧合。

宋海洋斜睨着窗外，豆大的雨珠敲打着玻璃，留下模糊的雨迹。他也不知道该怎样向初澜解释，"随你们吧，我只是随便说说。"

窗外电闪雷鸣，风雨交加，房间里却异常静谧。宋海洋盘坐在客厅的茶几边，随手翻看着堆积在一角的书籍杂志，上面有了浮尘。翻到《西城孤独》时，他的手停顿了下，看着上面的封面，灰色的主色调，一条蓝色的鱼溯流而上，署名海洋。

"初澜，其实我很羡慕你，可以大胆地去爱。"宋海洋翻到了里面的一篇文章，题目是《乔满》，"你是不是心里还没有完全忘记路伊鸣？"

初澜并没有深究宋海洋的前半句话，但"路伊鸣"三个字还是让她的心微微颤动了下。这一年多来，初澜没有断掉和路伊鸣的联系，两个人时常通过电子邮件分享彼此的生活。路伊鸣在台湾做了一年的交换生，他会时常把自己在台湾的学习生活照片发给初澜，初澜也会饶有兴趣地东谈西说。最近，路伊鸣在台湾学习期满，如期去了美国留学。他也鼓励初澜好好准备考研，争取能有机会到美国交流学习。

"我们现在只是好朋友。"初澜低着头，没有去看宋海洋，而是瞄着桃木矮桌上的圆尾斗鱼，斗鱼似乎隔着玻璃也在注视着她。

"感情的事情，是最难控制的，"宋海洋似乎一眼看穿了初澜内心最深处的想法，"你一直在强迫自己喜欢云恺。"

"不，不是这样的。"初澜抬起头，急切地反驳。但是她跟云恺刚开始交往的时候，确实有点强迫自己，可是后来随着交往的深入，云恺身上的优点和魅力也都展现了出来，她也就慢慢沦陷了。

宋海洋晃了晃头，没有再说话。初澜看着他眉清目秀的脸庞，却能感受到与之不相称的成熟。台灯的光照在他的白皙皮肤上，侧脸轮廓线条流畅，挺拔的鼻梁上架着没有度数的眼镜，镜片下的迷人眼睛有着不可名状的深邃，总会让人误以为是漫画里的冷酷少年，兰木对他痴迷看来倒也情有可原。

"对呀，兰木都两天没联系我了，也不知道她在忙什么。"外面的雨似乎小了些，客厅显得更加安静。宋海洋说："初澜，你去换下衣服，等雨停了我们就出去吧。"初澜点点头，转身返回卧室关上了门。

咚，咚，咚。宋海洋听见有气无力的敲门声马上去开门，没想到兰木一身湿漉漉地站在门外，额头和发丝粘连，雨水还在往下淌，像一具失去欲望的行尸走肉。宋海洋还没反应过来，兰木就已经倒在他的身上，他马上抱住了兰木，却始终没看清兰木藏在发丝下的眼睛。

33

初澜刚出卧室就看到了眼前的一幕，兰木抱着宋海洋失声痛哭。这样的场景让她基本猜到，兰木肯定失恋了。

兰木是初澜上大学后的好朋友，看似大大咧咧的她，其实极度敏感脆弱。年少时的成长经历和家庭变故让她过早地看清人情世故，笑看人情冷暖，却又在坚守她的潇洒个性和处世原则。

兰木一直珍藏着她母亲的照片，早已泛黄的照片承载着兰木对母亲的爱恨交织。小的时候她恨过，可是越长大越能理解母亲的无奈。她时常想象，当年如果换成她，会不会也做出和母亲同样的选择？

兰木的母亲是从外镇来的，名字叫凤玲。在那个保守的时代，她穿着一席暗红色旗袍，低头浅笑，一口糯脆的江南口音，烟视媚行地出现在贫穷的赵家，在镇上迅速引起了不小的轰动。关于凤玲的来历，小镇上流传着多个版本，但都没有得到过证实。而赵父只知道，他在路上救了凤玲，使她免遭坏人玷污，凤玲于是跟随他回到镇上，以身相许。可是关于她的家庭身世，她始终三缄其口。只是说，她是被家里赶出来的，无依无靠，居无定所，愿在赵家当牛做马，生儿育女。

很多人都说，凤玲以前是做见不得人的肉体生意，只有老实巴交的赵勇才会相信她是良家妇女。凤玲对各种传言丝毫不在意，依旧化妆打扮，眉目如画，明眸皓齿，穿着旗袍在镇上行走买菜。镇上的男人一边心里骂着，一边还偷偷盯着她凸起的胸口和臀部；女人们个个都提高了警惕，随时看着自家汉子，走到赵家门口，还不忘吐口痰，指桑骂槐地喊上几句。

凤玲来到赵家没多久，就跟赵勇结了婚，婚礼十分简单，只有两三桌的客人，但凤玲还是想办法借来了全套的结婚礼服，请了司仪，该有的程序礼数一样都不能少。在她看来，无论多穷，都不能少了仪式。赵勇本就能吃苦，能娶到凤玲这样的性感尤物，他感觉是上天对他勤劳善良的恩赐，因此更加卖力挣钱，尽可能地满足凤玲的一切要求。

兰木六岁时，正值二十世纪九十年代初期，市场经济刚刚兴起，很多胆子大的人跃跃欲试，下海经商，抑或是外出打工，一改往日的贫穷生活，在镇上慢慢都盖起了新房。但是，很多谨慎观望的人迟迟没有勇气，生活依旧没有太大起色，兰木家就是典型代表。赵勇蹲在门口抽着烟，望着邻居家的新房唉声叹气，可是也只能叹气。在凤玲看来，赵勇的名字真的是起错了，他没有任何勇气去尝试改变现状。

奶奶后来对兰木说，凤玲最终因为忍受不了贫穷，和一个外地来的生意人远走他乡，其他的便不再多说。兰木知道，奶奶的心里恨极了母亲，认为母亲是害死她儿子的凶手，还毁了整个家，让整个家族蒙羞，成为镇上的笑柄。可是长大后的兰木觉得母亲离开或许并不是因为贫穷，而是对丈夫的失望，一个没有勇气和志气的男人让她彻底断了与之白头偕老的念想。镇上的人都说，兰木的母亲结婚前就是狐狸精，专门勾引别人家的汉子，所以这样的结局对于镇上的人来说，更是验证了之前的传言，成了人们茶余饭后的谈资。

兰木的父亲是一个本分质朴的受苦人，靠四处打零工维持家用，妻子的突然背叛让他一时间难以接受，但是更加受不了的是镇上人的风言风语，冷嘲热讽。终于在一个湿热的夜晚，他给熟睡的女儿盖好薄被，把一封简短的信和一厚沓零钱积蓄放到了女儿的枕头边，回到自己的房间，鼓起平生最大的勇气喝了农药，永远地沉睡了过去，从此再也听不到黎明的鸡叫声和女儿的哭闹声。

在兰木的心里，父亲是怯懦的，更是窝囊的，他的逃避方式让这个风雨飘摇的家随时面临土崩瓦解。父亲出殡那天，她哭得撕心裂肺，她知道，赵勇从未亏欠对自己的爱。父亲走后，幸好兰木的爷爷奶奶坚持守护着兰木，让她顺利地度过了孩提时代。少女时期的兰木就已经开始四处打工兼职，补贴家用，穿的衣服多是亲戚邻居送的旧衣服。她每次看到送来的旧衣服就开心得不得了，她会把衣服整改成合身的尺寸，然后洗干净晾晒在用竹竿搭建的晾架上，衣服被微风吹拂，被阳光烘干。

她扑在衣服上，嗅着上面的阳光，清新淡雅，全然没有刚来时的霉味，闭着眼想象着穿起来的样子，在院子里傻笑起来。

毫无疑问，凤玲不是一个好母亲，也不是一个好妻子，但是莫名地成为兰木的偶像。成长中的兰木像极了她的母亲，对美好的事物永远怀着强烈的占有欲望。她喜欢穿漂亮的衣服鞋子，喜欢吃好看的食物，喜欢和帅气的男孩子交往，如果生活里没有这些，对她而言真的是无聊至极。

高中时，兰木已经出落成亭亭玉立的少女，身边渐渐有了青春期躁动的男孩子的围绕。她从小喜欢唱歌，小的时候没人跟她玩，她就会跑到镇上东面的山丘上放声唱歌。邻居家有一台大的黑色收音机，每次放歌时，两家的院子都能听到，兰木就趴在二楼的栏杆上，一边听一边跟着哼唱。她每次走过镇子上的音像店时，总会进去听歌，抚摸那些长方形的磁带，看着上面的明星倩影浮想联翩，幻想着自己哪一天也可以出磁带专辑，站在舞台的镁光灯下，手持话筒，唱着自己的歌曲，被台下的听众喜欢和追捧。

兰木高中交往的第一个男友便是音像店的儿子，他送她进口的便捷式收音机和时兴的歌星磁带作为生日礼物，然后兰木便答应了他的交往请求。每天傍晚，兰木都会去参加声乐训练，声乐老师很喜欢她的嗓音和刻苦努力的态度，尽可能地把自己所学倾囊相授。上完课后，她总喜欢一个人爬到教学楼的天台上发呆和哼唱，天空的颜色也不再是刻板的蓝色，阴天的灰暗，晚霞中的暖色……她拿起泛黄的照片，也不知道她的母亲凤玲现在在哪里。自从奶奶过世后，她便被叔叔婶婶一家照顾，虽然待她很好，但是总感觉寄人篱下。

　　在高二的一场联欢会上，她终于在学校唱出了名气。高考完，她结识了第二个男朋友，一个大她七岁的男人——摩丝把头发弄得油亮，留着当下最为流行的偏分发型。兰木喜欢他的帅气和放荡不羁，跟他在一起学会了抽烟、喝酒。整个暑假，兰木基本都与这个男人住在一起，她甚至想放弃学业，就这样跟着他在夜场谋生，挣了钱就浪迹天涯。

　　这个叫阿峰的男人是夜场的主唱，穿着时髦，痞帅装扮，很会哄女孩子开心。兰木爱他的帅气，爱他的才华，更爱他的魅力，她从来不介意别的女孩向阿峰示好，因为她足够自信。沉浸在爱情中的兰木渐渐有些迷失自我，她渴望被爱，甘愿为爱抛下她的理想，她忘了舞台的镁光灯，忘了唱属于自己的歌曲。恋爱中的女孩子很傻，兰木已经不能简单地用"傻"字来形容，对阿峰从来都是言听计从，忍受他的酗酒打骂。她在一点点地放低自己的原则和底线，她高昂的头不知道什么时候已经卑微到了尘土里，被阿峰的脚尖碾来碾去。

　　那天晚上阿峰喝完酒又打了她，她恍惚间看到了母亲凤玲穿着暗红色的旗袍，昂首挺胸地朝她走来，眼神轻蔑，走到她身边俯下柔软的腰身，贴着她的耳朵说："你的性子不随我，随你爹，改不了了，改不了了。"兰木想去抱她，却什么也没有摸到。空气里只剩下凤玲的笑声，无所顾忌，没心没肺。当年凤玲离开镇子后，曾经回来过一次，只是远远地看着兰木，兰木也感觉到她回来了，可是她还是装作玩自己的游戏，不去回头。

阿峰终于还是背叛了她，跟别的女孩子发生关系。她第一次体会到崩溃，捂着胸口躲在被窝里痛哭。明明知道阿峰本就不是一个安分的男人，但她还是孤注一掷地把自己作为赌注下了注。她总以为自己历经生活的种种不幸，会比同龄人更加冷静沉着，隔岸观火，但是后来她才发现，感情是她唯一的软肋，只要她陷进去，必死无疑。

进入大学后，她还是会好了伤疤忘了疼，依旧会很快地陷入一段感情，然后被伤得遍体鳞伤。任凭初澜怎么劝慰，她依旧飞蛾扑火般进入感情的旋涡，然后跌跌撞撞地被吞噬，等待下次的解救。

初澜走上前，拿着毛巾替她擦掉头发上的雨水，然后紧紧地抱住了她。兰木抱着宋海洋，初澜抱着她，三个人依偎在昏暗的客厅里，时间像流沙一样缓缓流淌，他们三个人各怀心事，却也只能掩藏于心底，任狂风侵蚀，任时间风干，任黄沙掩埋。

34

厂区的废弃砖房里光线不足，斑驳的阳光从缝隙里爬了进去，降落在了凌水的侧脸上。

凌水慢慢地张开了双眼，鼻腔内一股尘土的味道，她的意识还没有完全恢复，双手被反绑在生锈的方形支柱上，双脚的脚踝也被麻绳捆在了一起。

被绑在凌水对面的思远双眼紧闭，额头上的伤口停止了流血，满脸的瘀青，耷拉着脑袋，不知道是死是活。

"你们这些人渣！"凌水看着眼前的几个混混，"思远，思远，你醒醒！"

"本来我们也不想这样，可是不这样，你爸欠我们的钱可就永远回不来了。"光头男的嘴角瘀青着，拿着冰块敷着，"丫头片子，下手还挺重！"

凌水冷冷地望着众人，"路卫国欠你们钱，你们找他去，我告诉你们，如果思远出什么事儿，我绝不会放过你们！思远！"

"别喊了，这小子也太不经打了，他小命还在呢！"光头男冷笑道，"常言道，父债子偿，他欠钱不还，你是他女儿当然要还了！"

"老大，已经联系上路卫国。"光头男接过手机，右手抚摩着光头，态度轻蔑，"路卫国，我可告诉你，你女儿现在在我手上，你自己看着办，报警可没用，你知道我是敢撕票的！"说话间，光头男从衣服内衬里抽出了黑色的手枪。

思远在吵闹中渐渐有了意识，他慢慢地抬起肿胀的眼皮，厮打的画面在脑子里回放，凌水被人掐住脖子，他马上来了精神，瞳孔放大，终于搜索到了被绑着的凌水。

光头男转了转头，活动了下筋骨，一拳朝着思远的腹部飞去。其他几个人拿着棍棒，在一旁跃跃欲试，"小子，你不是爱出头吗？看是你的皮硬，还是我拳头硬！"

凌水急喊："住手，你们这群有娘生没娘养的，也只能干这些卑鄙下流龌龊之事。"光头男有些怒气，但转头又是一脸媚笑，"你给我们当妈吧。"说着转身走向凌水。

凌水对这个地方实在是厌恶至极，上次被顾母挟持至此，这次又被地痞流氓绑在此地不能动弹。她心里恨透了路卫国，一切都因他而起，他毁了整个家，现在还要毁掉自己。

思远的嘴被麻布紧紧堵住不能发出声响，只能挣扎着身体，看着光头男为所欲为。光头男撕碎了凌水的棉质衬衣，凌水趁机咬住他的胳膊，痛得光头男一巴掌重重地朝她的脸上砸过去。

时间过得如此漫长，像是停滞不前。思远眼睁睁地看着凌水被人玷污，却无能为力。凌水把头掩藏在头发里，她感觉自己已经死过去了，路卫国的到来都没有唤醒她的意识。几个世纪般漫长的折磨就像锋利的匕首一刀一刀地从她的身上割了下来，疼痛早已没有了直觉，只剩下了麻木。

姗姗来迟的路卫国不知道从哪里凑来的钱交给了光头男，然后光头男拿了钱带着兄弟们就得意洋洋地离开了仓库。

"把枪扔在地上，举起手来！"在外埋伏的警察将光头男几人一举拿下。

凌水被送到了医院，思远幸好只是皮外伤，没有伤及内脏，处理完伤口后，他就着急地跑到凌水的病房。已经检查完身体的凌水并无大碍，只是她不想跟任何人说话。思远坐在床边紧紧握住她的手，哭骂自己无能，而她却没有任何回应。

凌水打开手机后，看到了无数个未接电话和短信，手指微颤地回复了短信："初澜，我很好，你和宋海洋不用担心，也不用找我。"

刚按下发送键，路卫国就神色焦灼地闯进了病房，扑通一声跪在了女儿的床前，"凌水，都是我不好，要恨你就恨我吧，我实在是愧对你的母亲，愧对你！"

脸色苍白的凌水缄默不言，垂散的头发遮住了她的眼睛。她强忍着支起上身，嘶哑着说："你走吧，以后不要来找我了，我每月会定时往你卡里打钱，求你，求你放过我吧。"

"请问谁是路卫国？"陆昊和一名警察出现了病房门口。路卫国走到病房门外说："我是，警察同志。"

"警方现已查明，你涉嫌非法放贷、赌博等违法行为，现在跟我们走一趟吧。"听从队长命令来抓人的陆昊并没有注意到病房里的凌水，他也不知道凌水就是路卫国的女儿。因为凌水是她后来自己起的名字，在公安局登记注册的名字是路卫国在出生时为她起的。

35

凌水不想待在医院，和医生沟通后就回了家休养，闭门谢客。她对思远说："你把去草原的车票退了，回家筹备婚礼吧，我哪里都不想去了。"

思远想要留下陪她，可是被她拒之门外。

凌水在房间里仔细地擦拭着家具上、书上、窗台上落下的灰尘，那薄薄的一层细颗粒物使得周遭事物蒙上不洁，令人心生不悦。每次阳光射进房间里，就可以看到那些漂浮的灰尘聚散融合，这时凌水会马上起身拉好窗帘，不放过任何给阳光可乘之机的缝隙。

阳光下也会公然地藏污纳垢，所以凌水从来都没有觉得自己是什么清白之身。受到这样的侮辱，没有歇斯底里地哭喊，没有选择隐姓埋名与世隔绝，更没有沉默去酝酿死亡。是内心强大，还是麻木不仁，都不重要了。肮脏、龌龊、卑鄙下流的恶行是对身体的伤害，而那种痛感却远不及感情的背叛对内心造成的伤害。

初澜知晓了凌水被绑架，可她并不知道被绑架后发生在仓库里的事情。她在安慰凌水时把顾家最近的遭遇告诉了她，还把一封信放到了她的手里。凌水拆开信封，十分钟后，她终于强忍不住泪腺，眼泪夺眶而出，坐在床上的她双腿并拢，曲起膝盖，双手抱头，失声痛哭，"妈！这些年，女儿错怪你了！"她的脚边放着顾父生前写给她的遗信。

坐在客厅等待的初澜被凌水的突然迸发怔住了，她有些慌乱，不知道该怎样安慰凌水。

凌水在母亲病重的时候才知道，路卫国只是她的养父，而她的亲生父亲竟然是本地的商业大亨顾雷筠，也就是顾云恺的父亲。可是，关于知青岁月发生的事情，三位主人公都三缄其口，并没有告诉凌水太多。没想到顾雷筠会将当年的事情都写在了信里，临死前托人转交凌水。一段尘封三十余年的恩怨随着顾雷筠的自戕终于被揭开了神秘的面纱。

1975年9月，在西城更西面的某林场里，正是秋风萧瑟的时节，到处都是枯黄的落叶，随风起舞，而很多蝴蝶却没有了力气挥动翅膀，只能静静躺在落叶上等待命运的审判。在树林旁的低矮平房里，几个知青正在热血沸腾地讨论今年推荐上大学的事情，全然没有感受到临近冬季的寒气。

　　"我想上大学。"顾雷筠平躺在枯黄的草地上，望着天空。云岚头枕他的右胳膊，望着他棱角分明的侧颜，"我知道，你想离开这里，可是你不喜欢这里的生活吗？"

　　"我喜欢这里，可你知道我家的情况，普通得很，没有什么资本。父母亲正在慢慢变老，他们都希望我能有出息，为顾家长脸，所以我必须要上大学离开这里，回到城市里生活和工作。如果失去这次机会，我可能这辈子也就这样了。"顾雷筠知道云岚比他更想离开这里，一个女孩子从江浙海边的大户人家来到异乡生活，已经连续三年没有回过家了，"难道你不想离开这里回家看看吗？"

　　"我想回，可是已经回不去啦。"云岚苦笑一声，当初家里曾经找了各种关系不想让她离家下乡，但是她执意要走，最后逼得家里与她断绝了关系。她的父亲也在她走的第二年病重去世，从此，家族里的人更是恨透了她，与她再无联系。

　　"没关系的，以后我走到哪里，都要想办法带着你。"顾雷筠安慰道。

　　"雷筠，现在林场考大学的名额紧张得很，那几个高干子弟自不必说，现在也就只剩下一两个名额了。"云岚本不想说出这么扫兴的话。

　　"我知道，现在我也在想办法，我去政工组偷偷了解了下，政审基本没问题，剩下的也就只能听天由命了。"雷筠长叹一声，一片枯黄的桦叶正好落在了他的左脸颊上，云岚痴痴地看着，此时的雷筠像是山精幻化的俊俏公子，戴着树叶面具来人间勾魂摄魄。西面天空的晚霞一层层地给云朵染着色，那些颜色反射到雷筠的身上，更让人迷幻了。

　　"云岚，这里不会有人来的。"雷筠转过身，后背遮住了余晖，他的手放到了云岚的胸上，轻轻地去解她胸前的衬衣纽扣。云岚闭上了眼，嘴角浮现出一丝隐忍的羞涩，"你好美，你是林场里最漂亮的姑娘，无论以后我去哪里，都不要你离开我。"顾雷筠凑近云岚的脸颊，与她耳鬓厮磨，说出缠绵悱恻的柔软情话。云岚闭上眼睛，耳边的鸟鸣悦耳，风吹树叶簌簌的声音，河水流动的声音。顾雷筠压在她身上，她的后背紧贴着柔软的草地。没一会儿，两个人从胸腔里喷薄出的喘息声交织在一起。

　　不远处的白桦树后，二十岁的路卫国看在眼里，怒火中烧，也只能用拳头拿树干出气。他一直喜欢着云岚，几次表白都遭到了拒绝，但是始终不肯放弃，依旧死缠烂打地追求着她。在林场大队里，大家都知道，他与顾雷筠是死敌，几乎任何工作都要一分高下，可是顾雷筠往往会略胜一筹，然后朝他露出轻蔑一笑，而他气得只能攥紧拳头和吞咽口水。

　　路卫国知道顾雷筠想要上大学离开这里，而他则是与顾雷筠争夺名额的强劲对手。如果他将今天看到的画面举报给林场政工组，那么顾雷筠就会失去争夺名额的资格，可是这么做的话，也会坏掉云岚的名声。他不能这么做，让云岚处于不利尴尬的境地。

"路卫国那小子一直在缠着你，如果下回让我再看到他纠缠你，非揍他不可。"顾雷筠穿上衬衣，正在系上一颗颗扣子。云岚在队里才貌出众，是不少男知青心仪的对象，但是在那个朴素与羞涩的年代，像路卫国这样大胆表露的人毕竟还是少数，很多人还是会将爱意藏于心头。

"他人其实挺好的，除了这点。"云岚已经穿好了衣服，从口袋里拿出木梳去梳理披散的长发，在晚霞余晖中，长发像一道乌黑的瀑布，上面闪烁着星星点点的亮光，"你别光说我，你最近跟马洪芳走得也挺近，我可知道，她一直都喜欢你。"

马洪芳也是下放到这里的知青，之前与队里的几个男青年暧昧无果，然后把注意力全都转移到了顾雷筠身上。她明明知道顾雷筠喜欢的是云岚，可她还是控制不住自己去靠近顾雷筠。

"你是不吃醋了？"顾雷筠倒是淡定地笑着说。

"我看吃醋的人是你。"云岚起身拍了拍身上的尘土，然后踩着松软的金黄色落叶，嘴里哼唱着歌谣，手上握着几束采摘的秋菊，朝远处冒着白烟的烟囱跑去，婀娜的身姿慢慢在视野里变小直到消失，顾雷筠才起身慢悠悠地朝同样的方向走去。

晚上全队汇报完思想工作后，林场队长兼书记的老孟单独留下了顾雷筠和路卫国。老孟拿着搪瓷茶杯轻轻地晃了晃里面的茶叶，"小顾，小路，你们俩别拘束，来，都坐下，今天就是想给你们说下推荐上大学名额的问题。"书记接着轻咳了一声，整个会议室静得都能听到回音。

顾雷筠眉头紧锁地走出会议室，皎洁的月光在院子里铺上了一层银色的雪霜。路卫国看都没看他一眼，径直朝宿舍方向走去。顾雷筠踩着月光，打算一个人去河边走走，刚才老孟的话让他有了不安和危机，他已经听出了老孟的弦外音，他更属意路卫国。虽然顾雷筠在平时喜欢处处压制路卫国，但不可否认的是，在日常的林场工作中，路卫国舍得下力气和功夫，连续两年都是队里的模范标兵，而自己却时常偷懒，偶尔要些小聪明，但在劳动成果上始终毫无建树，籍籍无名。可从下乡的那天起，他就想着有一天能风光地返回城里。他的学习成绩一向很好，从小都是班干部，上大学也一直都是他的梦想，也是他人生前途的希望，他绝对不能丢掉这次机会。

"你要去哪里？"黑暗中闪出一个人影，顾雷筠被吓了一跳，定睛一看原来是马洪芳，"你大晚上不睡觉跟着我做什么？"顾雷筠语带斥责，径自向前走去。马洪芳马上快步跟上，"顾雷筠，我找你可是正事，你还想不想上大学了？"

听到"上大学"的字眼，顾雷筠马上停下了脚步。他隐约听说过，马洪芳的父亲是西城的干部，手上倒是有些实权。

"实话跟你说吧，现在除了高干子弟，也就只剩下一个名额了。"马洪芳信步走到他前面倒背着双手，一副知道内幕的神气模样，"如果你答应跟我在一起，我倒是可以帮你。"

"那你可以回去睡觉做梦了。"顾雷筠甩开手，看都没看她一眼便朝河边走了过去。马洪芳气得直哆嗦，衣服的裙角都快被她揉搓破了，但还是强忍住怒气，"我会等你主动找我的。"

走了不到百米，顾雷筠就走到了河边，倚靠在树下抽起了土烟。"要不，你跟马洪芳好吧，她能帮你。"顾雷筠被黑暗中的突然一句话吓得滑落了土烟，云岚刚才无意间听到了他们的对话。

"你们今晚都怎么回事？都喜欢吓人是吧！"本就烦躁的顾雷筠更是语带嗔怒，"好，我现在就去找马洪芳，告诉她我都答应她的条件。"说着就要转身离开。云岚从背后抱住他，纤瘦的胳膊环绕在他的腰间，想要拦住他迈开的脚步。

"你别生气，我也是担心你的前途。"云岚嗫嚅着，顾雷筠吸口气转过身紧紧地抱住她，"傻子。"头顶树杈上发出几声野鸟的孤鸣，旁边的河水远没有雨季那样情绪高涨，月光倾洒而上，波光粼粼，平静得像一面镜子，再过一个月，河水会像往年一样，与冰雪融为一体，成为一面真正的冰镜。

云岚从斜挎包里拿出用报纸包好的灰色圆领毛衣，递给顾雷筠，"你先穿上试试，不合适我再改。"云岚跑了好几家供销社才买上的羊毛线，买毛线的钱是她几个月省吃俭用抠出来的。每天睡觉前，云岚会坐在油灯前一针一线地织着，一个小小的钩针都饱含着她的小心思。顾雷筠眼睛湿润，扭过头直接将毛衣套在了衬衣上，云岚帮着抻平衣服的褶皱，仔细观察着毛衣的大小。

"正好，很暖和。"顾雷筠直了直腰板，抻了抻毛衣下的衬衣，整个人的气质都不一样了，活像三十年代的上海儒雅贵公子。顾雷筠仔细审视自己一身的行头，几乎都是云岚置办的，天蓝色的格子衬衣是她去年专门托人从上海百货商场的高级时装店里买来的，花了三十多块，那是她三四个月的劳动才能换来的钱，用在他身上丝毫不心疼。队里的男人都羡慕顾雷筠的帅气穿着，很多女孩子也在不同场合向他暗送情愫，不过他知道这都是云岚的功劳，整个林场也只有云岚有这样的眼光。

云岚出身江南名门，家族也有几百年的历史，虽然靠着经商起家，但是家族子弟也都偏爱读书。她的小叔父在民国时期曾就读于香港大学中文系。新中国成立后，家族长老审时度势，响应中央政府的号召，积极推进家族纺织厂的公私合营，靠着政府分配的股息，生活倒也优渥。出生在这样家庭的云岚并不娇生惯养，也没有什么贵小姐脾气，反而在家族文化的熏陶下，成为远近闻名的才女。闲暇时的云岚会把自己关在房间里做各种时髦的衣服，到后来她衣柜里一半以上的衣服都是自己做的，家里面虽不太喜欢，倒也听之任之，只想等到她合适的年纪，找一户门当户对的人家嫁了，结果没想到云岚会选择去很远的地方当知青。

"云岚，我爱你。"顾雷筠比刚才抱得更紧了，嘴里也不自觉地吐露出自己平时都感觉肉麻的话。云岚在他的怀里濡湿了双眼，她记得这是顾雷筠第一次说"我爱你"，之前一直说的是"我喜欢你"。这个夜，也因着这句话，变得如此漫长而短暂。

从小到大，云岚深受叔父的影响，并没有尊崇传统的男女思想，而是希望做一个独立自由的新时代女性。作为知青刚来到林场的时候，云岚就与顾雷筠一见如故，他们一起劳动，一起讨论文学，一起肆意挥洒他们的青春。日升日落，寒来暑往，林场的每一个角落，几乎都留下他们的足迹，那几年的时光是云岚一辈子最开心的回忆，也是她后半生最想忘掉的回忆。很多年之后，云岚躺在病榻上，脑海里重复回放的地方就是这片林场，她想回去，可是她的身体状况已经不能允许她付诸行动。

每个人身上都有独一无二的味道，只有那个人住进你的心里，你才能闻到他身上独特的味道。每天林场劳作后，大家都累得人困马乏，伴着夕阳的余晖迈着沉重的脚步挪回宿舍。吃过晚饭，云岚会一个人跑到树林深处的河边，那里有一个熟悉的背影端坐在河边的一大块平整的花岗石头上吹着口琴等她。

"我今天洗了头发，来晚了。"说话间云岚已经坐到了雷筠的旁边，脑袋一歪，顺势枕在了他的右肩膀上。雷筠会习惯性地扭过头，去嗅她今天身上的味道，虽然添了几分洗发水的味道，但仍旧遮盖不了她身上的独有味道，一种难以用语言形容的味道。云岚会靠着他的肩膀小憩片刻，闭着眼安然入眠，一股熟悉的味道和一种暖暖的安全感包围着她，除了睡觉，不用担心日升日落，斗转星移。河水静静地流淌，草丛里偶尔传来低沉的虫鸣声，树叶在风中簌簌闪动的声音，山上飞禽追逐的声音，走兽奔跑的声音，大自然的生命气息在这些声音里缓缓地释放着。顾雷筠揽着她的肩膀，享受着宁静的夜时光，全然忘记了尘世间的烦恼和忧愁，如果时间能在这一刻静止，永远停留在这一刻该多好。

几天下来，林场大队里关于推荐名额问题早已传得沸沸扬扬，各种流言也随之四起。书记老孟佯装不知，从容自若地处理着日常工作，在周五例会上将此作为一个常规消息宣布，除了领导提名的两位同志外，为了公平起见，队里领导决定按照以往惯例，通过投票选出最后一个名额。

晚上开会时，会议室的黑板上写了十来个名字，可是只有顾雷筠和路卫国的"正"字遥遥领先，最终统计票数时发现两人的票数一样多，这可难为了老孟。老孟面不改色地喝了口茶，停顿片刻，悠悠地说："先观察几天，大家可以随时向我反映两人的工作生活情况，一周后开会定夺！"

散会后，马洪芳走近顾雷筠，"你想好可以找我。"顾雷筠照旧没有搭理她，一声不吭地朝河边走去。此时，他的内心更加厌恶马洪芳，因为她父亲的缘故，她就直接有了被推荐的资格。很多事情，是没有公平而言的，这对于后来顾雷筠的人生处世信条产生了巨大的影响。想要追上顾雷筠脚步的云岚在下台阶时被路卫国拦住了，"云岚，我想找你说下上大学的事情，不会耽误你太长时间。"

顾雷筠往水里扔了半天鹅卵石，溅起的水花儿此起彼伏地盛开着。云岚走到他的身后抱住了他，"路卫国刚才找过我。"顾雷筠有些愠怒，掰开她的手腕，挣脱开她的双臂，"他是不是说，他要上大学，然后回城再想办法带你离开这个穷乡僻壤？那你跟他好啊，还来找我做什么！"

"顾雷筠，你能不能每次别这么急躁，我任云岚是什么样的人，别人不知道，你难道不知道吗？"云岚第一次冲着他发了火，她以前总是小心翼翼地照顾他的情绪，迁就他的脾气，可是她今天听到他这样蛮不讲理的话，内心就像被针突然刺了几下，疼痛让她有些眩晕。她没再解释什么，转身朝远处灯火明亮的地方走去。顾雷筠望着她的背影，心里暗想，只要她扭头看他一眼，他就马上追上去道歉，可是云岚直到消失在黑幕中都没有回头再看一眼。

一连几天，云岚都没有主动搭理顾雷筠，两人撞见也只是擦肩而过，顾雷筠想道歉却又不知道怎样做才合适，两人就这样彼此僵持着。

　　同伴都说云岚最近有些不一样，云岚也感觉到了自己近来有些烦躁，已经有一星期没来事儿了，她隐隐察觉到了什么，思来想去，还是决定去医院一趟。果然不出所料，她怀孕了。马洪芳碰巧去医院取药，她在走廊处看到云岚一个人失魂落魄地从妇产科离开。等云岚消失拐角处后，在好奇心的驱使下，马洪芳朝妇产科走去。

　　还没有等到晚上，云岚怀孕的消息就已经传遍了整个队里，很多人都猜想孩子是顾雷筠的。老孟不似平时淡定，听到这个消息，茶杯里的茶水混着茶叶一口咽进了喉咙深处，咳嗽一声喊来副队长，决定马上召开大会，要对云岚怀孕的事情调查清楚。他不想这件事传到上级耳朵里，为领导徒增烦恼。

　　会议室的白炽灯比平时更加刺眼，很多飞蛾挣扎着用最后的力气撞向发热的灯泡。女人们对站在会议室中央的云岚指指点点，大有看热闹不嫌事儿大的味道。云岚低着头看着自己的肚子，没有为自己辩解什么。

　　"这是谁的孩子？"老孟一改往日的温和，语气严肃。

　　顾雷筠呆立在人群里，攥起的拳头青筋暴露。开会前，马洪芳曾把他拉到角落里，为他分析当前的险峻局势："顾雷筠，你要知道，如果你承认这孩子是你的话，那你就别想上大学的事情了，老老实实地待在林场跟云岚一起白头到老吧。"

"孩子肯定是我的，"顾雷筠有些底气不足，"说不定，是医生误判，这就是一场误会。"

"你放心吧，一会儿开会，只要你沉得住气，自然会有人站出来。"马洪芳信誓旦旦地向顾雷筠保证。她早就知晓路卫国喜欢云岚，知道他会保护云岚的，但是为了保险起见，她还是在开会前找了路卫国。

"你们倒是说话，孩子到底谁的？现在承认的话，你们两个人还可以从宽处理，如果被组织查到，那么后果的严重性你们也是知道的！"老孟提高音量，再一次向众人询问。开会前他用尽办法，都没能从云岚嘴里套出一句话。

"是我的！"路卫国向前走了一步，众人齐刷刷地望着他。说实话，这个结果出乎大家的意料。云岚抬起头，诧异得更是说不出话，她心里是多么希望顾雷筠站出来，可是又害怕他站出来。

"资本家的女儿，小姐做派，早就知道不是什么省油的灯！"
"就是，这边跟顾雷筠，暗地里还勾搭路卫国！"
"狐狸精！"
…………

大家都在窃窃私语，可那声刺耳的"狐狸精"几乎所有人都听到了。顾雷筠站在人群里，就像一只没有表情的木偶，他身上的线被身后的马洪芳紧紧地牵引着。

最后顾雷筠如愿得到了推荐上大学的名额，在他离开林场的前一晚，云岚哭着拽着他的袖子，"顾雷筠，我跟路卫国真的是清白的，我爱你，此生不变。"他挣脱开云岚，咬着下嘴唇说："云岚，我以前爱过你，可我现在不爱你了。"

云岚没再说什么，平静地看着他的背影，没有哭闹。虽然已经在被窝里哭了不少的夜晚，但此时她已经没有眼泪可以流出来了，只是感觉心里面大雪纷飞，没有了夏秋的生机和繁华，只剩下寂寥荒芜的原野，流动的血液也随之凝结成了冰，就像林场里的那条冻僵的河流，除了冰冷的温度，再没有其他的知觉。很多年之后，她才知道，顾雷筠其实一直都知道孩子是他的，只是为了前途，他选择了逃避。

过了不到一个月，云岚去医院打掉了孩子，她不想孩子生下来就跟着她受苦，更不想孩子没有爸爸。

36

初澜打开门，没想到顾母会登门拜访。

"初澜，小恺最近情绪不太好，你要多多包容他。有时间的话，去家里看看他吧。"顾母站在门口，眼睛红肿，态度一改往日的冷漠，让初澜一时没反应过来。

"我今天来，主要是想找凌水说些事情。"

"马洪芳，我家不欢迎你，请你出去！"凌水强忍着悲痛，站在卧室门口下了逐客令。

"看来，你现在是知道一切了。说实话，我也是刚知道不久，没想到你会是顾雷筠和云岚的女儿。"

初澜虽然不知道她们之间究竟有着什么样的恩怨，但还是借故下了楼，思来想去还是决定先去宋海洋那里待会儿，她知道她们之间需要这么一次面对面的沟通。

马洪芳走进书房里，看着柜子上面的云岚遗像，低头弯腰，鞠躬三次，然后对着遗像说："这一辈子，我活到现在才活明白，当年是我破坏了你跟顾雷筠的感情。虽然后来我得到了顾雷筠的身体，可那只不过是一个没有心的躯壳而已，他的灵魂从来没有属于过我，我守了一个不爱我的人整整一辈子，为他的前程奔波，为他生儿育女，为他苦心经营家庭。到头来，才发现自己根本什么都没得到。云岚，他从来都没有爱过我，哪怕是一点点都没有过啊，这都是我的报应啊！"

当年，马洪芳和顾雷筠双双上了西城大学，大学刚毕业，马洪芳就与顾雷筠举办了婚礼，由于马洪芳父亲的缘故，他们的婚礼也就成了当年西城一件不大不小的新闻。这么多年过去了，马洪芳早已看透了人情冷暖，世态炎凉。当年她的婚礼受到了很多人的专程登门祝福，十多年后，她父亲出事下马之后，那些登门祝福的人也都消失了，就算路上遇到也成了陌路人，人走茶凉说的大概就是这样的境遇吧。

马洪芳转过身对凌水说："我当初对你那样，想想还真是荒唐至极，都一把年纪的人还真是幼稚。其实，我第一次见你就感觉你像极了云岚，所以反应才那么激烈。这辈子我太累了，自从嫁给顾雷筠，我每天都在防备着他身边出现的每一个女人，也在费尽心机地赶走他身边的莺莺燕燕。活到现在才发现自己是多么的傻，他连爱都没爱过我，我却为他争风吃醋，自导自演了无数荒唐的戏码，你说，这不是上天对我的惩罚吗？"

1977年，随着国家政策的调整，恢复了高考，很多知青高兴地奔走相告，纷纷准备考试。学习功底尚在的云岚托人从上海买来了复习资料，每天除了劳作就是复习，最后顺利地考上了大学，没想到的是，她竟然成了顾雷筠的直系学妹。而路卫国文化功底实在太差，连续两年都未能考上大学。不过随着1799年的知青返乡潮，他回到西城做了一名普通的钢铁厂工人。

在学校迎新会上，云岚和顾雷筠再次相遇时百感交集，他们还没有忘记彼此，反而两年多的分离让他们更加心疼对方。顾雷筠变得话少了，身上的衬衣也不再是云岚置办的那些。他提着行李走在前面，一直送到了云岚的宿舍里。云岚站在门口，心里有很多话在肚子和喉咙之间翻涌，却也只能止于唇齿间，默默地看着他消失在楼道的拐角处。

云岚在食堂门口再次看到顾雷筠时，马洪芳正挽着他的胳膊从食堂出来。在学校里，马洪芳已然是他的女友，这里也不再是树木林立、山花烂漫的林场。云岚退回到无人的教室，趴在课桌上痛哭。

两年后顾雷筠顺利毕业，不久之后的一个晚上，顾雷筠约云岚吃饭，告诉她，他马上要和马洪芳结婚了。云岚没有吃惊，只是静静地吃着饭，不停地吞咽，还让老板上了白酒。离开饭馆后，云岚好像有些醉意，顾雷筠也喝多了，直接把云岚带回了自己住的单人宿舍。

也就是那晚之后，云岚再次怀孕了，此时的顾雷筠已经成了马家的乘龙快婿。他说："云岚，你放心，孩子生下来我会想办法抚养的。"她没有说话，决定一个人去医院再次把孩子打掉，没想到会在医院里遇见准备体检上岗的路卫国。

路卫国坚持不同意云岚打掉孩子，如果她不想要，他愿意等孩子出生后一个人抚养。云岚趴在他的肩头痛哭起来，当年她要堕掉第一个孩子时，路卫国也是这么说的。

一个月后，云岚嫁给了路卫国，半年多后，一个女孩儿顺利降生。

凌水这才理解母亲去世前对她说的话。当年如果不是路卫国，那自己应该就不会来到人世间了吧。

云岚去世前一晚，和顾雷筠单独聊了十分钟，凌水借故离开，给了他们最后的对白机会。窗外大雨滂沱，病房内却安静得能听到钢针落地的声音。

"我知道，你恨我。"顾雷筠伸出手想去摸她的手，那双曾经滑嫩的手已经变得干瘪，布满褶皱。

"当年有多爱，后来就有多恨。"云岚把手收了回去，藏进了被子里。

"那不是恨，是放不下。你有多恨，我就有多后悔。你放不下我，我又何尝忘记过你？"

"你走吧，我不恨你了，你让我在内疚中活了半辈子，太累了。"云岚别过头，不想看着他说话。

"我情愿你一直恨着我，如果有来生，我还是要找到你，用一辈子的时间向你赎罪。"

"没有来生了，爱与被爱实在太累了。倘若有下辈子，我情愿不再认识你。"云岚叹口气，像是呼出了千钧重的气息。

"云岚，当年，是我被猪油蒙了心，这些年，我也一直活在内疚中。我爱你，此生不变。"

"顾雷筠，我以前爱过你，恨过你，可我现在不爱你了，也没有恨了，愿你好自为之吧。"云岚摆摆手，闭上了眼睛，一滴泪从眼角流了出来。

马洪芳望着云岚的黑白遗像，欲言又止，眼眶红润。

这一辈子，我们都爱而不得，爱别人胜过爱自己，这或许就是感情悲剧的根源。

"凌水，小恺是你的亲弟弟，你不要因为我而迁怒于他，他什么都不知道，他是无辜的。"这是马洪芳离开时说的最后一句话。那个晚上，马洪芳穿上她最爱的衣服，喝下了一整瓶安眠药。

37

宋海洋坐在画板前，正在勾勒繁华街景，他后背的轮廓在白衬衣里若隐若现。

"初澜，我最近应该会搬走。"他没有回头，窗帘在风中摇曳着，"房间里的画和书，你喜欢的尽管挑走。"宋海洋目光转向鱼缸里面的四条蓝叉尾斗鱼，"这个还请你帮我照顾它们，虽然它们摸起来是冷的，可是相处久了，你就会感觉到它们眼里的温暖。"

"不是住得好好的，为什么要搬走？"初澜目光诧异，情绪里难掩失落。

"我准备去贵州写生，然后去上海实习，正好房子到期，索性就不租了。"宋海洋站起身，看着眼前的繁华，终究不过是一场转瞬即逝的幻象。

顾雷筠的自戕，让顾氏集团顿时陷入了危机和困境，一座大厦就这样摇摇欲坠，即将倾覆，这一切的到来远比宋海洋的预期快得多。宋海洋深知，顾雷筠近些年的欲望越来越膨胀，胃口也越来越大，胆量更是风起水涨，走向这样的结果自在预料之中。他的死虽然掩护了背后神秘的大老板，但是他身边的人却都成了陪葬品，司机纪凡刚刚被警方抓捕了。最近陆昊也开始频繁地出现在自己的周遭，他知道，他们准备收网了，很快自己也会身陷囹圄。但他并不想把实情告诉初澜，他想让她单纯地活着。

"凌水怎么样了？"宋海洋转移话题问道。

初澜如实告诉了宋海洋，云恺的现状也是不容乐观，刚才上楼前还是不肯接她的电话，也不希望她去找他，只是回复了一条短消息："抱歉，给我几天时间，我想一个人待着，等我想好会去找你的，不用担心，照顾好自己。"

"昨晚兰木喝了不少酒，到现在都还没睡醒。"

"让她睡吧，好好哭一次，喝一顿，睡一觉，一切都会好起来的。"几年后，初澜才知道，这次的感情创伤竟会带给兰木那么大的影响。

"初澜，今晚再陪我去酒吧工作一次吧。不用约法三章，我会安全把你送回来的。"

没想到宋海洋还记着这个梗，初澜只是感觉到今天他有些异常，或许是要离开不舍的缘故吧，总是有些莫名伤感。

晚上九点出发，宋海洋背着吉他在楼口等她，然后两人在路灯下上了公车，一切都是那么的井然有序。宋海洋似乎要比往日柔和的多，嘴角时而上扬，不再是冷冰冰的拒人于千里之外的表情。

十点半，他登台表演，选择的歌曲也不再是往日的伤感风格，反而充满了阳光的味道。

"宋海洋，你今天感觉换了个人。"初澜歪着头盯着他。

"初澜，是你太敏感。"宋海洋最后检查了一遍背包，没有东西落下。

两人结伴刚出酒吧没多远，一个人马上过来，"想知道兰木失恋的真正原因吗？有胆量的话跟我来。"那个人戴着帽子，低着头，看不清模样，虽然憋着嗓子说话，但依稀能够判别出是二十来岁的青年。

宋海洋拉着初澜想要离开，可是初澜执拗地想知道真相，宋海洋只好移步随行。他们俩与那人始终保持着几步的距离，十分钟后走到了旧城区的巷子里，转过两三个弯后，那人突然转过身，前面是一条死胡同，已经无路可走了。

宋海洋握紧拳头，知道有诈，但还没来得及出手，两人就被身后突然冒出的几个人偷袭了，两个人都被类似麻袋的东西套住了头。

等宋海洋醒来睁开眼才发现是宾馆的房间，初澜枕在他的胳膊上，还在昏睡。房间里除了他俩，再无他人。

凌晨三点，云恺被一个陌生电话扰醒，一条陌生短信在屏幕上亮着光，对方自称是宋海洋的朋友，云恺迅疾起身打开电脑，用鼠标点击新收到的邮件，眼泪很快就大颗大颗地砸落在键盘上，握紧的拳头颤抖着。

邮件里是初澜和宋海洋赤身睡在一起的照片。

38

夏天结束的时候，一切都还是老样子，等秋天快要结束的时候，仿佛一切都变了。

宋海洋和陆昊相对而坐，点了两杯黑咖啡，都没有放糖。

"从一开始，你就知道我在查你。"

宋海洋耸耸肩，微微一笑。

"你在顾雷筠的授意下，大一就搬到了凌水，"陆昊说到这个名字的时候停顿了一下，"搬到了凌水家对面，你从一开始就知道凌水是顾雷筠的亲生女儿，所以你搬来的目的就是监视，不，照看她的生活。"

宋海洋不置可否地搅拌着咖啡，没有反驳。

"除了照看凌水，顾云恺也是你重点关注的对象吧，去年的潜龙潭之行，是你故意去的，目的也是一样的。顾雷筠很爱他的女儿和儿子，所以你一直都在帮他监视他的儿女。为了钱，你真的是全职保姆。顾雷筠的假账也都是出自你的手笔，真是可惜，你的聪明才智用错了地方。"

陆昊啜饮一口咖啡继续说道："你本来可以不这么选择，却因为钱，一步步地错了下去。本质上，你跟顾雷筠一样，在金钱里迷失了自我，人的欲望太过贪婪往往就会自取灭亡。8月16日自杀的人让我们顺藤摸瓜地查到了顾雷筠。其实，他已经被我老大盯了很久，完全就是因为他的贪婪和不满足。我只是好奇，你竟然因为钱为一个陌生人卖命，真的值得吗？"

"你不是我，你没有被生活挟持过，所以你也就不明白没钱的苦难。人在没钱的时候，往往都会做出违背意愿的事情，算啦，跟你这样家庭出身的人，说了你也不懂。"陆昊确实不能理解，他的家庭出身让他从来没有因为钱而苦恼过。

宋海洋考上大学，在他临走时宋父突然被查出肝癌，不到两个月的时间就花光了家里所有的积蓄。刚上大学的海洋四处找兼职，晚上在各个酒吧夜场奔波演出。一次不备喝了一杯放有毒品的啤酒，他当时无奈，恐惧，却又不知所措。这时，遇到了宋墨的好友纪凡，纪凡得知情况后，主动帮他联系了顾雷筠。

"这种新型毒品很难戒掉的，我可以帮你，也知道你很缺钱，但是我这里有一点小忙需要你帮我。"顾雷筠坐在夜店暗室的榻榻米上，点燃了一支雪茄，态度还算和善。

"好，我答应你。"宋海洋不假思索地点了下头。

宋母跑遍了远近亲戚，还是没能借到足够的钱。这些年，宋父的清高性格着实惹恼了不少暴发户亲戚。宋海洋拿着顾雷筠的钱交付医院，终于使得宋父可以顺利地接受医院的治疗。

从那天起，宋海洋与顾雷筠签下了类似卖身契的协议，成为他的私人财务会计，帮他做假账，掩盖集团的不法交易。后来女会计自杀后，他就成了集团的会计主力。顾雷筠给他足够的金钱和毒品维持生活，那些毒品也成了顾雷筠控制他的有力武器。顾氏文化公司旗下后来主办了《西城孤独》杂志，宋海洋成了美术责编，顾雷筠就在公司地下一层的隐蔽角落为他专门配备了创作室，不让任何人进入，其实那就是他做假账的地方。为了不引人怀疑，后来杂志主编换成凌水，因为她是不会怀疑宋海洋在创作室的工作。

"你的手画画很厉害，没想到做账更厉害。"陆昊还是很佩服宋海洋。

"没办法，穷人的孩子早当家。"

"你的小学奥数得过省级奖项，初中数学成绩一直在班里排名前三，高考数学接近满分，你的初中数学老师说你逻辑思维能力超强，高中数学老师夸你做事谨慎细心。"

"没想到你会这么费心地调查我，其实这些你直接问我，我也是可以回答你的，你真的是一个很有耐心的猎人。"

"顾雷筠调查你估计更费心，你的亲生父母不就是他提供的线索吗？"

顾雷筠帮宋海洋找到了亲生父母，无非是想多一份筹码来控制他，他心知肚明，当年他第一次吸食毒品很有可能就是顾雷筠设计的圈套，后来他也从纪凡那里证实了猜想。纪凡只是无意间向顾雷筠说了宋海洋的数学天赋和处事谨慎，没想到被顾雷筠放在了心上。但他还是很感谢顾雷筠让他有机会能够报答亲生父母的生育之恩。纪凡后来问过顾雷筠，为什么要选择宋海洋，顾雷筠笑着说，因为他可以为他们卖命。

"我果然低估了你的能力，是我之前把你想得太过愚蠢。看来你确实是一个做刑侦的好苗子，只可惜在我这里浪费了不少时间。"

"是你隐藏得好，你的反侦查能力也很厉害，一般人根本不会把你跟走私集团联系在一起。顾雷筠虽然是老狐狸，但也有百密一疏的时候，我们从自杀的人那里找到了线索，一直都在查他，但是查到你真的是意外。"

宋海洋伸出双手，对陆昊说："我们走吧。"他知道这一天会来的，也期待这一天很久了，他的命运要么被黑暗吞噬，要么接受光明的审判。最终，他主动联系了陆昊。这几年他也一直活在忏悔之中，去年的潜龙潭之行，虽为顾雷筠拜托他照看云恺，但他也有自己的想法。还记得养父病重时，他就听人说过这里的庙宇，然后来这里为养父祈福。后来，他也会定期来这里找老师傅释惑、静修、忏悔，祈祷自己的罪行不要连累家人。

陆昊没有拿出手铐，而是盯着他手腕上文着的黑蛇，"其实，是这条蛇让你暴露了。在我眼里，你何尝不是我遇到过的最狡猾的猎物。"宋海洋露出无所谓的微笑，这反而让处于上风的陆昊再次陷入困顿，难道是他故意暴露的吗？

那条黑蛇是走私集团的标志，顾雷筠的身上也有，只是相对隐蔽，而宋海洋却将它文到了如此明显的部位。2005 年夏天，在西城某幢楼跳楼自杀的那位女士身上也有，她生前曾是走私集团的专职会计，但她的死因是情感纠葛。她死后，所有的财务事务基本都交付了宋海洋负责，宋海洋接手后才发现顾氏文化集团只是顾雷筠掩藏走私交易的外壳，其实质就是一个走私集团，里面竟然还涉及毒品业务。而他当初被人在酒中放了毒品，然后被毒品控制，应该就是集团所为。所以这些年他都把账目偷偷做了备份藏起来，以备将来所用。而这些备份最后被警方从他住处搜了出来，成为破案的关键证据。

我们来到这世间，或许就是来渡劫的。陪伴我们的各种感情，让我们在酸甜苦辣中坚守最初的纯粹，认识自己，救赎自己。可是总有一些人，为着昙花一现的繁华，甘愿沦为欲望的奴隶，出卖自己，丢掉自己。

　　"她，还好吗？"陆昊在执行公务时问了私人问题。宋海洋知道他想知道凌水的近况，点点头说："她很好，应该有了新的男友。"

　　上个月，陆昊带路卫国回到局里，才知道了凌水的事情。他没忍住自己的情绪，朝光头男拳脚相加，幸好被同事拦住了，最后被队长警告处分。可是，从那以后，他就再也没看到过凌水，他害怕看到她，更害怕与她对视。他的内心终于承认了喜欢凌水的事情，但是内心又无法接受凌水被玷污的事实。

　　宋海洋看着他的眼睛，早已洞察到了他的内心，就算他和凌水在一起，这件事也会让他一辈子不能释怀，所以还是彻底打消他的念头吧。

　　陆昊没再说什么，只是一口气喝掉了剩下的多半杯咖啡。

　　"还有没有要告别的人，或者想去什么地方。"

　　宋海洋起身时，看了一眼外面的蓝天白云和停留在光秃枝丫上的云雀，"没有，我们走吧。"

39

　　凌水去看守所看望了等待法院审理的路卫国，走的时候，向他深深地鞠了一躬，双眼已经哭红，"这些年，我错怪您了，您永远是我爸，我等您出来。"

路卫国笑着朝她摆手，然后别过头去。

这么些年，凌水一直都对养父路卫国有所偏见，可是仔细想来，他过去对家庭的付出也是拼尽全力的。1995 年前，他一直都是一个好丈夫，好父亲。可那一年，西城的钢铁厂进行改革重组，很多人都被迫下岗，自谋生路。一直秉持勤劳多干的他被迫离岗了，人生境遇发生了巨大转变，而厂区里几个溜须拍马的人却丝毫不受影响。后来找工作也不顺利，人也就慢慢变得消沉，他开始酗酒，赌博，浑浑噩噩生活。

凌水也猜到了母亲临死前未说完的话，这辈子，她对不起路卫国，没能给他生下孩子。

人生有八苦，生、老、病、死、爱别离、求不得、怨憎会、贪嗔痴。凌水想到母亲一生的经历，似乎倒也圆满了。

凌水一个人漫无目的地在街上走着，突然一个高大的身影挡住了她的去路，她抬起眼睛，迅速在脑海里翻寻，"你是，英诚？"

站在凌水面前的男人微笑着点点头，露出整齐洁白的牙齿。几年未见，曾经的稚嫩大男孩已经成长为一个有着宽阔肩膀的男人。

"你怎么会在这里？这一年你还过得好吗？"两人就近在街角的咖啡店坐了下来叙旧。

"这是去年你借给我的钱，里面多的算是利息。"凌水从包里取出银行卡双手推放在了英诚面前。

"那里面只有我的几千块钱，其余的都不是我的。"

凌水一脸困惑地望着他。英诚诚恳地说："里面的四万多块钱都是宋海洋的，只不过，他不想让你知道。"

"宋海洋？"

去年夏天，凌水在夜场做酒托的事情，宋海洋第一时间就知晓了，他没有告诉顾雷筠，而是不动声色地在暗处观望。英诚在吧台与凌水接触的第一次，坐在角落的宋海洋全部看在眼里。等英诚下班后，在酒吧旁的便利店门口等候的宋海洋迎了出来，他们只是旧相识。

宋海洋请英诚在一家二十四小时餐馆吃了宵夜，英诚开心地说，他从来没见过凌水这么独特的女孩子，第一眼见到就被吸引住了。如果不是已经有了女友，自己早就去追了。宋海洋笑着说，以后的事情可说不准。

宋海洋拜托英诚探听凌水为什么要在这里，英诚拍拍胸脯说，没问题，包在他身上。

后来英诚经历了失恋，整个人变得消沉，宋海洋一连陪他喝了好几天的酒。英诚说，他不想去酒吧上班了，要把攒的钱都给凌水。宋海洋说帮忙凑个整，结果拿出来四万多块钱。

"宋海洋，你哪里来的这么多钱，你挣钱不容易，还是我再想想办法。"英诚认识宋海洋还是在渡口酒吧,那晚同学聚会,单独请宋海洋唱了两首歌,后来就慢慢熟络了。

"我这几年也在学着理财,炒股和投资,行情比较好也就赚了点。"宋海洋并非说谎,大一下学期,他从顾雷筠那里借来二十万块,然后尝试着炒股,结果赚取了人生第一桶金。后来除了炒股,他还做多方面的投资,甚至还开始投资房地产,商业头脑异于常人的他,连顾雷筠都不得不甘拜下风。但是宋海洋很懂得隐藏锋芒,除了顾雷筠没有人知道他在做这些。现实里他依旧是一个极其普通的大学生,一个人宅在公寓里作画,上完课就去做兼职,生活毫无涟漪。

"原来你是隐形的富豪!"英诚连连赞叹。

"哪里是什么富豪,只是运气好而已。这些事情,不要告诉任何人。"

从那天起,宋海洋不再直接参与投资,而是在背后指挥英诚去操作。他似乎嗅到了末日的来临,开始逐步剥离与自身有关的层层关系。

英诚得知宋海洋是凌水的邻居后,开始默默地关注着凌水。当初的不辞而别,仿佛为以后的相遇种下了宿命之花。他不在乎凌水的任何过去,只是想跟她生活在一起,照顾她。

凌水此时已经得知宋海洋被警方带走,沉默了良久说:"英诚,谢谢你告诉我这些,海洋他确实是我最好的朋友。"

"凌水，海洋其实一直都希望我能追求你，我也犹豫了好久，今天我就向你告白。"

"我可是比你大六岁，而且这些年我的故事有点多，怕你承受不了。"

"六岁而已，又不是六十岁。在我眼里，你现在就是一张白纸，我不管以前发生了什么，我只想从现在开始。我想跟你一起去流浪，累了就在一个地方停留，然后开一家客栈，你就是说了算的客栈老板娘。"

"你还是没长大，我怕你以后会发现在我身上浪费了大好时光。"凌水眼带笑意。

"那就浪费一辈子吧，我从来不做让自己后悔的事情。"

凌水和英诚交往一年后，英诚顺利大学毕业。两年后，两人一起走遍了大半个中国，有些劳累的两个人在云南丽江的束河古镇开了一家客栈，名字叫海洋客栈。凌水说，海洋是她一辈子的精神好友，亦是她精神生活追求的同伴，她愿意用他的名字来记住一些过往。

那些年独居在家，她喜欢雨天站在窗户边张望雨中的世界，听雨落在房檐、铁皮屋顶、树叶、水泥地上，滴滴答答、杂乱无序的撞击声交织成静谧和谐的轻音乐。不一会儿，不同场景的画面，成段的句子，就像潺潺流水不停地流入她的脑海里，然后坐下来，伏案疾书。与她有着同样习惯的就是住在窗户对面的宋海洋，每次下雨天她都会与他的目光不期而遇，从刚开始的尴尬，慢慢地点头致意，再到后来的眼神交流。

宋海洋亦喜欢在雨天寻找创作的灵感，虽然美术和文字不同，但是他们都在彼此身上找寻着灵感，寻找着孤独路上的灵魂陪伴。他们都被对方独特神秘的气息所吸引，但又不想去探究神秘包裹着的事实。有些东西，不须去刺破，让它像气球一样漂浮着就好。

"英诚，我最近在写一本新书，名字叫《云上的海洋客栈》。"

"真的吗，我要看，我要看，里面有没有我？"

"当然有啦，里面有好多从我生命中路过的人，我们在客栈里，继续等待有故事的人前来。"

"凌水，我不要路过，我要在你的生命里停留一辈子。"

客栈开业的第二年冬天，云恺背着黑色背包出现在客栈的院子里，曾经的大男孩已经变成眼神坚毅的男子。

"姐，你什么时候回西城？"

"云恺，我跟英诚暂时没有回去的打算。"

云恺看着长相比自己还稚嫩的姐夫差点笑出声来，"姐，不要欺负准姐夫哦。快点告诉我你俩的故事！"

"我把自己和英诚的故事都写在了新书《云上的海洋客栈》里，你自己翻着去看。"

凌水泡了一壶大理白茶，坐在二楼的阳台上晒着太阳，远处的玉龙雪山除了头顶白色，整个身体都被深灰色包裹。

"云恺，不要错过初澜，不然你这辈子都会后悔的。"

"姐，我知道，当年是我误会她了，再加上父母离世对我打击比较大，所以我就任性地定下了十年之约，也不知道她现在原谅了我没有，说不定已经有更好的男人在照顾她。"

"我虽然不经常与她联系，但能感觉到她在等你。不要十年了，听姐的话，马上去找她。"

"姐，公司现在刚刚起步，我想等公司稳定了再去，我想让爸妈在那边对我放心。而且我现在这个样子，什么都给不了她，对她不公平。"

凌水没再说什么，只是深深地叹息。

客栈开业的第三年秋天，初澜提着一个银色行李箱，拿着身份证找前台办理入住。正在检查客房的凌水看到了她，满脸欣喜，两人快步拥抱在一起，初澜轻吻了凌水的侧脸。

"初澜，几年过去了，你还是这么孩子气。"

"凌水，你还是那么迷人，每次看到你我都会心动。"

凌水握着她的手坐在院子里的沙发上，"如果一个故人还在等你，你看到他后还会心动吗？"

初澜旋即明白了凌水的意思，"我也不知道，毕业后离开西城，我告诉自己要忘掉关于那里的一切，可是几年过去了，我反而更容易回忆起那里的一切。"

现在西城已经变了模样，当年废弃的钢铁厂早已不复存在，好几家房地产商将原来钢铁厂旧址分割殆尽，一座座楼房拔地而起，成为西城最火的开发地段，房价一再飙升。

凌水说："不要勉强自己，一切顺其自然吧，如果遇到心仪的人，也不要错过。"她知道，让初澜一直等待云恺，亦是对她的不公。

晚上睡觉时，凌水撇掉了英诚，跑到初澜的房间，与她抵足而眠。

初澜仰面望着屋顶的鸟巢状吊灯，"凌水，还记得几年前的一个晚上，我们也像现在这样睡在一起，我问你，只有你一个人的时候，不感到害怕和孤独吗？我当时不明白你的答案，可是我现在都懂了。"

凌水也想起了自己当时的回答，当自己去面对而不是躲避时，其实已经忘记了恐惧和孤独本身。对于生活这件事，不能奢求太多，要懂得满足，预知反倒不如未知来得有趣。

"我还是害怕。如果有一天，什么都再不属于我，云恺也离开了，在一个陌生的城市里，我每天过着朝九晚五的生活，晚上就一个人站在阳台上胡思乱想，睡一张很大很空的床，生病了也没人关心，哪怕死在屋里，也不会被人怜悯……"当年的胡思乱想结果一语成谶。

　　凌水握住了她的手，轻轻地拍了几下她的肩膀，"我知道，你一直都还爱着他。这几年，你跟我说你放下了，你要尝试接受别人，其实只不过是自欺欺人罢了。"

　　"我原本以为我可以，可是我始终放不下，忘不掉他。每次酒醉时，都想着他就在我的身边，然后靠着他的肩膀入眠。没有他的日子我感觉像是一个人在慢慢地走向死亡。"毕业后的初澜顺利考进了一家体制内单位，做着说不上喜欢也不讨厌的工作，每天单位、公寓、超市三点一线穿梭，这温水煮青蛙的生活让她感觉到自己是在麻木地重复同样的日子，可以看到尽头却看不到希望。

　　"他人的爱是毒药也是解药，自爱才是救赎。初澜，你要学着去爱自己，试着接受一个人或者养一条狗，抑或是猫，在陪伴中找寻责任和生命的意义。如果现在的生活不足以让你心怀热忱和满心欢喜，那么就换掉现在的工作，去一个陌生的城市开始新的生活，真正地去做自己喜欢的事情，不要等老了才去遗憾后悔。对于我们而言，重新出发未必是坏事。"

　　客栈开业的第三年冬天，快到春节的时候，一个客人带着一个四五岁的小男孩在前台办理入住手续，英诚热情地招呼着，还递给小男孩一个棒棒糖。

　　凌水从阳台取下晾晒的衣服在楼道里与客人不期而遇。

没想到还会见面，当年凌水删掉了他所有的联系方式，希望这辈子不再见。几年过去了，他的身材有些发福，面容却憔悴消瘦了不少，发际线也明显提高了。

"好久不见，我带你去房间。"凌水像对待平常客人一样，没有半点吃惊。

他们坐在阳台上喝着当地的白茶，凌水穿着轻薄的毛衫，冬日的阳光暖暖地照在他们身上，此时的西城白雪皑皑，寒风凛冽。

"我跟她秋天时离婚了，感情不和，孩子判给了我。"思远望着远处的玉龙雪山。

凌水没有说话，他继续说："我在书店看到了你的新书《云上的海洋客栈》，正好最近有假期来这里度假，顺便来这里看看你。"

"谢谢，我很好。"

"我在前台看到他了，跟你在书里描写的一样，是一个值得托付的男人。"思远眼角有泪，"我和你，终究是回不去了。时间原来真的过得很快，谢谢你曾经爱过我。"

曾经那么执着地爱着，现在回头看却也不那么重要了。从他们认识到现在都过去十多年了，分分合合，吵吵闹闹，爱过恨过，可惜谁都没能坚持到最后。不是不爱了，而是已经厌倦了做感情的囚徒，再纠缠下去，两人彼此的能量只能是消耗殆尽。

爱到最后亦是不爱。

凌水望着思远略显沧桑的神情，劝慰他："思远，忘掉我，忘掉过去吧。找一个舒服的人一起生活，就算为了孩子。"

40

2012 年，初澜收到了路伊鸣的一封特殊邮件，那是他的结婚邀请函，新娘是一位年轻貌美的美籍华人。两人是在拍摄一部电影时认识的，路伊鸣是那部电影的导演，新娘是他电影的女主角。后来路伊鸣凭借这部导演处女作成功入围了欧洲的某个 A 类电影节，获得了评委的高度评价，虽然最后没有获得最佳影片奖，但也算在电影圈里开始小试牛刀，崭露头角。

看着路伊鸣帅气的新闻照，初澜摸着自己的心脏，并没有出现太大的起伏，还是像钟表的秒针规律地走着。这些年，与路伊鸣保持着不疏不密的联系，慢慢地也就变成老朋友，再没有了当初怦然心动的感觉，只是为他梦想的逐步实现感到高兴，这或许也是乔满想看到的结果。

这几年，兰木单枪匹马地在娱乐圈里打拼着她的天下，眼下已成了炙手可热的流行音乐歌星，不少通告宣传满天飞。初澜再次见到她，还是通过经纪人提前一周预约了见面时间。

故人日已稀，人生就是不断地遇到与失去。

进到宾馆房间里，里面的豪奢让人咋舌，兰木穿着性感的时装正依偎在一个相貌英俊的男模怀里，看到初澜，男模识趣地起身退出了房间，关门时他冲着兰木微笑着说，一会儿见。那笑容就像是工厂流水线上生产出来的，标准地找不出半点瑕疵。

"兰木，我感觉他并不是真的爱你。"几年过去了，初澜还是从前的性格，直截了当地戳中要害。

"我爱他年轻美丽的皮囊，他喜欢我的金钱和地位，我们各取所需，有什么不好？"涂着烈焰唇的兰木在初澜的面前吞云吐雾，那一瞬，初澜看着她的眼睛，是那么陌生，好像从未认识了解过她。

"初澜，我身边有很多优质的小鲜肉，完全可以介绍给你。"兰木一副妈妈桑的口气。

初澜没有说话，只是低头啜饮着杯中酒。

"初澜，你心里肯定在说我变得物质和轻浮，可是现实就是这样，我不会再相信感情了。"兰木喝下了一整杯葡萄酒。

初澜不再说话，只是陪着她不停地喝酒。落地窗外早已是灯火璀璨，初澜捏着酒杯，鼻酸哽咽。

"初澜，我现在恨透了那些男人，我恨他们的朝三暮四，恨他们的喜怒无常，恨他们的虚伪谎言。你不知道，这些年，我遇到了多少男人，他们说我拜金，说我廉价，说我爱慕虚荣。

而他们却都在不择手段地赚取财富，背叛家庭，拿着那些金银去外面找女人，在外以自己上过多少女人为荣，你说，这是多么的可笑！这些年，我为了音乐，在这个圈里摸爬滚打，陪酒陪吃，我笑着恶心我自己，现在真的想抽自己大嘴巴，把自己抽醒！"

初澜紧紧地抱住兰木，握住她扬起的手腕，静静地听她的抱怨，听她的哭诉，那个爱憎分明的兰木还在，只是她受了伤。在这个病态的圈子里，兰木为了上位，为了出人头地，见过了太多的肮脏与龌龊的交易。那些人制定了这个圈子的游戏规则，一个个道貌岸然地宣扬着靠努力成名的哲学，却在背后做着见不得人的勾当和交易。

"兰木，你喝醉了。"

"我没醉，你不知道，我一直都很羡慕你，遇到那么多好的男生。当年我被韩子铭甩掉后，宋海洋单独去找他，然后把他打得住了院，还主动赔了他医药费。宋海洋那么好，我却没有那么好的运气。"

"宋海洋打了韩子铭？什么时候的事情？"

"这些也是我后来知道的，韩子铭从医院出来后看见我就像耗子看见猫，我揪住他才知道的。

"我跑着去找宋海洋，可是打开房门的是新的租客。我想着跟他表白，哪怕被他拒绝也好，本来我就是一个不可理喻的花痴。"

　　宋海洋服刑的这几年，拒绝了所有人的探访。初澜只能从陆昊那里打听他的情况。当年被判刑后，宋海洋在监狱里熬过了最痛苦的戒毒日子。初澜想起来，宋海洋曾经有过脾气暴躁的时候。他其实早就想戒毒了，也在尝试，可是未能抵挡住针头刺进皮肤后所带来的快感。陆昊说起宋海洋唉声叹气，因他性子孤傲，也不太合群，这几年在监狱里吃了不少苦。初澜也只能拜托陆昊照顾，也别无他法。

　　在这个赤裸裸的现实名利场里，似乎每个人都是猎人，同时也是他人眼里的猎物。初澜想起来曾在西城影视基地遇到的旗袍女杨艺凝，这些年靠着精湛的演技再度翻红。片场里，她很努力地背台词，不用任何替身，更不会轧戏抠图，深受很多导演喜欢，逐渐成了"反派"专业户。后来当年与某男星的事情也都得到了澄清，她当年只是暗恋着那个并不出名的男星，男星知道并利用了这一点，深夜去女星家故意让狗仔拍到一些画面。男星用这些"黑料"进行炒作，想"因黑而红"，女星察觉后，还是没有戳破他，最后才把自己置于被动，迅速跌入人生的低谷。

　　"初澜，我最近正在跟杨艺凝的剧组合作。"

"兰木，相信我，你会跟她成为好朋友的，这个圈子里，像她一样的人很多，无论走多远，你都是爱音乐的兰木。兰木，答应我，以后只做音乐，不要迷失自己，当不当明星真的无所谓。你还记得当年你唱过的那首《想唱就唱》吗？想唱就唱，要唱得响亮。就算没有人为我鼓掌，至少我还能够，勇敢地自我欣赏。"

41

2015 年 8 月 20 日下午七时，芭堤雅十号街的蓝色圆形路牌下，一个男子在焦灼地向四周张望，也不知道她还会不会来，穿着橘黄色马甲的摩的师傅向他介绍着按摩店，被他微笑地摇头拒绝。

从 2005 年到 2015 年，整整十年，一秩时光，真的等来了。2005 年好像就在昨日，可这十年，初澜却感觉有一辈子漫长。初澜走在人群里，一眼看到了路牌下那个高大颀长的身躯，虽然看不清楚样子，但是感受到了熟悉的气息，是他一个人来了。

十年之约的相聚之地是云恺定下的，他知道初澜去年辞掉了人人歆羡的养老式工作，放弃了稳定的生活，在凌水的支持下，来到芭堤雅开了一家临海客栈，名字同样唤作海洋客栈。思来想去，云恺结果选了这么随意的地方，倘若初澜拒绝他，他就可以迅速消失在人海里。

这么多年过去了，在感情里反而开始死要面子了，云恺在心里暗暗嘲笑自己。

"我害怕你会带着孩子来。"初澜眼带笑意，淡然地开着玩笑，可是她却能感觉到心脏跳动的幅度和频率陡然加大，似乎要从胸口挣脱出来。在等待这一天到来时，她曾幻想过无数的对白和应对。

"孩子是没带来，但是我算不算孩子？"云恺眼角有些湿润，"如果你心里已经有了别人，我愿意祝福你。"

"这么多年了，没想到你还是这么脸皮厚。"初澜继续强装镇定，"我也曾想放弃，可是我不想落下薄情的名声，怎么也得是你先放弃才对。"

"不放了，以后都不放了，当年我真是幼稚，为什么要说十年，自己坑惨了自己。你知道吗，这些年，我每天都在想你，疯狂地想你。可是，我不知道你还能不能原谅我，请原谅我的怯懦。当年，我内心是相信你的，可是那段时间我整个人都跟着了魔一样，我愿意用余生向你道歉。"云恺的眼泪簌簌地落了下来，而面前的初澜早已哭成了泪人。

"都三十来岁的人了，怎么还像个孩子。"

"是啊，一转眼，都三十岁了。"

这真的是一件可怕的事情，当年幼稚地定下十年之约，都没想到对方会如此执着。这些年白天忙碌着工作还好，等到晚上夜深人静的时候就会想起一个人，那种想念就像一根倒刺，每个晚上都会生长，然后长出更多的刺，一次次地刺着心脏。十年对于一个男人来说，足够可以变得成熟、冷静、睿智，充满男性魅力，可以被女人依靠；而十年对于一个女人来说，却是最需要珍惜的年华，等待，并不是一个明智之举。

"这些年，我也想过和试着跟别人在一起，家里也安排了几次相亲，可是都没能成功。"初澜坦白地说。

这些年，云恺重整旗鼓，顾母离世前把她半辈子的个人积蓄都留给了他。云恺拿着这些钱，想要把已经解体的顾氏文化公司重新张罗起来，他不想让另一个世界的亲人为他担心，顶着巨大的压力，每天早起晚归，甚至很多个夜晚直接在办公室度过。

"初澜，当年是我错了，宋海洋找我解释的时候我就知道自己错了。后来夏青出国时也都跟我坦白了，是她在背后搞鬼拍下的照片，可是我却没脸再去找你。"

"不重要了。"初澜竖起食指，紧贴着他的双唇。

当年，云恺收到了邮件之后，一直未眠到天亮。早餐时突然发现母亲吃了一整瓶的安眠药，在床上已经断了气。一连串的打击让他几近崩溃，他给初澜发了分手短信后，把手机重重地摔地上，看着屏幕碎掉，躯体四分五裂。

连着父亲的自杀事件，警方又整整在家里调查了好几天，他也做了不少笔录。晚上他一个人瘫坐在三楼的露台上喝酒，宋海洋却不请自来。

他什么也没说，举起一瓶啤酒直往嘴里灌，喉结上下滑动着，十多秒就一口饮尽，然后把酒瓶放到了云恺的脚边，"我今天是来找你告别的，同时祝贺你分手，毕竟你也配不上初澜。"

云恺听到这句话怒火中烧，一个起身直接掐住了宋海洋的脖子，然后把他按到了栏杆处，"都是你做的好事，你信不信我现在就把你摔到楼下，大不了同归于尽！"

"你们顾家的人，难道都像你这么没出息吗？"

"你再说一遍！"

"除了死，就没有想过怎么面对生吗？谁都知道死是最容易的事情，连活着都不敢面对的人，不是很没出息吗？"

云恺松开了手，整个人没了力气，直接仰躺在地上，宋海洋也顺势躺到了地上。

"云恺，你还有很多事情要做，请担负起你的责任来。一个男人要在社会中立足，需要付出的太多了。以前你在父母的庇佑下可以玩世不恭，一切都不在乎。可是现在他们都不在了，一无所有的你拿什么生活，拿什么安身立命，拿什么保护你爱的人。即便你有钱，又能支撑你浑浑噩噩到什么时候？去做你该做的事情吧，等到你有足够能力的时候，你才有资格去爱，去争取你想要的东西。"

那晚，他们喝了很多的酒，一起仰望着夜空，数星星，看着月亮消失，太阳升起。云恺睁眼时，宋海洋已经离开了。他拍拍头，慢慢回想着宋海洋昨晚跟他说的话，父亲虽然畏罪自杀，但他离开时最放不下的就是自己，这两年一直催促他出国，就是想让他离开这些是非。

顾雷筠二楼的秘密书房是他曾经戒毒的地方，每当毒瘾犯了，他就把自己反锁到里面，痛苦地看着书柜里那些照片，云岚、云恺还有凌水。

酒醒之后，云恺在浴室冲着冷水澡，他看着镜子里那个狼狈的自己，不禁大声恸哭。

"初澜，对不起，现在的我没办法跟你在一起。如果等到我们相识十年之后，倘若我未娶，你未嫁，那么我们就结婚。"

云恺从口袋里拿出戒指，单膝跪在地上，"初澜，还记得我说过的话嘛，如果等到我们相识十年之后，倘若我未娶，你未嫁，那么我们就结婚。初澜，嫁给我吧！"

周遭过去的男人、女人都驻足观望，虽然很多人听不懂中文，但还是向他们投以掌声祝福。

初澜的眼泪夺眶而出。

"十年已经过去了，我不知道我们还有多少个十年可以去浪费，但是剩下的路我愿意一直陪你走下去。"

芭堤雅的白天是那么安静，看到的最多的是游客；夜晚又是那么的热闹，人声鼎沸，车流不息。这里确实算得上鱼龙混杂，白人、黑人、黄种人、混血儿人，男人、女人、变性人，警察与黑帮。海边升起绚烂的烟花，点燃着黑夜中一个个躁动不安的欲望，照亮着一段段迥异不同的恋情，这里的确是名副其实的不夜城。

"顾雷筠或许只是替罪羊，他背后可能有着更大的黑暗势力。宋海洋从监狱出来后，有人联系上了他，给了他一大笔钱，但是不希望他以后再出现，之后宋海洋就消失了。"初澜离开时把她知道的全部告诉了我，她一直都觉得当年的事情没有那么简单。宋海洋离开西城时，拜托初澜将那笔钱一分为二，分别送到了宋家和唐家，感谢他们的生养之恩，但不想让他们知道自己的去处。"这些年，除了你，还有一个人在找他。"

"宋墨？"

"也算，但是还有一个人，不过我只跟那个人有邮件往来。"

"那是谁？"

"那个人一直都在暗处陪伴着宋海洋，而我只是知道却从来没有见过。等你找到宋海洋，或许就能知道那个人是谁了。"

初澜一直以为宋墨会是海洋心中最重要的那个人，但是她从海洋留给她的几幅画中发现了端倪，想起刚搬到凌水家时，有一晚看到斜对面两个人相拥的侧影，其中一个人肯定就是宋海洋。后来又听陆昊说了一件很奇怪的事情，虽然宋海洋拒绝见任何人，但一直跟一个人有书信往来，信的内容竟然只是笔绘，没有任何文字。宋海洋说是给好朋友的信，是为了指导对方画艺。监狱民警都看不懂，但也没发现什么异常和违法内容，也就随他了。

我跟宋海洋是同卵双胞胎。他被送走的十多年后，有一天重新出现在了唐家。父亲哭得一塌糊涂，差点跪下，但他什么也没说话，走的时候说："以后家里有什么困难尽管向我说，弟弟的生活和教育费也不用你们费心，我来管就好。"来的时候，他给家里人都带了礼物，送我最新款的手机和名牌运动鞋服。第二年，在他的资助下，我顺利地去了澳大利亚一所排名靠前的学校就读金融专业。读书的那几年，全是他在照顾家里，我才心无旁骛地在国外学习和生活。曾经，我跟家里人误以为他在养父家过着养尊处优的少爷生活，衣食无虞。直到我去了他的养父母家，才知道这些年，他一直过着苦行僧般的简单生活，把所有的积蓄都给了生父母和养父母家。

这几年，他的养父记忆力下降很多，几年前的一场大病使得他比起中年时的照片显得异常清瘦。那时候宋墨还在服刑，宋母身体也不好，宋海洋便从学校请了假，一个人守护在病房，吃住都在医院里，一直等到养父术后恢复出院才返校。那段时间，养父胖了不少，本来肠胃就不太好的他却瘦了很多。

我准备喊他宋叔叔的时候，我看到他的眼泪从眼角的褶皱滑落，躺在躺椅上的他想站起来，被我拦住了。他一边哭，一边笑着说："海洋，你终于回来了，我偷偷藏了嫩玉米在冰箱里，一直等你回来煮给你吃。"

我扭过头，眼泪不争气地流了下来，站在阳台抽烟的宋墨早已泣不成声。宋叔叔的房间和书房里挂满了海洋的字画，都是精心装帧过的。宋墨说，父亲每天都会在房间里盯着这些字画发呆好几个小时，每个傍晚都会站在阳台上张望通往小区门口的水泥路，厨房里的灯每晚都会亮到很晚，父亲说海洋回来时看到家里的灯会高兴的。

我毕业后回国寻他，他就像人间蒸发了一样。直到去年，他狱中的好友纪凡才主动联系了我，原来这些年他都是在监狱服刑。而在此时，我能感觉到他就隐藏在这个城市里，从西城到芭堤雅，他还是那么的神秘。

我想着他，全然看不到绚丽的投射彩灯，也听不到嘈杂的音乐歌舞声，低头饮下了一整杯威士忌。正欲离开吧台，突然一个醉酒的女人出现我身边，紧紧地抱住了我，手里的酒洒了我一身。

"海洋，我爱你，请不要不理我。虽然我们认识不久，但我愿意把我所有的钱都给你，你放弃现在的工作，跟我走吧。"

我本欲要推开她，但是一个熟悉的名字让我欣喜若狂。

海洋，海洋，海洋，名字一遍遍地从我的耳朵穿进脑袋里，或许是酒精的缘故，我的眼泪止不住地流了下来，转身紧紧地抱住了醉酒的女人。